Emma Smith
Alibi Prinzessin
Was sich neckt, das will sich

EMMA SMITH

ALIBI Prinzessin

WAS SICH NECKT, DAS WILL SICH

Deutschsprachige Erstausgabe April 2019
Copyright © 2019 Emma Smith
Alle Rechte vorbehalten
Nachdruck, auch auszugsweise, nicht gestattet
Das Werk, einschließlich seiner Teile, ist urheberrechtlich geschützt. Jede
Verwertung ist ohne Zustimmung des Verlages und des Autors unzulässig.
Dies gilt insbesondere für die elektronische oder sonstige Vervielfältigung,
Übersetzung, Verbreitung und öffentliche Zugänglichmachung.
Emma Smith - c/o AutorenServices.de
Birkenallee 24 - 36037 Fulda
Covergestaltung und Satz: Wolkenart - Marie-Katharina Wölk,
www.wolkenart.com
Lektorat: Marie Weißdorn
Korrektorat: Klaudia Szabo
Herstellung und Verlag: BoD – Books on Demand, Norderstedt
1. Auflage
Paperback ISBN: 9783749436873

Das Buch ist allen gewidmet, die auch ihre ganz persönlichen Geheimnisse haben ...

Prolog

OKTOBER 2017

IVY

»Komm schon!«, murmelte ich und legte mir seinen Arm um die Schulter, um ihn aus seinem Truck herauszuholen. Er machte in diesem Zustand nur bedingt mit und murrte unwillig, während ich die Autotür schloss und wir gerade so die drei Stufen zum Haus schafften. Mir lief der Schweiß schon von der Stirn, weil die Arbeit allein an mir hängen blieb.

»Isch bin so müüüüde, Ivy«, nuschelte mein Klammeraffe und ich ignorierte die Fahne, die mir dabei entgegenschlug.

»Ich weiß, ich weiß. Aber gleich sind wir ja da. Komm, nur noch ein paar Schritte«, gab ich angestrengt zurück, schloss die Tür auf und hievte uns beide gerade noch so ins Wohnzimmer.

Er ließ sich auf die abgenutzte Couch fallen und … schnarchte.

Schwer atmend wischte ich mir über die feuchte Stirn und beobachtete meinen alkoholabhängigen Dad.

7

Er war gerade mal 42, sah aber äußerlich aus, als wäre er mindestens zehn Jahre älter. Das letzte Mal war ich vor zwei Monaten hier gewesen ... seinem Geruch und Aussehen nach zu urteilen, hatte er sich seitdem weder rasiert noch geduscht.

»Was mach ich nur mit dir, Dad?«, murmelte ich.

»Mein kleines Mädchen«, brummte er im Halbschlaf.

Instinktiv blickte ich zu den Bildern auf dem Kaminsims. Ich mit vier Jahren, wie ich die Geburtstagskerzen auf der Torte auspuste. Auf dem anderen war ich gerade sechs und grinste mit einer fetten Zahnlücke in die Kamera. Und dann stand dort erst wieder ein Bild, als ich bereits auf der Junior High war ...

Mom verließ uns, als ich sieben Jahre alt war, und Dad benötigte genauso viele Jahre, um mich wieder an sich ranzulassen. Jetzt war ich ein Jahr auf dem College und Dad kam nicht mehr von der Flasche los.

Und das alles, weil Mom unbedingt einen zehn Jahre jüngeren Zahnarzt vögeln musste.

Meine Schuhspitze stieß gegen eine leere Milchpackung. Unzählige Verpackungen lagen hier auf dem Boden. Bevor ich hier noch durchputzen würde, musste ich Tante Mary anrufen. Sie sollte auf ihn aufpassen, wenn ich zurück zum College musste.

Ich zog mein Handy aus der Jeans, als es zu klingeln begann. Bevor Sienna einen Anfall bekam, ging ich lieber ran.

»Hey, ich habe gerade keine ...«

»Du musst sofort zurückkommen!«, rief sie panisch ins Handy.

»Bevor man Forderungen stellt, sollte man vielleicht erst mal ›Hallo‹ sagen. Kommt gut an, so ein einfaches Wort«, sagte ich und drehte mich von Dad weg.

»Oh, entschuldige, dass ich vergesse, nett zu dir zu sein, weil du mich mit diesem Wahnsinn hier allein zurückgelassen hast!«, fuhr sie mich an. Es hörte sich an, als würde sie ständig auf und ab gehen.

Seufzend ging ich in den Flur, um Dad nicht aufzuwecken. »Wovon sprichst du?«

»Julianne ist in ihrem Zimmer und heult sich seit drei Stunden die Augen aus.«

»Ja, und das ist jetzt unser Problem?«

»Sie wollte schon zweimal rüber, um Zach noch mal zu fragen, ob er es ernst meint, dass er mit ihr nichts Festes will ...«

Genervt schloss ich die Augen. Natürlich meinte sie Zach.

»Und du weißt genauso gut wie ich, dass wir diese verdammten Eifersuchtsszenen nicht mehr gebrauchen können.«

»Ach, nur weil in den letzten Monaten drei von seinen Ex-Freundinnen – die zufällig bei uns wohnen – Sachbeschädigungen begangen haben und der Direx uns jetzt schon auf der Abschussliste hat?«, fragte ich ironisch nach.

»Es ist was anderes, wenn du vor mir stehst und sarkastisch wirst. Hunderte von Meilen entfernt kommt das einfach nur wirklich fies rüber«, gab Sienna mürrisch zurück. »Wir stehen im Mietvertrag, Ivy. Alles, was die Mädels tun, wird auf uns zurückfallen. Also beweg deinen Hintern hierher!«

Ich blickte rüber zu Dad. Er schlief immer noch an Ort und Stelle.

»Ivy? Hallo?«

»Selbst wenn ich sofort losfahre, komme ich nicht pünktlich an, damit du *Supernatural* schauen kannst.«

Denn das war ihr Hauptproblem. Gab es Probleme im Haus und ich war nicht dort, musste Sienna ran und verpasste ihre Serien.

Erst blieb es still auf der anderen Seite der Leitung. Dann stöhnte Sienna wehleidig auf.

»Aber heute kommt die neue Staffel!«

»Ja, dann sag dem Arschloch von Rugbyspieler, dass er den ganzen Tussis keine Hoffnungen machen soll, vor allem nicht unseren Mitbewohnerinnen. Dann wirst du nachher auch keine Probleme mehr bekommen und kannst Sam und Dean ansabbern.«

»Ivy, sie sind doch selbst schuld. Wir sind auf dem College!«, erklärte Sienna mir.

Natürlich sagte sie das. Immerhin war sie nicht großartig anders als Zach.

»Außerdem will ich dir deinen Job nicht wegnehmen. Du wirst Zach eh immer wieder darauf hinweisen, was für ein Arschloch er in deinen Augen ist.«

Den Sarkasmus konnte sie sich sparen.

»Bitte, Ivy ... Komm und kümmer dich um diese Opfer ...«

Seufzend schüttelte ich den Kopf, obwohl sie mich nicht sehen konnte.

Opfer. Mein Blick glitt automatisch zu Dad. Meine eigene Mutter hatte aus ihm das gemacht, was er jetzt war.

Und Zach war nicht groß anders. Er spielte mit den Frauen und wir mussten es ausbügeln.

Dad gab ein schmatzendes Geräusch von sich.

»Ich muss mich hier noch um etwas kümmern, dann fahr ich los.«

Monate später

»Ich gebe dir zwanzig Mäuse!«

»Nein.«

»Dreißig«, erhöhte Jessy.

Ich seufzte nur und las weiter in meinem Buch.

»Vierzig.«

Darauf reagierte ich erst gar nicht.

»Fünfzig.«

Jetzt wurde es langsam interessant.

»Du hast sie gleich, Süße. Du hast sie gleich!«

Porter, Jessys fester Freund seit gefühlt tausend Jahren, setzte sich zu ihr auf die Couch und drückte ihr einen Kuss auf die Wange.

Ich saß in dem durchgesessenen Sessel daneben. Aber es war *mein* Sessel, deswegen würde er immer gemütlich sein.

»Ach, komm schon, Ivy. Ich kenn doch sonst niemanden auf der Party und Porter muss arbeiten. Also, gib dir einen Ruck«, bettelte sie weiter.

Jessy war von uns zehn Mädels hier eindeutig die nervigste Mitbewohnerin, aber eine noch nervigere

Freundin. Trotzdem hatte ich sie unglaublich lieb und war sonst immer bei allen Aktionen dabei, aber heute wollte sie unbedingt auf diese Party bei den Kappas. Ich seufzte wieder und blickte vom Buch auf.

Porter schmunzelte. Jessy saß angespannt vor mir und blinzelte nicht mal, während sie gespannt auf meine Antwort wartete.

»Na schön!«

Sie sprang in die Luft. »Yeah! Zieh dir was an, hübsche Frau! Wir gehen feiern!«, rief sie glücklich aus. Dann schaute sie auf Porter hinab. »Aber es wird nur halb so viel Spaß machen, weil du nicht dabei bist.«

Sie knutschte ihn ab, während er sich schon wieder entschuldigte, dass er arbeiten musste.

Breit grinsend schaute ich mir das tollste Paar dieser Welt an. Das waren sie wirklich. Sie verbrachten jede Minute miteinander. Hach. Das war Liebe.

Porter presste Jessy an sich und glitt mit der Hand unter ihr Shirt.

Urgh. Das wurde langsam zu viel.

Zwei Stunden später befand ich mich dort, wo Jessy mich haben wollte. Es war meine erste Party seit Ewigkeiten. Die Musik war laut, aber nicht übel. Wer hatte schon etwas gegen Jay-Z und Rihanna? *Vielleicht Beyoncé, aber sie verzeiht ja Seitensprünge.*

Ich verfluchte meine Blase. Gut, nach drei großen Milchshakes heute Mittag und zwei Cokes vorhin war ich überfällig. Deswegen ging ich in die erste Etage, um die Toiletten zu suchen. Jessy war in der Menge verschwunden. Sie würde schon auf sich aufpassen.

»Wuhuuu!«, brüllte mir irgendein betrunkener Heini ins Ohr, als ich die letzte Stufe genommen hatte.

»Wuhuu«, rief ich weniger enthusiastisch zurück.

Ihm machte das nichts aus. Er lachte, wirkte zufrieden und schaffte es tatsächlich, die Treppe heil hinunterzugehen.

Weiter im Text. Wo befanden sich die Klos?

Vor mir lag ein langer Flur mit jeweils drei Türen links und rechts.

Natürlich hing an keiner ein Schild, auf dem so etwas stand wie »Komm einfach zu mir, hier kannst du pinkeln.« Nope. Ich musste suchen.

Seufzend und weil meine Blase wirklich langsam schmerzte, öffnete ich die Erste und ... schloss sie auch sofort wieder.

»Sorry«, rief ich den beiden zu, die gerade auf dem Bett damit beschäftigt waren ... Biologie zu lernen. *Oder Französisch, aber mehr werde ich nicht sagen.*

Jetzt musste die nächste Tür dran glauben.

Ich nahm direkt die Tür neben dem Französischpärchen. Dieses Mal war das Licht nicht angeschaltet, aber der Schalter war schnell ertastet. Leider war das, was ich sah, definitiv keine Toilette.

Schon wieder hatte ich ein Schlafzimmer erwischt und schon wieder befand sich ein Pärchen darin. Ich erkannte nur den Rücken einer Frau. Einer nackten Frau.

»Oh, scheiße«, flüsterte ich, aber zu laut.

Die Decke raschelte, ich blickte schnell zur Seite, hielt mir dabei noch die Hand vor die Augen – okay, was diese zweite Absicherung jetzt sollte, würde ich wohl nie erklären können. »Tut mir leid, ich ... ähm, sorry.«

»Ivy?«

Eigentlich wollte ich direkt hinausgehen, aber diese Stimme kannte ich dummerweise doch.

»Jessy?«, fragte ich drauflos.

Das hier konnte nicht Jessy sein. Nein, die war doch mit ...

»Oh Gott, du bist es wirklich«, sagte sie.

Vergessen war, dass ich eigentlich nicht schauen wollte. Ich blickte sie an. Jessy Menfraidy. Meine Mitbewohnerin. Meine vergebene Mitbewohnerin, die mich jetzt anstarrte, als würde ich sie gleich umbringen. Sie drückte sich die Decke vor ihre Titten. Was nichts brachte. Gesehen hatte ich sie eh.

»Nein! Du bist es wirklich!«, rief ich fassungslos und stampfte – ja, das tat ich wirklich – zum Bett. Es bestand praktisch nur aus Decke und Jessy, aber ich wusste es besser.

Sei bitte Porter. Sei bitte Porter.

Ich griff mir die Decke und ... es war nicht Porter.

»Hey Ivy, was geht?«

Zach Morris.

Zach Morris lag mit Jessy in einem Bett und grinste, als wäre die Sonne gerade aufgegangen und er würde die Strahlen genießen. Merkwürdiger Vergleich, aber so grinste er wirklich!

»Ivy, bitte. Das mit Zach und mir ...«

Ich hob die Hand, und sie hielt sofort die Klappe.

»Ich muss gleich kotzen!«, waren meine magischen vier Worte dazu, dann ging ich aus dem Zimmer.

»Ivy!«

Obwohl sie es nicht verdient hatte, blieb ich mitten auf der Treppe stehen, als sie mich ein weiteres Mal rief. Sie hatte sich die Decke um den Körper geschlungen und blickte mich flehend an.

»Bitte, lass es mich erklären.«

»Ich brauche keinen Unterricht. Ich weiß, was ihr da getrieben habt. Du bist mit Porter zusammen!«

Einen langen Augenblick schien sie ernsthaft darüber nachzudenken. Dennoch kam etwas völlig anderes über ihre Lippen. »Aber ich liebe Zach. Es hat sofort gefunkt.«

Ich konnte nicht glauben, was sie da erzählte. »Porter ist nett, Jessy. Netten Menschen tut man so etwas nicht an!«

»Ich weiß, aber ... es ist Zach. Wir lieben uns!«

Sprachlos schaute ich sie an. Sie hatte das ohne Zögern gesagt. Als würde sie wirklich daran glauben.

»Wir reden von dem gleichen Zach, oder?«, fragte ich nur zur Sicherheit. »Zumindest sieht er genauso aus wie der Kerl, der für jeden Kalendertag eine neue Tussi am Start hat.«

»So ist er nicht wirklich, Ivy. Glaub mir, er ist nicht so!«

»Du willst Porter aufgeben? Für ihn?«

»Wo ist mein hübsches Ding, wo bist du?«, rief

Zach wie aufs Kommando. Er kam aus dem Zimmer, mit nichts weiter an als Boxershorts, und wankte durch den Flur. Wie viel hatte er wohl diesmal getrunken? *Nicht dein Problem, Ivy. Er stürzt doch auf jeder Party ab.*

»Ich komme schon!«, rief Jessy, als hätte er etwas besonders Romantisches gesagt.

»Du machst einen Fehler«, erinnerte ich sie leise.

Jessy grinste. »Einen hübschen Fehler.«

Oh, und wie ›hübsch‹ der war.

Es regnete, als mein Handy klingelte und die Welt sich veränderte ...

Ich saß an meinem Schreibtisch und starrte auf den Namen meines Dads auf dem Display. Seufzend nahm ich ab, weil etwas passiert sein könnte.

»Hey, Dad.«

»Kleines!«

Meinen Körper durchfuhr sofort ein Ruck. Er war betrunken. Dad nannte mich immer so, wenn er zu viel gesoffen hatte.

»Wann kommst du vorbei?«

Kein ›Wie geht es dir?‹, kein ›Was habe ich dich vermisst.‹

Nein. Dafür kamen immer nur Fragen, wann ich denn wieder vorhätte, nach Hause zu fahren, um mich um ihn zu kümmern.

Obwohl ich nichts anderes mehr kannte, wusste selbst ich, dass mein Dad sich um mich kümmern sollte. Es lief nicht andersherum. Nein. So lief das nicht.

»Dad, ich ...«

Mich zog es, warum auch immer, zum Fenster. Ich schob die Gardine zur Seite und erstarrte.

Jessy stand im strömenden Regen vor Zach, der gerade ins Auto einsteigen wollte. Sie redete wild auf ihn ein, aber er reagierte überhaupt nicht.

»Du, Dad ... Ich rufe dich später an und ...«

Doch die Leitung war bereits tot.

Natürlich. Warum sollte er sich auch verabschieden? Die nächste Flasche Bier wartete. Die kam immer vor mir.

»Zach! Bitte!«, rief Jessy gerade verzweifelt, als ich kurz darauf aus dem Haus trat und auf sie zuging. Sie stand noch immer auf der anderen Straßenseite neben Zachs Auto, während er irgendetwas in den Kofferraum lud.

»Jessy, warte!«, schrie ich durch den Regen, doch sie schien mich nicht zu hören. Völlig kopflos drehte sie sich plötzlich um und wollte an mir vorbeilaufen, aber ich ergriff ihren Arm. Jessy sah auf. Ihre Mascara war völlig verwischt. Sie erinnerte mich an eine der Horrorfiguren, die ich mir ständig mit Sienna und Phoebs ansehen musste. Gruselig.

»Was ist los? Komm, rede mit ...«

Urplötzlich riss sie sich von mir los.

»Lass mich in Ruhe! Das alles war ein Fehler und ... Ich muss hier weg!«

Sie ließ mich stehen und rannte praktisch fort von mir. Im Grunde nicht vor mir, das war mir klar.

»Hast du alles, Zach?«

Ich wandte mich um. Will, Zachs bester Freund, stand am Kofferraum und legte eine Tasche zu vielen anderen.

Natürlich. Während Zach Urlaub machte, heulte sich Jessy die Augen aus.

Zach selbst stand angelehnt an das Auto, die Augen von einer Sonnenbrille verdeckt. Er sah nicht fit aus, aber das war für mich kein Grund, irgendetwas außer Wut für diesen Penner zu empfinden.

Er hatte Jessys Beziehung ruiniert, weil er ihr irgendeinen Scheiß eingeredet hatte, um sie ins Bett zu bekommen. Dadurch hatte er Porter und Jessy auseinandergebracht und ich hatte gar kein Beispiel mehr, dass so etwas wie Liebe überhaupt noch funktionieren konnte. Überall, wo Gefühle waren, wurden Menschen verletzt. Erst Dad, dann Jessy und irgendwann würde es mich treffen, wenn ich nicht jetzt daraus lernte.

Mit verdammt viel Wut im Bauch lief ich auf Zach zu und ignorierte Wills überraschten Blick, als er mich bemerkte. Ich glaube, er sagte auch meinen Namen, aber ich konzentrierte mich ganz auf dieses Stück Dreck vor mir.

Zach sah auf, und auch ihn schien der Regen null zu interessieren. »Ivy? Was ist?«, fragte er und verdrehte gelangweilt die Augen. »Ich hab echt keinen Bock auf ...«

»Ach? Hast du das nicht? Ich hab auch keinen Bock mehr darauf, die Reste aufzukratzen, die du ständig hinterlässt! Du denkst wirklich, dir gehört die Welt, oder? Nehme ich heute die Blonde oder die Rothaarige und mache ihr Leben kaputt! So sieht es doch aus, oder?«, schrie ich völlig außer mir.

Will kam zu mir und hob beschwichtigend die Hände. »Hör mal, Ivy. Wir müssen ...«

»Mir ist gerade scheißegal, was ihr müsst, Will! Dein Freund hier existiert doch nur, um andere Menschen zu zerstören!«

Will fuhr sich durch sein Haar. Auch er schien nicht ganz auf der Höhe zu sein.

Erst jetzt bemerkte ich, wie starr Zach jetzt vor mir stand.

»Oh, hat es dir die Sprache verschlagen?« Spöttisch sah ich zu ihm hinauf. »Mir würde es wirklich leidtun, wenn nicht du es wärst, Zachery.«

Zach presste die Lippen aufeinander und machte einen Schritt auf mich zu, hielt dann aber plötzlich inne, als Will sich vor ihn stellte.

»Du hast Wichtigeres zu erledigen«, flüsterte Will ihm zu.

Ich schnaubte. »Natürlich! Auf dich wartet nur die Nächste, deren Herz und Leben du zerstören kannst. Du bist wirklich das Allerletzte!«

Zach sah zu mir. Auch wenn ich seine Augen unter der Sonnenbrille nicht erkannte, lag sein Blick auf mir. Er war wütend. Gut. Wenigstens verstand er, was ich von mir gab.

»War es das jetzt? Oder möchtest du noch irgendetwas loswerden?«, fragte Will mich gereizt. Als wäre ich von uns beiden die Böse. Ich hätte laut gelacht, aber der Laut blieb mir im Halse stecken.

»Ich könnte vieles sagen, aber das kommt anscheinend eh nicht an. Wobei ... steck ihn mal in die Wanne, er riecht wie eine ganze Brauerei«, erklärte ich angewidert und ging davon.

Eine Woche später feierten die Omegas 250-jähriges Bestehen. Ich war nicht vor Ort, aber noch Wochen später sprach man von der ›legendärsten‹ Party auf dem Campus.

Will hatte Jessy dort gesagt, dass Zach erst einmal im Urlaub sei und keinerlei Interesse daran hätte, das mit Jessy jemals zu wiederholen.

Ich hatte es Jessy gesagt. Ich hatte sie gewarnt.

Es machte sie fertig. Porter brach es das Herz und Zach ... Der schmorte hoffentlich in der Hölle.

**

ZACH. JANUAR 2018

Will fuhr den Wagen direkt zur Garage. Es war schon von Weitem zu hören, dass in unserem Verbindungshaus eine Party im Gange war.

»Sorry, aber die Neujahrsparty feiern wir immer nach und ich konnte schlecht sagen, dass wir wegen ...«

Ich hob die Hand, damit Will aufhörte, sich zu entschuldigen.

»Ist mir klar. Und wenn ich nicht das College

schmeißen will, muss ich damit klarkommen. Und das werde ich«, murmelte ich.

Will blickte mir lang ins Gesicht, um eine der Lügen zu erkennen, die ich ihm die Monate zuvor immer aufgetischt hatte. Aber heute meinte ich das, was ich sagte.

Heute war ich jemand anderes.

»Ich hoffe es. Es war verdammt noch mal nicht dasselbe hier ohne dich, Alter.«

Ich schmunzelte. »Und ich bin verdammt froh, dass ich meinen Wagen wieder fahren kann, sobald du ausgestiegen bist.«

Will nickte grinsend. »Ich müsste lügen, wenn ich mich für dich freuen würde.«

Wir beide lachten lauthals und stiegen dann aus.

»Scheiße, es ist Zach!«, rief irgendjemand auf der Veranda. Das Getuschel, das Winken und die Rufe gingen sofort los. Ich winkte zurück.

»Zach?«

Eine fünfköpfige Mädelsgruppe stand auf dem Bürgersteig. Die einzige Brünette sah mich überrascht an. Sie trug ein hübsches Kleid und wirkte sonst ziemlich heiß.

»Kann ich dir helfen?«, fragte ich freundlich.

»Ich bins. Daria«, erwiderte sie. »Wir beide ... na ja, wir wollten uns treffen, aber du warst dann ...«

»Er war in den Rocky Mountains«, mischte Will sich ein. Ach ja, wir hatten uns ein Alibi für mich ausgedacht. Ich war monatelang in den Bergen snowboarden gewesen.

Die Brünette nickte und kam lächelnd auf mich zu. »Wow. Vielleicht hast du Lust, mir davon zu erzählen?«

Jedem hier war klar, was sie von mir wollte. Ich sollte vielleicht den Mund benutzen, aber für etwas völlig anderes.

Ich suchte Wills Blick. Er wirkte nachdenklich, als würde ich jetzt wieder kurz vor meinem Absturz stehen. Aber ich war jetzt ein anderer Zach Morris. Ich lebte auf einer Ebene in meinem Leben enthaltsam – das hieß allerdings nicht, dass ich den Frauen abschwören würde. Ein Mann durfte mindestens eine Schwäche haben, oder? Und eine Ablenkung konnte ich gebrauchen, bevor ich in dieses Haus gehen und meiner größten Versuchung über den Weg laufen würde.

»Sicher, warum nicht«, antwortete ich der Brünetten.

Sie nahm ganz frei meine Hand und zog mich mit sich.

Aus dem Augenwinkel erkannte ich jemanden und sah zur Seite.

Auf der anderen Straßenseite standen die Mädels, die direkt gegenüber wohnten. Ein Blick brannte regelrecht auf mir. Ivy Brenneman.

Ihre Fäuste waren geballt, ihr ganzer Körper zitterte vor unterdrückter Wut. Sienna redete mit ihr, aber natürlich verstand ich aus der Entfernung kein Wort.

Ivy hatte also registriert, dass ich wieder hier war. Gut.

Mir war bewusst, dass sie mich auch nach meiner ›Kur‹ nicht mögen würde. Ich mochte sie auch nicht.

Immerhin gingen mir ihre letzten Worte nicht mehr aus dem Kopf. Und dafür hasste ich sie, weil sie damals wahr gewesen waren.

Ohne zu zögern erwiderte ich ihren Blick und zwinkerte ihr dann zu. Das würde sie von mir erwarten. Und ich gewann. Ivy wollte auf mich zugehen, aber Sienna hielt sie auf. Schade, so ein bisschen Ärger hätte mir gut getan.

Denn mein Körper war nervös. Ich war nervös, als die Brünette mich mit ins Haus zog. Was, wenn ich es nicht schaffte? Was, wenn die letzten drei Monate umsonst gewesen waren?

Dann hast du noch ihren Körper ...

Tief Luft holend machte ich mich bereit für mein neues Leben.

Kapitel 1

IVY, MAI 2018

»*Who let the dogs out?*«, brüllte Will Miller durchs ganze Haus. Er stand auf dem Tisch und stieß gerade mit Simon an, der wie die anderen mit einem Bellen antwortete.

»Er ist dein Freund, Ivy«, sagte Sienna. Wir saßen an der improvisierten Bar, die aus vier Holzpaletten und viel Klebeband zusammengebaut worden war.

»Ich weiß«, murmelte ich, trank meinen Drink aus, der viel zu viel Rum und wenig Cola beinhaltete, und atmete noch einmal tief ein und aus.

»Bist du dir absolut sicher, dass du das tun willst?« Siennas katzenartiger Blick traf auf meinen.

Ich hatte mir meinen kurzen Jeansrock und mein engstes Top herausgesucht. Simon sollte checken, was heute Sache war. Endlich. Nur dass heute noch die Verbindungsparty dazukam, hatte ich total vergessen.

»Erde an Ivy? Herrgott noch mal. So kann ich dich doch nicht zu dem …« Sie zeigte noch einmal auf

Simon, der weiterhin herumbellte, als würde er einen Knochen suchen. »... lassen, ohne dabei zumindest ein wenig Moralapostel zu spielen.«

Ich blickte zu Simon. Sein strubbelig blondes Haar sah so gut wie nie eine Bürste. Die knapp eins achtzig große Hülle war wirklich heiß, aber ... das war es auch schon, musste ich nach knapp vier Monaten Beziehung feststellen.

Wir konnten ohne Probleme 100 Minuten gemeinsam im Kino sitzen und rumknutschen, aber sobald es ums Reden ging, war da nicht viel los bei ihm. Mir war schon klar, dass das mit ihm keine Zukunft hatte. Das hielt mich aber nicht davon ab, ihn zu benutzen.

Jepp. Er war mein Werkzeug und Simon würde sicher nichts dagegen haben.

Ich wollte endlich meine Unschuld verlieren.

Jedes Mädchen träumte davon, dass es mit *dem* Richtigen passierte. Es würde phänomenal werden. Vielleicht würde er Kerzen aufstellen, Lovesongs auflegen und ihr dann seine unsterbliche Liebe versprechen ...

Jedenfalls waren das Träumereien einer 15-Jährigen gewesen.

Jetzt war ich 20 und es war gar nichts mehr toll daran, als Einzige *nicht* zu wissen, wie es war, Sex zu haben. Und ich hatte Simon dazu. Es würde passieren. Heute Nacht. Dazu brauchte er nicht zu reden.

»*Baby!*« Simon zwinkerte und zog sich dann vor allen sein Shirt aus. Der Jubel war groß, ich verdrehte die Augen. Das machte er mehrmals am Tag. Simon Conright musste seine Muskeln zeigen.

»Du findest jemand anderen«, rief Sienna und legte den Kopf schräg. »Wobei er echt ansehnlich aussieht.«

Ich wollte ihr gerade antworten, als von ihr ein »Oho« kam. Sienna nippte an ihrem Drink, während sie hinter mich schaute und mir so schon deutlich machte, wer gerade auf der Party erschienen war.

Jetzt jubelte die Menge nicht wegen der halbnackten Tanzeinlage meines Freundes. Nein. Sie jubelten *ihm* zu.

Zach Morris.

Ihr kennt ihn nicht?

Nun. Jeder in Georgetown kannte Zach Morris. Jeder, von den Nerds bis zu seinen Teamkollegen, liebte das Ausnahmetalent in unserem Rugbyteam. Wenn er irgendwo erschien, freuten sich die Leute. Wenn er einen ansprach, freuten sie sich darüber. Theoretisch würden sie sich darüber freuen, wenn Zach auf ihrem Scheißhaus sitzen würde. Jetzt verstanden?

»Er kommt her«, murmelte Sienna in ihren Drink.

Ich reagierte nicht, sondern konzentrierte mich lieber auf mein leeres Glas.

»Ladies«, hörte ich ihn sagen. »Und Ivy.«

Tief Luft holend drehte ich mich um und sah in ein grasgrünes Augenpaar. Wie immer hatte er dieses gerissene und selbstverliebte Lächeln in sein viel zu attraktives Gesicht geheftet. Oh, ich mochte ihn ganz und gar nicht.

Zach war zwei Semester über mir und der Nachbar unseres Verbindungshauses. Gut, Sienna, Phoebe und ich waren eigentlich keine Verbindung, aber Wohnraummangel machte erfinderisch und irgendwie kam es bei den Studenten an, dass wir uns nicht den Regeln unterordneten. Zach und das halbe Rugbyteam gehörten zu den Kappa Alphas, die direkt gegenüber von uns lebten. Ein geheimer Bund, der sich irgendwie an die Freimaurerzeit band. Zach war deren oberster Heini, erzählte man sich. Man bekam als Außenstehender nur wenig davon mit. Simon war auch ein Anwärter, so viel durfte er mir verraten. Ich hielt von diesem ganzen Schwachsinn überhaupt nichts. Jedenfalls saßen wir jetzt in deren Verbindungsbude und hörten uns den Mist an, den die Jungs von sich gaben.

»Hey, Zach. Hübsches Shirt«, sagte Sienna und grinste ihr Flirty-Lächeln.

Ich verdrehte die Augen. Sie konnte einfach nicht anders. Nicht nur, dass sie mit ihrer exotischen Schönheit – ihr Dad war Japaner, ihre Mutter Brasilianerin – sowieso schon ein Blickfang war, sie konnte sich bei Typen nie zurückhalten.

»Sienna, Sienna ...«, begann er und schüttelte den Kopf. »Man könnte meinen, dass du mit mir flirtest.«

Zachs kurzes, dunkles Haar war völlig durcheinander. Diese intensiven grünen Augen passten nicht dazu. Genauso wenig die Levis-Jeans und dieses muskelbetonte weiße Shirt. Ich mochte ihn ganz und gar nicht.

Sienna zuckte mit der Schulter, als wäre es ihr scheißegal, wenn es so wäre. Grinsend drängte Zach sich zwischen uns und sah zu Sienna, als wäre ich nicht mal da.

»Und was glaubst du, Zach?«, raunte meine Mitbewohnerin lächelnd. »Flirte ich?«

Ich sah mein Frühstück schon auf dem Boden liegen, als mich plötzlich zwei starke Arme umschlossen.

»Hey, Baby ...«, flüsterte Simon und drückte mir einen feuchten Kuss auf die Wange. Dann sah auch er an mir vorbei. »Zach, Alter, was kommst du so spät?«

Seine Stimme war etwas unscharf, er war schon ziemlich angetrunken.

»Hatte noch was zu erledigen. Ihr seid ja anscheinend auch ohne mich klargekommen, was?«

Dass er deshalb belustigt war, nervte mich. Auch dass alle zwei Sekunden jemand kam, um ihm auf die Schulter zu klopfen, nervte. Es nervte. Es nervte. Es nervte ... mich, aber keine der Frauen um uns herum. Entweder fraßen sie ihn mit ihren Blicken gierig auf, oder sie wollten ihm etwas antun. Man erkannte ganz genau, wer eine Ex war und wer es werden könnte.

Seine Jeans war nicht mehr die neueste, genauso die Chucks. Aber das verlieh ihm etwas Raues. Das bekam man nicht von jedem 21-Jährigen. Dazu dieses gerissene Grinsen, als würde er genau wissen, was jeder über ihn dachte. Was jede einzelne Frau über ihn dachte.

Ich konnte ihn nicht ausstehen.

»Aber jetzt bist du ja da!«, sagte Simon zu ihm,

küsste mich dann, grinste und ging wieder zu den anderen, die immer noch tanzten.

»Ich weiß echt nicht, warum ihr beide zusammen seid«, meinte Zach plötzlich, ohne mich anzusehen. Er blickte zu Simon, der gerade mit Bobby und Ethan abklatschte.

»Und ich bin erstaunt, dass du wirklich glaubst, dich würde das irgendetwas angehen«, gab ich zurück und versuchte, nicht zu wütend zu werden.

Unsere Blicke begegneten sich. Das passierte selten, aber wenn der werte Mr. Zach Morris sich dann mal die Zeit nahm, sich mit mir auseinanderzusetzen, war es ein merkwürdiges Gefühl.

»Kommt schon, Leute. Jetzt streitet nicht«, mischte Sienna sich ein, aber wir beide waren zu beschäftigt mit unserem Blickduell.

Bis Zach schließlich zu grinsen begann. »Ich misch mich mal unters Volk.«

»Mach das mal«, schnaubte ich, weil jedes weibliche Wesen hier sowieso darauf wartete, ihn zu bespringen.

»Sienna«, verabschiedete er sich mit einem Sing-Sang in der Stimme, der wirklich fast mein Frühstück *und* Mittagessen auf den Boden katapultiert hätte.

»Ivy«, ergänzte er dann kühl.

»Zachery«, verabschiedete ich mich und wusste ganz genau, dass sein ganzer Name ausgerechnet aus meinem Mund ihn mega aufregen würde. Für einen Moment schien er auch an Ort und Stelle bleiben zu wollen, dann aber verzog er sich endlich und ich konnte wieder ohne Ärger atmen.

»Was ist?«, fragte ich, als Sienna mich ein wenig zu lang angestarrt hatte.

»Nichts.«

Natürlich nicht. Aber ich ließ es unkommentiert.

»Sag mal ...« Ich sah mich um. »Wo ist eigentlich Phoebs?«

Sienna zuckte mit der Schulter. »Du kennst sie doch. Sie hasst diese Partys.«

Ich nickte, während ein neuer Song zu spielen begann. Simon und ein paar andere waren praktisch sofort auf einem der Tische und begannen zu *Macarena* zu tanzen.

»Bist du dir absolut sicher?«, rief Sienna mir zu.

Ich verdrehte die Augen, damit sie die Antwort endlich verstand.

Auch wenn mir die Zweifel praktisch ins Gesicht geschrieben waren, während Simon begann, mit dem Hintern zu wackeln.

***

»Ich bin so im Arsch!«, murmelte ich vor mich hin, während ich die Tür hinter mir ins Schloss zog und die Treppe hinunterlief.

Wir hätten nicht hier im Verbindungshaus der Kappa Alphas bleiben sollen.

»Verdammte Kacke!«, fluchte ich weiter und stieg über irgendeinen Studenten, der mitten auf der Treppe eingepennt war. Es war ruhig hier im Haus. Kein Wunder um fünf Uhr morgens.

»Ich bin so bescheuert. Und dumm und blöd und ...«
Jetzt fiel mir auf, dass ich sogar meine Schuhe vergessen
hatte. Na großartig!

Da ich nicht mehr zu Simon konnte, immerhin
wollte ich nicht wegen Totschlags in den Knast wan-
dern, kramte ich mein Handy aus der Jackentasche und
rief die Person an, die mich sowieso schon für verrückt
gehalten hatte, es mit Simon zu tun.

Es klingelte viermal, dann ging sie ran.

»Sag mir bitte nicht, dass ihr gerade dabei seid und
du mich als Bedienungsanleitung ausnutzen möchtest«,
murmelte Sienna in den Hörer. Sie hatte eindeutig bereits geschlafen. Mein schlechtes Gewissen hielt sich in
Grenzen.

»Wir haben ein Problem«, flüsterte ich ins Handy
und öffnete die Haustür.

»Okay, dann stufen wir dein Problem mal ein. Muss
ich eine Schaufel mitnehmen?«

»Das ist nicht witzig«, fuhr ich sie an und lehnte
die Stirn gegen den Türrahmen. »Ich ... ich muss in die
Klinik. Du musst mich abholen!«

»Was? Oh Gott, was ist passiert, Ivy?«, fragte sie
panisch nach und ich hörte ihr Bettzeug rascheln.

»Ich ... Also, es ist ... Ich glaube ...«

»Meine Güte, Ivy! Hat er dir den Verstand rausgevö-
gelt? Jetzt sprich endlich!«

»Es steckt in mir drin!«, platzte es aus mir heraus.

»Excusez-moi?«, fragte sie irritiert. »Ich komm da
nicht mehr ganz mit ...«

»Verdammt noch mal, Sienna ... Ich muss in die Klinik, weil das ... na, das Kondom ...« Meine Stimme wurde immer leiser, weil es auch verdammt noch mal nicht für die Öffentlichkeit gedacht war. »Es ist in mir drin. Immer noch. Wir konnten es nicht finden ... Danach.«

Auf der anderen Seite des Hörers blieb es totenstill, bis sie plötzlich so laut lachte, dass ich das Handy etwas von meinem Ohr weghalten musste.

»Oh Gott ... Ich ... Ich pinkel mir gleich in die Hose!« Sie japste nach Luft und stand vermutlich kurz vor einem Zwerchfellbruch.

»Ja, lach du nur. Ich muss aber trotzdem in die Klinik und du musst mich fahren!«

Sie lachte immer noch, nur etwas weniger unbeherrscht.

»Kriegst du dich wieder ein? Denn witzig ist daran gar nichts!«

»Oh doch, da ist einiges witzig dran«, rief sie und lachte wieder drauflos.

»Ach ja? Das Ding steckt in mir drin. Was glaubst du? Haben die Hersteller dafür 99 Prozent Sicherheit gegeben? Ich bezweifle das. Ich habe nichts dagegen, wenn ich später als 90-jährige Singlelady mit meinen vier Katzen einsam sterbe, aber ein Kind von Simon? Von Simon, Sienna!«

Plötzlich war sie mucksmäuschenstill.

»Was ist jetzt?«, fragte ich genervt. »Die vier Katzen oder ein Baby?«

»Also, ich wäre ja für einen Hund.«

Ruckartig hob ich den Kopf, denn die männliche Stimme gehörte ganz sicher nicht zu Sienna, und sah geradewegs in Zachs Gesicht.

Seit wann stand der denn hier?

»Zach«, murmelte ich erschrocken.

»Das wird ja immer besser«, japste Sienna ins Telefon.

Zach hob eine Augenbraue. »Willst du rein- oder rausgehen?«

»Ich will …«

»Ich habe es gefunden!« Simon kam aus seinem Zimmer gerannt und stürzte sich praktisch aufs Treppengeländer. Es fehlte nur noch das benutzte Kondom, um die Situation völlig aus dem Ruder laufen zu lassen.

»Was hast du gefunden?«, fragte Zach nach.

»Seit wann geht dich das irgendetwas an, Zachery?«, fuhr ich ihn an, bevor Simon ihm tatsächlich noch die Wahrheit sagen konnte.

Er runzelte die Stirn. Was er selten tat. Gut, er hatte mich auch selten in so einer Situation erlebt.

»Du musst nicht in die Klinik fahren, Babe. Alles ist wieder gut!«

»Moment mal. Klinik? Was ist hier los? Bist du verletzt?« Die Sorge in Zachs Stimme kam zu überraschend, als dass ich wirklich reagieren konnte. Er musterte mich von oben bis unten. Dass ich keine Schuhe trug, meine Haare völlig durcheinander waren und ich rot anlief, weil er mich so lang anschaute, machte das Bild für ihn sicherlich komplett.

»Nein, ist sie nicht! Wir haben nur ...«

»Simon, halt einfach die Klappe! Einmal, okay?«, fuhr ich ihn an.

Simon blieb tatsächlich sofort still.

»Bei den Kappa Alphas gibt es Regeln, Simon«, erinnerte Zach ihn misstrauisch. »Wenn ihr zwei irgendeine SM-Scheiße abziehen wollt, macht ihr das gefälligst außerhalb dieser vier Wände!«

Oh, großer Graben, tue dich auf, damit ich für immer in dir verschwinden kann ...

»Zach, ehrlich, Mann. Es ist nicht so, wie du denkst«, rief Simon nervös zu uns herunter.

»Halt die Klappe!«, fuhr er Simon an und kam dann auf mich zu. Er hielt gebührenden Abstand, aber die Nähe zu ihm war dennoch da. »Wirklich alles okay?«

Die Sanftheit in seiner Stimme verwirrte mich noch mehr als die Sorge.

»Es ist alles in Ordnung. Kein SM, kein böser Simon. Er hat mir nichts getan«, antwortete ich und schaute ihm in die Augen. Sie waren strahlend grün wie immer, aber ... irgendetwas war anders.

Kapitel 2

DAS MÄDCHEN, DAS ICH NICHT LEIDEN KANN

ZACH

Ivys Blick traf auf meinen. Ich suchte eine Lüge in ihren schokobraunen Augen, oder zumindest ein Gefühl von Angst oder Panik. Aber das war nicht da. Sie sprach die Wahrheit.

Auch wenn sie mich wahnsinnig nervte, war ich erleichtert darüber, nicht die Cops rufen zu müssen, weil Simon sich ihr aufgedrängt hatte. Denn dass sie Sex gehabt hatten, war ihr von der Nasenspitze abzulesen.

Was war also das Problem?

»Komm schon, Ivy. Wir können doch noch einmal ...«, begann Simon von der Treppe aus. Bot er ihr tatsächlich das an, was sie augenscheinlich zur Flucht trieb?

Ich machte noch ein Schritt vor, um Simon daran zu erinnern, dass er sich keinen Scheiß mehr leisten konnte, wenn er hier bei den Kappas aufgenommen werden wollte, da stellte sie sich plötzlich vor mich.

»Ich wäre fast ins Krankenhaus gekommen, weil du ...« Ivy schloss gequält die Augen, als würde sie sich tierisch zusammenreißen müssen. Was zum Teufel hatten die beiden da oben getrieben? Offensichtlich nicht das, was ich als Erstes angenommen hatte. Ivy wirkte nicht verletzt, körperlich gesehen. »Ich hätte schon vor Monaten auf mein Radar hören sollen.«

Simon und auch ich starrten sie neugierig an. Man wusste bei Ivy nie, was als Nächstes kam.

»Dumm fickt definitiv nicht gut!«

Sie ging, ohne noch ein Wort zu sagen. Aber im Grunde war damit ja auch alles gesagt. Mein unterdrücktes Grinsen bekam Simon natürlich mit. Oben am Geländer stiegen Rauchwolken aus seinem Kopf. Man könnte sie sicherlich sehen, wenn man genau hinschaute.

Seufzend machte ich mich weiter daran, den Dreck wegzuräumen, nur deshalb war ich schließlich überhaupt hier unterwegs. Es war nicht meine Aufgabe, aber den Schweinestall konnte man sich doch nicht länger mitansehen.

Während ich leere Becher und Servietten in den Mülleimer legte, dachte ich an Ivys letzten Satz zurück.

Dumm fickt definitiv nicht gut!

Ich räumte noch eine Stunde lang den Scheiß der anderen weg, aber diesmal mit einem Grinsen im Gesicht.

***

»Sie werden Anfang des nächsten Semesters einfach ein paar weitere Prüfungen absolvieren, und dann schauen wir mal, ob sie wirklich zu den Kappa Alphas gehören könnten«, schlug ich vor.

Will, mein Vizepräsident, saß mit mir in unserer üblichen Ecke des Verbindungshauses und wiegte nachdenklich den Kopf hin und her. »Roy und Biggs haben sich gut gemacht«, erklärte er.

»Ich weiß.« Aber an denen lag es nicht. Ich linste über Wills Schulter. Das Sorgenkind war Simon, der hinter uns in einer Ecke saß und mit seinem Handy beschäftigt war.

Will folgte meinem Blick und drehte sich kurz. »Wir könnten ihm absagen«, schlug er vor.

»Noch hat er die Prüfungen bestanden.«

»Ja, weil sein Kontrahent Smith sich den Fuß gebrochen hat. Ehrlich, Zach. Das war doch kein Zufall.«

»Warum? Weil nur Simon und Bug beim Parkourlauf die Letzten waren und Smith sich nicht mehr erinnern konnte, was vor dem Sturz in die fünf Meter passiert ist?«, fragte ich ironisch nach.

»Und bei den Prüfungen davor hat er es auch nur gerade so in die nächste Runde geschafft«, fuhr Will fort.

Ich ließ Simon nicht aus den Augen. Irgendetwas an dem Typen machte mich vorsichtig. Offensichtlich besaß er Ehrgeiz. Zu viel Ehrgeiz, den man nicht unterschätzen sollte.

»Wir geben ihm zu verstehen, dass er über den Sommer hinaus noch was zeigen muss. Mehr Leute sind für nächstes Jahr dringend nötig. Wir veranstalten nächstes Semester die Halloweenparty«, sagte ich.

»Meinst du, er wird das so einfach akzeptieren?«
Will schien zu zögern.

»Er muss, sonst kann er gehen.«

»Keine schlechte Idee. Vielleicht gibt er von selbst auf.«

Wir schauten zu Simon rüber, der noch immer an seinem Handy hing.

Will und ich wussten beide, dass wir ihn laut Verbindungssatzung nicht ohne triftigen Grund rausschmeißen konnten. Da mussten wir halt hoffen, dass er die nächsten Prüfungen verhauen würde.

Kapitel 3

VIER MONATE SPÄTER

IVY. SEPTEMBER 2018

»Wo zum Teufel habe ich nur meinen Lieblingsschlafanzug hingelegt?«, fragte ich jetzt zum dritten Mal laut in mein Zimmer. Als könnten die Schreibtischlampe oder mein Bett mir die Antwort zuflüstern.

Meine Unterwäsche war gut verstaut in dem kleinen Karton. Im mittelgroßen befanden sich meine Oberteile und in der großen Kleider, Röcke und allerhand Kleinscheiß. Aber mein Schlafanzug?

»Ich hoffe, du hast ihn aus Versehen verbrannt oder so etwas«, erklang eine Stimme hinter mir.

Kreischend fuhr ich herum und riss Sienna in meine Arme.

Drei Monate hatten wir uns nicht gesehen. Wir drei lebten verstreut in den Staaten und sahen uns während der Semesterferien nur über Videochats. Aber Facetime zählte nicht, wenn man nicht jeden Tag Seite an Seite in der Vorlesung saß. Wie immer war Sienna braun gebrannt. Wie ich sie hasste.

Deswegen drückte ich sie noch einmal eng an mich.

»Mann, hast du mir gefehlt«, murmelte ich und ließ sie dann wieder los.

Sienna grinste. »Du mir auch. Phoebs ist noch nicht da?«

Wir lebten momentan zu zehnt hier. Unsere selbst gegründete Nicht-Verbindung war beliebter denn je, aber unsere Plätze in dem alten Haus waren begrenzt.

»Ne, ich glaube, sie wollte eh später kommen, oder?«, fragte ich und hob einen Stapel Shirts aus dem Karton, um sie aufs Bett zu legen.

»Mmh.« Siennas kurze Antwort wunderte mich nicht.

Phoebe war nach der sagenumwobenen Party vor vier Monaten vorzeitig nach Hause gefahren. Uns hatte sie eine kurze und knappe Nachricht hinterlassen, dass sie eh alle Prüfungen soweit bestanden hatte und jetzt erst mal Urlaub bräuchte. Tja, dieser Urlaub war jetzt vorbei, das Semester startete wieder.

»Ich hab deinen Dad gar nicht mehr gesehen«, sagte Sienna und stöberte in einem meiner Kartons herum.

»Er hat nen Job in Springfield«, murmelte ich. »Da musste er dringend hin.«

Seitdem meine Mum uns verlassen hatte, hatte mich Dad allein großgezogen und seit ich auf dem College war, arbeitete er praktisch rund um die Uhr in einem Sägewerk. Er wollte sich ablenken, sagte er jedes Mal, wenn ich fragte, warum er ständig so viel malochte. Tja, ein Date wäre dazu auch nicht schlecht. Aber das würde bedeuten, Dad wäre über Mom hinweg, und das würde niemals passieren. Und dann wäre da noch seine Gesundheit, die erst wieder stabil werden musste. Nun, das war jedoch eine ganz andere Geschichte ...

Sienna schnaubte. »Na, wenigstens weißt du, dass dein Dad noch atmet.«

Ich sagte nichts dazu. Siennas Eltern waren stinkreich, weil sie irgendetwas erfunden hatten. Seitdem trafen sie sich mal an Weihnachten und das war's. Sie saß den gesamten Sommer in dieser Tausend-Quadratmeter-Villa und drehte Däumchen. Aber all unsere Probleme zu Hause waren hier einfach keine mehr, weil wir uns hatten. Hier waren wir einfach Sienna, Ivy und Phoebe. Drei ganz normale ...

Mit einem Knall schlug unten die Tür zu.

»Phoebs?«, rief Sienna hinunter.

»Ja?«, kam es unsicher zurück.

Sienna und ich sahen uns fragend an. Irgendetwas stimmte nicht. Nicht nur, dass Phoebe vor Semesterende das College einfach so verlassen hatte. Den gesamten Sommer über hatte sie kaum auf unsere SMS geantwortet. Facetimen wollte sie gar nicht erst.

Zeitgleich sprangen wir auf und rannten die Treppenstufen hinunter.

Phoebe stand mit einem Karton vor ihrem Gesicht vor uns, stellte diesen umständlich auf dem Boden ab und dann ... erstarrten wir beide.

Wie war das? Wir waren völlig normal, wenn wir wieder hier waren?

»Du ... Du ...«, begann ich und konnte mich einfach nicht von Phoebes Anblick losreißen.

»Du bist dünn«, stellte Sienna überrascht fest.

Ich schüttelte den Kopf, weil sie wieder mal zu direkt war.

»Bin ich«, antwortete Phoebe, als wäre das keine große Überraschung.

Aber das war es! Phoebe Minton war bekannt für ihre Rundungen und jetzt ... Sie trug enge Jeans und ein 0815-Shirt. Nichts großartig Neues und dennoch etwas völlig anderes. Ihre Wangenknochen stachen hervor. Vor vier Monaten war da noch etwas mehr Körperfett.

»Sienna«, mahnte ich sie.

»Was denn?«

Ich ging auf Phoebe zu und umarmte sie. Selbst diese simple Umarmung zeigte die Veränderung. Ihre Schulterblätter waren leicht zu spüren.

Dann ließ ich sie los und lächelte. Phoebe hatte schon immer ein hübsches Gesicht gehabt, aber auch circa 20 Pfund zu viel auf den Rippen. Was waren schon 20 Pfund? Die inneren Werte zählten, und davon hatte Phoebe sehr viele schöne zu bieten.

»Scheiße, wie viel hast du abgenommen? 25 Pfund?«, fragte Sienna weiter.

Seufzend schüttelte ich den Kopf. »Sienna!«

»Was denn?«

»30«, antwortete Phoebe zaghaft.

»Was?«, fragte ich geschockt und betrachtete Phoebe noch einmal. »Du warst doch nicht so ...«

»Meine Güte, Ivy. Sie war fett, das ist doch jetzt kein Beinbruch, wenn wir das aussprechen. Sieh sie dir an. Klasse«, sagte Sienna, drückte sie kurz und lächelte.

Phoebe lächelte auch, aber es erreichte nicht ganz ihre Augen. Als würde sie das wirklich bedrücken.

»Ich wollte ... eine Veränderung«, meinte Phoebe und zuckte mit der Schulter.

Eine krasse Veränderung. Das war schon mal klar!

»Ich glaube, dieses Jahr wird noch besser als das letzte«, mutmaßte Sienna zwinkernd.

Ich seufzte. Würde es das werden? Es war zwar schön, dass wir wieder zusammen waren, aber das hieß auch, sich mit nervigen Ex-Freunden auseinandersetzen zu müssen. Simon zum Beispiel. Den ich nach unserem Sex zum Teufel gescheucht hatte. Noch Wochen danach hatte er kein Problem darin gesehen, dass das Kondom nicht so richtig funktioniert hatte. Schwachkopf! Statt mir wie am Anfang fast täglich eine Nachricht zu schreiben, waren es mittlerweile vielleicht zwei die Woche.

»Komm, wir helfen dir«, schlug ich vor und ging hinaus, um einen der vielen Kartons aus Phoebes Wagen zu holen. Sienna folgte mir, während Phoebe ihren bereits hoch in ihr Zimmer trug.

»Phoebes Veränderung ist der Hammer, oder?«

»Ja, aber findest du das nicht auch merkwürdig?«, fragte ich und überreichte ihr einen Karton. »Sie ist einfach so verschwunden, hat sich in den Ferien kaum gemeldet und jetzt taucht sie hier *so* auf und scheint nicht mal glücklich über ihre Verwandlung zu sein.«

Sienna schnaubte. »Sie sieht aus wie ein Topmodel. Natürlich ist sie nicht glücklich darüber. Das wärst du auch nicht, wenn du nur noch ein paar Salatblätter und destilliertes Wasser zu dir nehmen würdest.«

Ich wollte ihr gerade erklären, dass das mit dem destillierten Wasser völliger Schwachsinn war, aber da pfiff Sienna schon.

»Wie habe ich doch diesen Ausblick vermisst.«

Ich folgte ihrem Blick.

Direkt gegenüber befand sich das Verbindungshaus der Kappa Alphas. Und wie so oft war Zach gerade dabei, in der offenen Garage an seiner alten Karre zu schrauben. Gut, laut ihm war der Camaro aus den Sechzigern ein verdammter Oldtimer. Aber wen interessierte das schon?

Was allerdings äußerst interessant war – also, außer für mich natürlich –, war sein freier Oberkörper. Jedes Mal musste er ohne Shirt herumlaufen und so tun, als wäre er sexy. Ich hasste ihn.

Er fummelte an einer Schraube oder so was herum. Seine Hände waren verdreckt, die Hose eng. Alles Dinge, die man ignorieren konnte. Aber diesen trainierten Bauch? Gut, dass meine Gedanken nur für mich bestimmt waren.

»Es gibt Bessere«, stellte ich so unbegeistert wie möglich fest und griff mir einen Karton aus Phoebes Wagen.

Sienna seufzte. »Du hast dich auch von einem Simon entjungfern lassen, Ivy. Deine Meinung zählt nicht.«

»Danke auch«, schnaubte ich und drehte mich etwas zu schnell zu ihr. Dabei rollte ein kleiner Ball aus meinem Karton, direkt auf die Straße. Ich kannte ihn. Phoebs hatte ihn mal auf dem Rummel gewonnen, nachdem sie circa 50 Mäuse in den Automaten geworfen hatte. Wenn Phoebs etwas besaß, dann Ehrgeiz.

»Viel Spaß«, flötete meine angebliche Freundin und verschwand im Haus.

Seufzend stellte ich meinen Karton auf den Boden und lief diesem kleinen Ball wie ein Hund hinterher. Warum auch immer Phoebe das Ding dabeihatte, sie würde ihn sicher vermissen und …

Ich war so fokussiert auf meine gute Tat, dass ich den Wagen nicht kommen sah. Viel zu spät drang das Rattern des Motors zu mir durch und ich fuhr herum. Mit großen Augen starrte ich auf die Haube des Autos, dessen Fahrer gerade im Fußraum abgetaucht war und das mich gleich plattfahren würde.

Klasse. Das war es jetzt. Ich bin keine 21 Jahre alt und schon werde ich …

Plötzlich hörte ich es hupen, spürte einen kräftigen Stoß und dann … befand ich mich mit dem Hintern auf dem Asphalt.

Autsch.

Ich kniff kurz die Augen zusammen, weil mein Rücken und mein Hintern den Flug gar nicht witzig fanden.

»Alles okay?«, erklang es atemlos neben mir.

Ich sah auf und erkannte die grasgrünen Augen sofort wieder. Shit. Ich saß vor Phoebes Auto auf

46

dem Boden. Zach hatte einen Arm an die Wagentür gestützt, atmete schwer ein und aus und starrte mich oberkörperfrei an. *Nicht er!*

»Ivy? Bist du okay?«, wiederholte er noch mal für Blöde. Also für mich.

»Bitte sag mir nicht, dass du gleich anfängst zu glitzern, wenn die Sonne herauskommt«, sagte ich.

Zachs Miene entspannte sich sichtbar.

»Scheiße. Alles in Ordnung? Ich hab dich nicht kommen sehen!«

Blinzelnd sah ich zur Seite. Da stand ein Typ, den ich bestimmt schon mal auf dem Campus gesehen hatte, und musterte mich panisch. Vermutlich der Fahrer. Ächzend drückte ich mich vom Boden hoch und stand auf. Zach beobachtete mich dabei genaustens.

»Mir gehts gut!«, erklärte ich. Hoffentlich verzogen sich die beiden schnell wieder.

»Dir ist schon klar, dass du hier nicht mit sechzig Sachen über die Straße brettern kannst«, sagte Zach zu dem Fahrer.

»Ja, sorry. Sie kam aber auch aus dem Nichts und ...«

»Das macht sie öfter«, meinte Zach grinsend.

Ich verdrehte die Augen.

»Ivy? Was ist denn hier los?«, fragte Sienna und kam mit Phoebe aus dem Haus.

»Ivy wollte mal ›Wir laufen wie ein Hund vors Auto‹ spielen. Hey, Phoebe. Du siehst gut aus.«

Phoebe lief rot an. Aaargh. Dass er alle immer wieder so durcheinanderbringen musste!

»Na schön, wenn es dir gut geht, dann fahr ich mal wieder.« Der mir unbekannte Typ focht irgendein stummes Blickduell mit Zach aus und fuhr dann mit quietschenden Reifen davon.

»Na, der hat es anscheinend begriffen«, rief Sienna schnaubend.

Zach sah dem Fahrer weiter hinterher und schüttelte dann den Kopf. »Ihr habt das hier so weit im Griff, ja? Dann geh ich mal wieder. Schönen Tag noch, Ladies.« Er winkte Sienna und Phoebe kurz zu und ging wieder zu seiner Garage, um ›heißer Garagenboy schraubt herum‹ zu spielen.

»Hat dieser selbstsüchtige Idiot etwa deinen Knackarsch gerettet?«

Diese überhebliche Frage oder besser Feststellung hätte Sienna sich auch sparen können.

»Er war zufällig ...«

Sienna hob die Hand. »Hör auf, bevor du dich bei dem Wort »Danke« noch verschluckst. Denn wäre ich Zach, würde ich dir nicht noch einmal helfen.«

Wortlos hob ich den Karton hoch, den ich hingestellt hatte, um den Ball zu holen. Apropos Ball ...

Ich sah mich um und bekam gerade noch mit, wie Phoebe den Ball grinsend in den Karton legte.

Ich blickte die beiden an, die darauf warteten, dass ich irgendwie reagierte. Dann schaute ich rüber zu Zach, der weiter an irgendeinem Autoteil herumfummelte. *Er hat mir wirklich geholfen ...*

»Arrrgh!« Wieder stellte ich den Karton auf den

Boden. »Ich muss mich wohl entschuldigen«, stellte ich widerwillig fest.

Sienna klopfte mir schwesterlich so fest auf den Rücken, dass ich gleich zwei Schritte nach vorne gehen musste. Sie hatte aber auch einen Schlag drauf.

Vorsichtshalber sah ich mich ganz genau auf der Straße um, dann ging ich los. Zach lag auf einem Brett mit Rollen und wollte gerade unter seinem Auto verschwinden, als ich direkt vor ihm stehen blieb und mich räusperte.

Er kam wieder unter dem Auto vor und sah mich mit einer hochgezogenen Augenbraue an, als wäre ich gerade völlig fehl am Platz. Jepp, so fühlte ich mich auch.

»Ähm ... danke.«

Ja, da war es doch!

»Ach«, erwiderte er überrascht. »Das war's?«

Zach setzte sich auf, und sein Bauch blieb dabei steinhart. Kein Gramm Fett war zu sehen. Pure Muskeln. Purer Mann. *Woher kam das denn jetzt?*

»Willst du ein Dankesschreiben, Blumen oder vielleicht doch lieber Schokolade?«, fragte ich genervt.

Zach putzte sich die Hände an einem Lappen ab und blickte mir ziemlich lang in die Augen. »Nougat?«

»Die mit der weißen Schokolade drauf?«, fragte ich zuckersüß nach, obwohl er genau wusste, wie wenig ernst ich das meinte.

Kopfschüttelnd legte er den Lappen zur Seite. »Das muss dir ziemlich schwergefallen sein.«

Ich schnaubte und verschränkte die Arme vor der Brust. »Du hast doch keine Ahnung.«

»Ehrlich gesagt habe ich die wirklich nicht. Was ist dein Problem?«

Er wirkte belustigt. Das passierte leider Gottes so ziemlich immer, wenn er mich nervte.

»Hey Zaaach!«, rief plötzlich eine Tussi hinter uns.

Ich drehte mich um und wollte es nicht glauben.

Jennifer Banks, Cheerleaderqueen und heißeste Studentin auf dem ganzen verdammten Campus stand mit einem Bier in der Hand auf der Terrasse.

»Was gibt's?«, fragte er, als wäre der Anblick einer fast nackten Jennifer Banks – wir redeten von einem vielleicht drei Zentimeter breiten Streifen Bikiniober-teil und einem Stringtanga, den sie tatsächlich als Bikinihöschen verkaufen wollte – so normal wie Chris Hemsworth und ich kuschelnd in einem Whirlpool. Wobei ich in diesem Traum auch sehr wenig trug.

»Kommst du in den Garten? Ich wollte nicht allein in den Pool.«

Mir blieb das Schnauben im Halse stecken. Als gäbe es nicht eine Handvoll anderer notgeiler Idioten, die gerne seine Rolle übernehmen würden. Aber nein. Sie wollte ja Zach.

»Ich komm gleich.«

»Okay!«, rief sie ihm trällernd zu und verschwand wieder im Haus.

»Das war Jennifer Banks.«

»Offensichtlich«, antwortete er grinsend.

»Sie geht seit ... keine Ahnung, einer Trilliarden Jahre mit Jonas Bradshaw!«, erklärte ich.

»Und?«, fragte er, als wäre die Information genauso unbedeutend wie der Wetterbericht.

Und schon wieder waren wir genau dort, wo es immer endete.

»Du bist ein Arschloch, Zach.«

Er verdrehte die Augen. Er verdrehte die Augen?

Ich holte einmal tief Luft und drehte mich um, um wieder zu gehen. Aber nein! Mein Innerstes wollte nicht.

»Jessy Meinfrady?«, fragte ich provozierend. »Sie war in dich verliebt und du hast sie wie Dreck behandelt! Wie du sie alle wie Dreck behandelst!«

Ich glaubte wirklich, er würde zumindest sofort wissen, wovon ich sprach. Aber Zach zog wieder diese verdammte Augenbraue in die Höhe.

Oh ... Ich bring ihn um!

Ich wollte es nicht ansprechen, aber Zach provozierte mich doch! Er tat total unbeteiligt, als wüsste er nicht Bescheid. Dieser miese Dreckskerl!

Kapitel 4

DIE, DIE MIT DEM WOLF TANZT

ZACH

Ich hatte das immer für ein Gerücht gehalten, aber Ivy Brenneman war wirklich völlig verrückt.

»Nun sag schon!«, fuhr sie mich an.

»Und was?«, fragte ich zögerlich nach.

»Du hast Jessy sitzen lassen, weil du schon die Nächste am Start hattest.«

»Warte mal ...« Ich hob die Hände, um etwas Zeit zum Nachdenken zu bekommen. Aber ich sprach hier mit Ivy. Als ob sie mir die Zeit geben würde.

»Jessy hat das College gewechselt und ihrem Freund das Herz damit gebrochen!«, rief sie ... scheinbar aufgebracht.

»Okay.« Worauf wollte sie hinaus?

Ihre braunen Augen blitzten vor Zorn. Ehrlich, bei der Frau musste ich täglich

aufpassen, nicht plötzlich Feuer zu fangen oder so etwas. Ihr Blick war mörderisch.

»Und Stacy?«

»Stacy, wer?«

Sie hob die Hand. »Ganz genau! Stacy *wer* war nur eine von denen, die deinetwegen geheult haben. Ansonsten hätten wir da noch X, Y und Z.«

Verständnislos blickte ich sie an. Sie wirkte zwar aufgebracht, aber nicht high.

»Zach, all diese Frauen haben zwei Dinge gemeinsam.«

Sie waren alle so verrückt wie Ivy? Vermutlich.

Kopfschüttelnd seufzte sie. »Sie hatten etwas mit dir und wohnten ...« Sie zeigte auf die Bruchbude, in der Ivys inoffizielle Verbindung lebte. » ... bei uns. Heißt, ich durfte mir die ganze Zeit über anhören, wie fies du doch warst. Heißt, ich musste meinen Taschentuchvorrat regelmäßig vergeben, damit die Weiber mir nicht auf mein Bett heulen. Heißt im Umkehrschluss, dass ich Geld ausgeben musste, weil du deinen Schwanz nicht in der Hose lassen kannst.«

Das waren definitiv zu viele *Heißt* für einen Morgen, wenn man nur eine Tasse Kaffee zum Frühstück getrunken hatte.

Ivy redete weiter auf mich ein, erwähnte noch ein paar Namen, die mir nicht annähernd etwas sagten. Aber sie würde nicht aufgeben, Ivy Brenneman war gut darin zu nerven. Das wusste ich, seitdem sie mir hier vor zwei Jahren begegnet war.

Schon damals hatte sie mich mit diesem ›Verpiss dich‹-Ausdruck angesehen. Ich erinnerte mich normalerweise an die Frauen, die ich irgendwann mal in meinem Leben … nun ja, nicht so nett behandelt hatte. Aber Ivy? Die mochte mich einfach nicht, weil ich der war, der ich nun mal war. Gott, sie war so unglaublich kompliziert. Und vielleicht lag es auch daran, dass ich einige ihrer Freundinnen vernascht hatte … Die weiße Weste, die ich mir seit einem Jahr angelegt hatte, bekam dank Ivy wieder mal Risse. Und das gefiel mir absolut nicht.

»Du willst mir anscheinend durch deine nette Blume sagen, dass ich allein dafür verantwortlich bin, dass sie gegangen sind. Sie haben dir mit absoluter Sicherheit gesagt, dass sie meinetwegen gegangen sind, oder?« Abwartend schaute ich sie an. Ivy wirkte ziemlich verunsichert dabei. »Ah, sie haben also nicht gesagt, dass ich der Grund dafür …«

»Das ist mir doch scheißegal, ob sie es explizit gesagt haben oder nicht! Ich wollte mich nur bei dir bedanken, weil du diese Twilight-Nummer abgezogen hast«, unterbrach sie mich mürrisch und ohne mich überhaupt anzusehen.

»Du kannst dich super entschuldigen, wie man sieht.«

Der Witz kam nicht an.

»Ehrlich, Ivy, du hast zu viele Dramen verschluckt, oder so etwas.«

»Und was ist mit Jennifer Banks, die bekannterweise einen festen Freund hat, den hier auch der halbe Campus kennt?«

Seufzend schüttelte ich den Kopf. »Sie ist hier, weil

sie Bock drauf hat mit uns abzuhängen«, antwortete ich, ohne groß anzudeuten, dass diese Cheerleaderin mir total auf den Geist ging. Die Kleine verstand kein »Nein«, also würde ich der Letzte sein, der ihr sagte, dass ich kein Interesse hatte. So hatten die restlichen Jungs was Hübsches anzusehen und ich hier draußen zumindest meine Ruhe – wäre Ivy nicht hier.

»Du willst sie doch nur ...«

»Ivy?«

Meine nervige Gesprächspartnerin sah ebenso überrascht auf wie ich. Simon war herausgekommen und stand auf der Veranda, um seine Ex überrascht anzustarren. Dass sie seine Ex war, war kein Geheimnis. Niemals im Leben hätte ich gedacht, dass Ivy noch genervter aussehen konnte, wenn sie einen anderen Kerl als mich ansah.

»Simon«, sagte sie weder freundlich noch großartig interessiert. Warum also grinste ihr Ex, als wäre sie nur seinetwegen hier draußen? Dann blickte sie mich mit diesen kühlen Augen an. »Danke noch mal.«

Wenn der Nordpol nicht schon zugefroren wäre, nach diesem Blick wäre er das ...

Sie war mir dankbar? Pah. Für ein paar Sekunden sah ich das Bild vor mir, wie der Typ sie tatsächlich plattgefahren hätte, dann verdrängte ich es kopfschüttelnd. Die Zeit, in der ich ständig nur Scheiße abgezogen hatte, war definitiv vorbei. Auch wenn es echt nicht mein Stil gewesen wäre, eine Frau überfahren zu lassen.

Sie drehte sie um und marschierte wieder zurück zu ihrem Haus.

»Was wollte sie von dir?«, fragte Simon neugierig und kam zu mir.

Ich blickte ihn stirnrunzelnd an. »Geht dich das irgendetwas an?«

Auch wenn Ivy mir mordsmäßig auf den Geist ging, Simon war nerviger. Und er hatte es bisher nicht gut aufgenommen, noch immer ein Anwärter zu sein.

»Hat sie was über mich gesagt?«

Ich verdrehte die Augen, legte mich auf das Rollbrett und verschwand wieder unter meinem Auto. Das Wechseln einer Wasserpumpe war zwar mühsam, aber aus Ivy Brenneman ein »Danke« herauszubekommen, das nicht klang, als würde sie mich währenddessen abstechen wollen, war verdammt noch mal unmöglich.

Kapitel 5

DER, DER NICHT GENANNT WERDEN DARF

IVY

Ich stürmte in die Küche und riss die nächstbeste Schublade auf. Zucker, ich brauchte Zucker.

»Und? Hast du dich entschuldigt?«, fragte Phoebe, die mit Sienna an der großen Theke saß. Sie trank aus einer Wasserflasche. Sienna las in der *Cosmo*.

Auch im Kühlschrank war nur gähnende Leere zu finden. Wer zum Teufel war dran mit Einkaufen?

»Ivy?«, fragte Phoebe weiter nach.

»Was? Natürlich habe ich mich entschuldigt!«

»Mmmh ... Ich kann mir schon vorstellen, wie das abgelaufen ist«, murmelte Sienna und las seelenruhig weiter.

»Du warst doch nicht schon wieder unfreundlich, oder?«

Phoebes Frage, die selbst jetzt noch liebevoll klang, auch wenn sie sich für mich wieder mal nach einem Vorwurf anhörte, half mir jetzt auch nicht gerade weiter.

»Natürlich war sie das«, antwortete Sienna für mich und sah hoch. Eine ihrer perfekt gezupften Augenbrauen zuckte, als würde selbst diese mir sagen wollen, wie unfreundlich ich doch war. Ich schloss den Kühlschank wieder.

Es ging hier schließlich um Zach Morris! Der Typ, der bei mir irgendwie einen Schalter umdrehen konnte und mich rasend vor Wut machte.

»Er hat hier für hysterische Anfälle gesorgt. Hast du das schon vergessen, Sienna? Denk an den *Titanic*-Marathon vor vier Monaten. Jede seiner Verflossenen, und es waren damals immerhin drei aus diesem Haus, haben ...«

»... sich Jack in 3D reingezogen, dabei Rotz und Wasser geheult und dafür gesorgt, dass wir von Netflix eine Abmahnung kassiert haben, weil sie alle im gleichen Account steckten. Ich weiß, ich war dabei. Aber mal ehrlich, Ivy. Das ist Schnee von gestern!«, erklärte Sienna mir und blätterte um.

Vermutlich holte sie sich gerade lebenswichtige Tipps: *Zehn Möglichkeiten, wie man seiner besten Freundin verbal eine verpassen kann.*

»Wir reden hier von Netflix! Ich erinnere dich daran, wie du Carry deine stinkenden Socken ins Gesicht geworfen hast, weil dein geliebter Dean nicht mehr ...«

»Hey! Über Dean macht man keine Witze. Es war das Staffelfinale und plötzlich war das Bild weg«, sagte Sienna mit zittriger Panik in der Stimme, sodass Phoebe schmunzelte. Dann las sie wieder in ihrer Zeitung und murmelte: »Die Wunde sitzt tief und ist noch nicht ganz verheilt, und du schlägst noch weiter zu. Also ehrlich ...«

»Dieser Abend war einer von vielen! Und an allem war Zach schuld.«

»Du meinst Zachs Schwanz«, korrigierte mich Sienna.

»Gott, Sienna«, seufzte ich. »Musst du immer so ...«

»Muss ich«, antwortete sie direkt und sah auf. »Weißt du, was ich glaube?«

Dass du gerade zehn Gründe gelesen hast, wie du deiner besten Freundin in den Rücken fallen könntest?

In dem Augenblick kam Nelly in die Küche.

»Hey, ihr seid auch alle schon hier?«, grüßte sie lächelnd.

»Jepp«, murmelte Sienna und las weiter. Sie hatte noch nie zu den Menschen gehört, die gerne mit vielen Leuten zu tun hatten. Sienna war zwar laut und musste ihren Senf zu allem und jedem dazugeben, aber das war es auch schon. Manchmal vermutete ich, sie war nur hier, weil Phoebe und ich hier lebten. Sie könnte sich ohne Probleme etwas viel Größeres und vor allem Ruhigeres zum Wohnen suchen.

»Hattest du einen schönen Sommer, Nelly?«, fragte Phoebe freundlich.

»Klar, ich ...« Nelly starrte Phoebe an. Und starrte. Und starrte. »Phoebe? Bist du das?«

»Meine Güte«, mischte Sienna sich ein und legte die Zeitung zur Seite. »Phoebe hat nur abgenommen und ist nicht in den Krieg gezogen. Bist du mit dem Anstarren fertig?«

Nelly nickte. Und nickte. Und nickte.

»Am besten, du staunst woanders herum.«

Siennas Vorschlag wurde von Nelly sofort in die Tat umgesetzt. Sie verschwand aus der Küche.

Phoebe sah Sienna dankbar an, die das ignorierte und wieder in ihre Zeitung starrte.

»Du, Phoebe ... Ich weiß, ich sollte nicht fragen, aber ...«

Sienna stöhnte genervt auf. »Oh bitte, Ivy. Hör auf, Phoebes *Weight Watchers*-Erfolge zu nutzen, um von dir abzulenken.«

»Eigentlich war es kein *Weight Watchers*«, erklärte Phoebe, aber da hatte sie längst nicht mehr meine Aufmerksamkeit. Ich starrte eher zu dem *Cosmo*-lesenden Monster mir gegenüber. Würden sich gleich Hörner zeigen? Oder ein Dreizack? Mein Blick glitt zum Boden. Vielleicht würden gleich Flammen erscheinen und mich rösten.

»Von mir abzulenken? Sorry, Sienna, ich habe das Telegramm nicht bekommen, in dem stand: Heute nerven wir Ivy zu Tode. Hilf mir mal auf die Sprünge.«

Sie sah einfach nicht auf, blätterte lieber seelenruhig um, bevor sie dann genauso entspannt sagte: »Wir sind gerade mal fünf Minuten wieder hier und schon zickst du rum, weil Zach irgendetwas getan hat, das Monate her ist und dich immer noch sauer macht. Egal, was er tut, dich stört es. Vielleicht irre ich mich, aber wenn er so schlimm ist, wie du nun mal meinst, dann ist es doch gut, dass *du* nicht auf ihn reinfällst.« Sie sah über die Zeitschrift und traf meinen Blick. »Oder?«

Wow. Zum ersten Mal in meinem Leben hatte ich keine Ahnung, was ich erwidern sollte. Mein Puls dröhnte durch meinen Kopf. Ich biss mir auf die Zunge, weil ... keine Ahnung, warum. Ich sagte ja, mein Kopf war absolut leer.

»Ach, kommt schon, Mädels. Wir wollen uns doch nicht streiten«, sagte Phoebe und spielte wie immer die Schlichterin, wenn Sienna und ich mal wieder stritten.

Aber dieses Mal war es anders. Sienna hatte mir durch die Blume sagen wollen, dass ich eifersüchtig war. Eifersüchtig auf all die Frauen, die von Zach abgesägt wurden.

»Ivy hat angefangen«, fuhr Sienna mit ruhiger Stimme fort.

»Ich habe was?«, fragte ich ungläubig. »Du hast doch ...«

»Ein Danke, Ivy. Einmal solltest du dich bedanken, dass wir dich jetzt nicht vom Asphalt abkratzen müssen. Und dann kommst du Minuten später mit so einer Fresse hereinspaziert. Es ist der erste Tag nach den Sommerferien und schon hat Zach dir irgendetwas getan.«

»Er weiß nicht mal mehr, wer Stacy ist!«, war meine einzige Erwiderung.

Sienna verdrehte die Augen. Phoebe schien auch nicht sehr davon überzeugt. Warum mochten sie alle diesen Vollidioten? Weil er gut aussah? So oberflächlich konnten die beiden nicht sein!

»Stacy war anstrengend. Sie hat jedes Mal rumgezickt, wenn es morgens keine frische Papaya gab oder diesen dämlichen Reis, der gesund ist, aber nach altem Pantoffel schmeckt«, erklärte Sienna mir.

»Schwarzer Reis aus Piemont«, sprach Phoebe mit ruhiger Stimme dazwischen. Wir beide starrten sie an. »Na ja, ich habe ihr das Zeug immer mal wieder bestellt.«

Natürlich hatte Phoebe das getan. Sie war die gute Seele hier im Haus.

»Stacy war eine Zicke. Ich war sicher nicht traurig drum, als sie abgehauen ist«, erklärte Sienna und verschränkte die Arme vor der Brust.

»Ja, weil sie hübscher war als du und du das ...«

»*Was?*«, fuhr Sienna dazwischen und schaute mich entgeistert an, während Phoebe schmunzelte. »Sie war ganz bestimmt nicht hübscher als ...«

Ich nickte, um ihr den Wind aus den Segeln zu nehmen. Und weil ich es gerade so genoss, plante ich meinen Abgang. Das würde sie mit Sicherheit fuchsteufelswild machen.

»Ich muss weiter auspacken.«

»Oh, du haust nicht einfach so ab, Ivy Brenneman!«

»Sieh zu und genieße«, antwortete ich grinsend und lief los.

»*Ivy!*«, schrie sie weiter.

»Grüße Sam von mir, wenn du wieder deine Serie schaust. Er ist eh hübscher als Dean!«

»Ich hasse dich!«

Wie von Sinnen rannte ich lachend die Treppe hoch. Ich liebte es, zu siegen!

Angekommen in meinem Zimmer seufzte ich über den Anblick. Es waren zu viele Kartons, die noch eingeräumt werden mussten. Warum zum Teufel noch mal packte ich auch immer so viel zusammen, wenn Ferien waren?

Ich wollte mich gerade ans Auspacken machen, als draußen ein glockenhelles Lachen ertönte. Ich ging zum Fenster, warf einen Blick hinaus und schnaubte laut. Das war ja so klar.

Zach stand immer noch ölverschmiert an seinem Auto, nur dieses Mal unterhielt er sich mit einer lachenden Studentin. Als hätte Zach Humor.

Ich erkannte sie nicht richtig, weil sie mit dem Rücken zu mir stand, aber dafür konnte ich Zach genaustens betrachten. Selbstverständlich hatte er sich immer noch kein Hemd besorgt. Selbst aus dieser Entfernung erkannte ich seine Bauchmuskeln. Zumindest sah ich sie wieder vor meinem geistigen Auge. Und dann begegneten sich unsere Blicke. Völlig perplex sprang ich wie eine Bekloppte vom Fenster weg.

Aber wenn er so schlimm ist, wie du nun mal meinst, dann ist es doch gut, dass du nicht auf ihn reinfällst. Oder?

Siennas Worte ließen mich absolut kalt, als ich mich meinen Kartons zuwandte. Sie ließen mich absolut kalt, als ich weiter diese Tussi draußen lachen hörte.

Erst als mir meine Zunge langsam wehtat, hörte ich auf, darauf zu beißen.

Zwischen meiner Unterwäsche und vielen einzelnen Socken fand ich endlich meinen mit Kirschen bedruckten Schlafanzug.

Jepp, absolut kalt ...

Kapitel 6

ENTSORGTER MÜLL

ZACH

»Wo zum Teufel warst du?«, fragte Will mich genervt, als ich ins Haus kam. Dann fiel sein Blick auf meine Hände. »Was frag ich überhaupt. Deine Karre muss warten.«

Will mochte Autos, aber ich liebte sie. Deswegen würde er nie verstehen, wie wichtig es für mich war, meinem Camaro die Aufmerksamkeit zu schenken, die er verdient hatte. Ich versuchte noch immer den Dreck von meinen Händen zu bekommen. Der Einbau der Wasserpumpe hatte länger gebraucht als vermutet.

»Wir haben ein Problem«, verkündete Will und winkte mich zu sich.

»Okay.« Hatte einer der Jungs den Biervorrat versoffen?

»Es ist wegen Simon«, sagte er.

Ich verdrehte die Augen und folgte ihm nach hinten in unseren Garten.

Gut, eigentlich waren es nur ein paar Sträucher auf

verbranntem Rasen, aber im letzten Jahr hatten wir dazwischen einen Pool ausgegraben und gebaut und waren darauf wirklich stolz. Gerade plauderten ein paar Jungs miteinander, ein paar andere spielten Baseball weiter hinten. Simon lag mit Jennifer Banks auf der einzigen Liege und fickte sie trocken.

»Wie lange ist sie jetzt hier?«, fragte ich und verschränkte die Arme vor der Brust.

»Ein, zwei Stunden.«

»Und sie hatte was zu trinken, wie man sieht«, stellte ich fest und musterte die zig Bierdosen, die rundherum um ihre Liege verteilt waren.

»Sie hat vorhin irgendetwas davon gefaselt, dass Jonas ein Arsch sei und … Scheiße, du kennst das ja.«

Nee, kannte ich nicht. Aber ich könnte mir vorstellen, dass das hier Jonas nicht gefallen würde.

Stumm setzten wir uns in Bewegung. Simons Hand befand sich schon fast in ihrem viel zu kleinen Höschen, als ich mit verschränkten Armen vor ihnen stehen blieb und Will sich räusperte.

Simons Mund verschwand von ihrem Hals.

»Hey, Kumpels. Was geht?«

Ich schüttelte den Kopf.

»Was zum Teufel hast du genommen?«, fuhr Will ihn an.

Sein benebelter Blick sagte alles. Die Pupillen waren geweitet, er redete unkoordiniert. Alkohol. Drogen. Frauen. Ich suchte Wills Blick. Es war alles gesagt.

»Genommen? Alter, komm mal wieder runter«, lallte Simon grinsend.

»Ja, komm mal wieder runter!« Jennifer kicherte an Simons Hals.

»Bigs, Jefferson?«, rief Will die beiden Neuen zu uns. »Bringt Simon nach oben«, wies er sie an. »Er soll seine Sachen packen.«

»Moment mal!« Simons Gesichtsausdruck veränderte sich schlagartig. Er stand auf und schwankte kurz, bis er den nötigen Halt zum Stehen dann doch fand. Jennifer war vergessen. »Ich hab nichts gemacht!«

Während Bigs und Jefferson versuchten, ihn zu beruhigen und mitzunehmen, beugte ich mich zu Jennifer hinunter, die schmollend auf der Liege saß.

»Warum bist du hier, Jenny?«

Sie runzelte die Stirn, dann grinste sie verschlagen und drückte ihre Brüste zusammen. »Darf ein Mädchen wie ich nicht ein bisschen Spaß haben?«

»Wenn du eine von denen wärst, die das tatsächlich wollen, dann wäre das vollkommen in Ordnung«, erklärte ich ihr ehrlich.

Sie beobachtete mich genaustens, bis sie den Blick senkte.

»Du gehörst nicht hierher. Und schon gar nicht, wenn du Jonas eins auswischen willst.«

Sie schnaubte. »Als ob ihn das stören würde ...«

Frauen.

Ich stand auf und beobachtete, wie Simon sich gegen Bigs und Jefferson wehrte.

»Du hast gegen die Hausregeln verstoßen. Keine Drogen in diesem Haus«, erklärte ich ihm nüchtern.

»Das war eine Pille und die Schlampe hat gesoffen wie ein Loch! Da darf ich doch wohl ein bisschen Spaß haben!«, rief er aus, während ich den Neuen zunickte. Mit Müh und Not zogen sie ihn ins Haus.

»Arschloch«, murmelte Jennifer, dann stand sie auf und wirkte fast wieder nüchtern. »Ich wollte mich nur etwas ablenken. Jonas hat Schluss gemacht und ...«

»Unwichtig, warum du hier bist, Jenny. Wichtig ist, dass du nichts getan hast, das du später bereuen könntest«, sagte ich.

Jenny seufzte. »Du bist echt zu toll für diese Welt, Zach.«

Ich ging gar nicht erst darauf ein.

»Komm, ich bring dich raus«, schlug Will vor. Sie nickte und ging zu ihm, sah sich aber noch einmal um.

»Ich hätte nicht mit ihm geschlafen, Zach. Simon ist ... Er ist fies. Richtig fies.«

Ich nickte, weil sie sicherlich recht hatte. Auch wenn sie gerade noch mit ihm rumgemacht hatte.

»Bevor du ihn rauswirfst, solltest du dir sein Handy schnappen. Er hat wirklich ... fiese Dinge gemacht«, fügte Jenny noch hinzu.

Ich nickte ihr so gelassen wie möglich zu.

Während Will sich darum kümmerte, dass Jenny wohlbehalten in ihr Wohnheim fand, ging ich in mein Zimmer und zog mir ein Shirt über. Dann hörte ich es bereits drüben poltern. Simons Zimmer befand sich zwei Räume weiter.

Ich folgte dem Krach und traf auf Bigs und Jefferson, die dabei zusahen, wie er seine Tasche packte.

»Ich hatte eh keinen Bock mehr auf diese Verbindung. Ihr seid scheinheilige ...«

»Gib mir dein Handy, Simon.«

Simon erstarrte und runzelte die Stirn in meine Richtung. »Was?«

»Ich möchte nur sichergehen, dass du dieses Haus mit einer so reinen Weste wie nur möglich verlässt«, erklärte ich ihm und hörte selbst den Hohn in meiner Stimme. Aber Simon fand das nicht witzig, er wurde rot vor Zorn und stellte sich direkt vor mich.

Oh, bitte. Versuch es erst gar nicht ...

»Du glaubst wirklich, jeder tanzt hier nach deiner Pfeife, oder? Ich bin raus aus deiner Gruppe. Ich muss gar nichts.«

»Solange du unter meinem Dach bist, musst du sehr wohl.«

Er wog seine Möglichkeiten ab. Sein Kopf arbeitete, während ich mich keinen Zentimeter bewegte. Das brauchte ich auch nicht. Simon war nicht lebensmüde. Ganz sicher ...

Seine Faust hätte mich direkt ins Gesicht getroffen, hätte ich nicht jahrelange Übung. Blitzschnell drehte ich mich zur Seite, griff mir seine Faust und drehte sie ihm so fest und schnell auf den Rücken, dass nur zwei Zentimeter gefehlt hätten und sein Oberarm wäre gebrochen. Er wusste es. Ich wusste es.

Simon verharrte stöhnend in der Position, während ich seinen Arm hielt und jederzeit zwei Teile daraus machen konnte.

»Und jetzt ...«, flüsterte ich ihm zu. »Gibst du mir dein Handy.«

Mit der noch unverletzten Hand hielt er sein Handy hoch. Ich gab Bigs mit einem Kopfnicken zu verstehen, dass er es nehmen sollte.

»Du hast das Teil, jetzt lass mich los!«

»Leg dich niemals mit mir an.«

Er stolperte auf den Boden, als ich ihn losließ. Wie ein Häufchen Elend starrte er mich an. Den Hass in seinen Augen war ich gewohnt. Es gab immer wieder mal Idioten, die meinten, sich aufspielen zu müssen.

***

Zehn Minuten später saß ich mit Rusty, unserem Computerspezialisten, in seinem Zimmer und wartete darauf, dass er endlich in das Handy hineinkam. Unter den zwei Bildschirmen, einer Tastatur und zig Fast Food-Verpackungen war der Schreibtisch kaum noch zu sehen. Aber Rusty fand sich zurecht, sodass mir der Rest ziemlich egal war.

»Das dauert noch einen Moment, Boss. Der Typ war nicht dumm, er hat einen doppelten Key-Account und zig andere Codes, die ...«

»Krieg es einfach geknackt. Und nenn mich nicht Boss«, sagte ich und starrte auf ein Pamela Anderson-Poster. Scheiße, das musste schon zwei Kriege oder so überlebt haben, so benutzt sah es aus.

»Bigs und Jefferson haben ihn zehn Meilen von

hier ausgesetzt«, sprach Will, der gerade ins Zimmer hereinspaziert kam.

Jedes Mal, wenn wir ein Mitglied hinauswerfen mussten, weil dieses sich nicht an die Regeln hielt, wurde es außerhalb ausgesetzt. Zum ersten Mal hatte ich deshalb kein schlechtes Gewissen. Mein Gefühl sagte mir, dass das, was wir gleich sehen würden, mich darin nur bestätigen würde.

»Jeder im Haus scheint erleichtert, auch wenn ich sagen muss, dass sein Abgang überraschend kam. Ich hätte nicht gedacht, dass er es uns so leicht machen wird, ihn loszuwerden«, sagte Will.

Ich nickte nur und starrte auf die zwei mit Zahlen übersäten Bildschirme. Rusty tippte wie wild auf der Tastatur herum. Keine Ahnung, was er da tat, Hauptsache es zeigte Wirkung.

»Dass Ivy sich auf den eingelassen hatte, habe ich nie verstanden«, redete Will weiter.

»Sie hat frühzeitig die Reißleine gezogen«, war meine teilnahmslose Antwort, als die Bildschirme plötzlich weiß wurden.

»Voilà. Ich bin drin«, sagte Rusty und begann, die Fotos aus dem Handy durchzuschauen.

Nackte Pornostars, Selfies von Simon, Selfies von Simons Schwanz. Vermutlich.

Will gab ein gurgelndes Geräusch von sich.

»Geh mal auf die Videos«, bat ich Rusty.

»Das ist interessant. Die Videos hat er in Ordner unterteilt«, sprach der Fachmann und beugte sich vor.

»Einer ist mit einem PIN-Code verschlossen und nennt sich *Material*.«

»Material? Fürs College, oder was?«, fragte Will neugierig nach.

Ein ungutes Gefühl breitete sich in mir aus.

»Öffne den Ordner«, bat ich und ein paar Sekunden später begann das erste Video.

»Fuck«, murmelte Will, als wir begriffen, was da gerade lief.

Simon vögelte irgendein Mädchen, das anscheinend keine Ahnung davon hatte, gefilmt zu werden. Das Handy musste auf einem Nachtschränkchen oder so liegen. Am Rande sah man noch, dass er ein Hemd oder so etwas darüber gelegt hatte, um das Handy zu verstecken.

»Ich würde meinen Arsch darauf verwetten, dass sie nicht weiß, was dieser Spanner da macht«, murmelte Will.

»Er hat das Video Lucille genannt«, sagte Rusty angewidert. »Der spinnt doch total, dieses Stück Scheiße!«

»Mach es aus und sieh nach, wie viele Videos noch gespeichert sind«, bat ich ihn und seine Finger flogen wieder über die Tastatur.

»Es sind 17 weitere Videos, alle aus den letzten drei Jahren, und ...«

Er hatte den gesamten Ordner geöffnet. Ein Titel fiel mir sofort ins Auge.

Ivy.

»Zach, das ist ...«

»Diese Sache hier bleibt unter uns, verstanden?«, unterbrach ich Will. Niemand sagte etwas, das musste auch keiner.

Kapitel 7

DIE MACHT IST MIT DIR, ALIBI-PRINZESSIN

IVY

Um halb sieben klingelte mich mein Wecker aus dem Schlaf. Aus dem drei Stunden langen Schlaf. Nachdem Sienna und ich uns in die Wolle gekriegt hatten, waren wir uns erst einmal aus dem Weg gegangen. Das hatte nicht so ganz geklappt, da wir alle auspackten und immer wieder aufeinandertrafen.

Ihr nebenbei gemurmeltes »Zicke« oder »Lügnerin« ignorierte ich gekonnt. Dafür lenkte ich mich abends dann mit Netflix und zu viel Chili-Schokolade ab. Bevor Fragen aufkommen: Ja, ich liebe scharfe Schokolade. So what? Leider hatte ich mich gestern Abend gehörig überfressen.

»Guten Morgen, Ivy«, grüßte Phoebe mich mit diesem gewinnenden Lächeln, das sie schon immer an den Tag gelegt hatte, wenn ich ins Esszimmer kam.

Jedes Mädel legte jeden Monat 40 Mäuse in die Haushaltskasse, und davon wurde dann für Frühstück und Snacks eingekauft. Dementsprechend standen heute all die leckeren Köstlichkeiten wie Croissants, Rührei oder frisch gepresster Orangensaft auf dem langen Tisch, an dem mehr als zehn Personen Platz fanden.

Mir wurde immer schlechter.

»Morgen«, murmelte ich und setzte mich neben sie.

Ally und June saßen auf der anderen Seite und trällerten auch ein »Guten Morgen.« Ich versuchte ehrlich nett zu lächeln, aber es gelang mir nicht. Mein Magen rumorte.

»Chili oder Pfeffer-Schokolade?«, fragte Phoebe.

Sie kannte mich zu gut.

»Chili«, antwortete ich und griff nach einem Glas, um mir den Saft einzuschenken. »Pfeffer hatte ich nicht mehr.«

»Wenn ich nicht wüsste, dass Chili die Verdauung anregt und den Darm ordentlich durchspült, dann würde ich dir sagen, wie eklig ich das finde«, sagte sie und löffelte ihre Grapefruit aus, dann zuckte sie mit der Schulter. »Aber ich tue es nicht.«

Heute trug sie ein weißes Kleid mit Spaghettiträgern. Es war für September immer noch warm, also verstand ich ihr Outfit. Und dann auch wieder nicht. Phoebe hatte nie Kleider getragen. Selbst als sie damals im ersten Jahr zugegeben hatte, verknallt zu sein, hatte sie weiter ihre Jeans und Schlabbershirts getragen. Sienna und ich wussten, dass sie damals total auf Will gestanden hatte. Sie hatte immer wieder seine Nähe gesucht. Zachs bester Freund hatte es natürlich nicht begriffen.

»Du hast dich verändert.«

Phoebe zuckte mit den Schultern, als wären 30 Pfund nichts.

»Warum eigentlich?«

»Warum was?«, fragte sie irritiert nach.

»Warum hast du urplötzlich so viel abgenommen?«

An Will konnte es nicht liegen. Sie war bisher nicht mal zu ihm rübergegangen und auch er war noch nicht hier aufgetaucht. Was ziemlich merkwürdig war, immerhin war er letztes Semester ständig hier gewesen.

»Ehrlich, wenn ich gewusst hätte, dass das so viele Fragen nach sich ziehen würde, hätte ich es vermutlich nicht gemacht«, murmelte sie und versuchte dabei ironisch zu klingen. Aber Phoebe war Phoebe. Sie konnte noch nie schauspielern.

»Irgendetwas muss doch …«

Plötzlich nahm Sienna uns gegenüber Platz und griff nach dem Kaffee. »Musst du jetzt Phoebe zu Tode nerven, weil du mich nicht kleinkriegst?«

Ich verdrehte die Augen und nahm einen Schluck vom köstlichen Saft. Mein Magen machte Purzelbäume.

»Leute …«, seufzte Phoebe genervt auf.

»Du bist doch nur sauer, weil ich genauso wie die *PEOPLE* entschieden habe. Sam *ist* heißer als Dean.«

Sienna war mega hübsch zurechtgemacht mit ihrem perfekten Lidstrich, dem leichten Make-up und der knappen Jeans samt Bluse. Aber gerade war ich mir nicht sicher, ob nicht gleich Rauch aus ihren Nasenflügeln schweben würde.

»Nimm das zurück!«, forderte sie mich mit viel zu ruhiger Stimme auf.

Ich schnaubte. »Dann nimm du zurück, dass du denkst, ich würde ...«

Nicht mal aussprechen wollte ich ihre Anschuldigung.

»Du kannst es nicht mal aussprechen, *weil* es stimmt!«, fuhr sie mich an.

Nein! Es stimmte nicht! Ich war ganz und gar nicht sauer, weil Zach Morris mich als einzige Frau nicht erst vögelte und dann wie Dreck wegwarf. Wie armselig wäre das denn? Ich war ...

»Ich mag ihn einfach nicht«, murmelte ich und schloss kurz gequält die Augen. Sienna schnaubte, aber das ignorierte ich.

»Ivy?«, fragte Phoebe nach, weil ich mich nicht weiter dazu äußerte.

Warum sollte ich auch? Jedes Mal, wenn ich Zach so unbeschwert Herzen brechen sah, erinnerte mich das an meinen Dad. Nur in vertauschten Rollen. Dad war wie eines der Mädchen, die flehten und bettelten und dann vor meiner Tür standen, um sich auszuheulen.

Zach war wie meine Mom. Mom, die uns im Stich gelassen hatte. Aber wie sollte ich ihnen das erklären, ohne dass sie mich für verrückt hielten?

»Egal was dein Problem ist, lass es nicht unseres werden«, sagte Sienna mit jetzt viel ruhigerer Stimme.

Ich öffnete die Augen und begegnete ihrem Blick. Sie wirkte nicht mehr wütend.

»Die Weiber heulen sich bei uns aus. Das ist okay so weit. Irgendetwas kaputtgemacht hat schon lange keine mehr. Also reg dich nicht über Dinge auf, die uns eh nichts angehen. Er ist es ganz einfach nicht wert. Okay?«

Zögerlich nickte ich, weil sie im Grunde recht hatte. Mich ging das alles nichts an. Dabei sollte ich bleiben, egal was noch passierte.

***

Sienna, Phoebe und ich saßen gerade in unserer Vorlesung in Englisch, als mein Handy klingelte. Es war Darth Vader, der leise durch seine Atemmaske sagte: »Ich bin dein Vater.«

Sienna grinste mich kopfschüttelnd an. Sie hasste ihn und liebte dafür Anakin Skywalker, beziehungsweise den Schauspieler aus Episode 4300 oder so, ich kam da nicht mehr mit. Sie betonte die letzte Info immer direkt. Keiner wollte den verschrumpelten alten Mann sehen, Zitat Sienna.

»Schreibt für mich mit«, flüsterte ich und lief schnell aus dem Hörsaal.

»Hi, Dad. Was gibt's?«

Er seufzte in den Hörer und ich blieb erstarrt mitten im Flur stehen.

Sei nicht betrunken. Sei nicht betrunken.

»Hast du eine Ahnung, wo ich meinen Kreuzschraubenschlüssel hingelegt habe?«

Erleichtert stieß ich die Luft aus. »Dad, ehrlich ... Ich bin mitten in einer Vorlesung. Schreib mir demnächst eine Nachricht, dann kann ich ...«

»Eine Nachricht? Ivy, ich krieg es gerade hin, diese blöden Tasten zu drücken.«

»Touchdisplay, Dad. Du hast ein Touchdisplay. Alles, was du machst, wird jetzt mit dem Finger ...«

»Tasten, Touchdingsbums. All das moderne Zeug, das niemand braucht und ...«

»Schublade im Wohnzimmer«, sprach ich dazwischen, bevor er wieder das gute, alte Schnurtelefon loben konnte.

»Was?«

»Du rufst doch an, weil du deinen Kreuzschraubenschlüssel suchst, oder?«

Dad zögerte. Natürlich.

»Dad, was ist los?«

»Ach Ivy, mein kleines Mädchen.«

Ich schloss kurz die Augen und lehnte mich an die nächstgelegene Wand. Jedes Mal war ich »sein kleines Mädchen«, wenn ...

»Es ist heute kein guter Tag für mich.«

Ich schluckte angestrengt. »Hast du deine Tablette genommen?«, fragte ich nervös nach.

»Natürlich. Mein Wecker klingelt jeden Tag pünktlich um sieben Uhr. Ich brauche zwar jedes Mal zig Anläufe, um den wieder auszustellen, aber ich bekomme es immer hin.«

Sofort entspannte ich mich. Die Tablette, die ich

meinte, nannte sich Baclofen. Ein Wirkstoff, um das Verlangen nach Alkohol zu mindern. Dad bekam das Zeug seit Monaten, weil er darum kämpfte, trocken zu bleiben. Als er im Frühjahr fast einen Finger verloren hatte, weil er sich mit unschlagbaren 1,6 Promille morgens um acht an seine Sägemaschine gestellt hatte, war selbst Dad langsam aufgewacht. Er benötigte Hilfe. Nicht, dass ich seit zwei Jahren versuchte ihn dazu zu bewegen, endlich mit dem Trinken aufzuhören. Aber hey, ich sollte einfach froh sein, dass er sein Problem begriffen hatte und daran arbeiten wollte.

»Aber es ist ... sie, mein kleines Mädchen. Es ist heute fast 13 Jahre her. Ich vermisse sie.«

Du vermisst ein egozentrisches Miststück, das beschlossen hat, Ehemann und Tochter einfach im Stich zu lassen! Wach endlich auf, Dad. Sie hat dich nicht verdient.

»Dad, das hatten wir doch schon alles. Hast du mit Dr. Fitzgerald darüber geredet?«

»Pah, der Psychokerl versteht mich nicht. Er sagt, ich muss mich von der Idee lösen, dass sie vielleicht nie wieder ...« Er seufzte wieder in den Hörer. »Du fehlst mir.«

Ich fehle dir nur, weil du sonst trinkst. Das wissen wir beide.

Die ganze Zeit über hatte ich auf einen nichtssagenden Punkt an der Decke gestarrt. Jetzt bekam ich aus dem Augenwinkel mit, dass sich noch jemand im Flur aufhielt.

Zach lief mit irgendeinem Mädchen in meine

Richtung, und wie immer kicherte die Kleine kokett auf, um mein Bild von ihm wieder mal perfekt zu machen. Als sie näher kamen, erkannte ich seine Begleitung als Kara. Dunkelbraunes, sehr langes Haar, zierlich, und natürlich auch in meiner Lerngruppe.

Zach hatte mich bisher nicht bemerkt. Stirnrunzelnd schien er ihr zuzuhören, sie aber nicht anzusehen. Und selbst so desinteressiert begeisterte er die Frauen! *Unglaublich.*

»Hörst du mir überhaupt zu, Ivy?«

Dads Frage riss mich aus meinen Gedanken.

»Sorry, was?«

»Du hörst mir gar nicht zu!«

Nein, hörte ich wirklich nicht. Zwei Tage College und ich war schon vollkommen durcheinander.

»Dad, ich kann jetzt nicht. Du weißt, dass ich auf dem College bin und du weißt auch, dass das hier meine berufliche Zukunft bedeutet. Ich kann mich gerade nicht damit beschäftigen, dass du dich schon wieder von Mom – die uns wohlgemerkt vor 13 Jahren verlassen hat – runterziehen lässt. Ich ...«

Zach hob den Kopf und unsere Blicke trafen sich.

Ja, ich kann verstehen, dass viele Frauen auf dieses Gesicht stehen. Dass sie fasziniert sind von dem kantigen Kinn, den markanten Gesichtszügen und diesen intensiv leuchtenden, grünen Augen.

Mom war auch eine attraktive Frau gewesen. Dad wäre dumm gewesen, hätte er sie damals nicht geheiratet und ...

Oh, verdammt. Und wie Sienna recht hatte. Ich gab Zach die Schuld an vielen Dingen, die er niemals getan hatte. Was konnte er für meine Mutter? Was konnte er für die Alkoholkrankheit meines Dads?

»Aber Ivy …«

»Ruf mich später an, Dad. Okay?«

Ich wartete noch seine Antwort ab.

»Okay.«

Erst dann legte ich auf.

Stirnrunzelnd sah ich zu Zach, der mit Kara ein paar Meter vor mir stand und mich beobachtete. Dann sagte er etwas zu der zierlichen Studentin, die mich erst musterte und dann nickend davonging.

»Kann ich mal mit dir reden?«, fragte er plötzlich.

Ich sah mich im menschenleeren Flur um. »Sorry, ich bin etwas irritiert. Ich weiß nur nicht, warum. Vielleicht, weil du endlich mal ein Shirt trägst, oder ... weil du tatsächlich mich meinst?«

Ein verhaltenes Lächeln erschien auf seinem Gesicht. »Ich tue es nicht zu meinem Vergnügen, das kannst du mir glauben.«

Schnaubend steckte ich mein Handy weg. »Ich habe nichts anderes erwar...«

Bevor ich überhaupt realisieren konnte, was geschah, stand Zach direkt vor mir und hatte seinen rechten Arm über meinen Kopf gestützt.

Was zum Teufel?

»Geh sofort weg von mir!«, fuhr ich ihn an und versuchte ihn von mir wegzudrücken. Und dann bemerkte ich die Tür, die neben uns aufgeschlagen wurde. Ich war so clever und hatte mich direkt neben die Tür zum Vorlesungssaal gestellt.

Und Zach hat dafür gesorgt, dass sein Arm die Tür abbekommt, obwohl sie mich getroffen hätte.

»Oh sorry, ich habe euch nicht gesehen«, entschuldigte sich Joseph, der für die Überraschung verantwortlich war.

Zachs Blick traf meinen. Okay, er sah ziemlich angepisst aus, als er sich von mir entfernte.

Sofort atmete ich wieder freier.

»Kein Problem«, sagte ich zu Joseph, der dann weiterging und ein paar Türen weiter in der Toilette verschwand.

Meine Güte, ich hatte wirklich große Probleme. So große Probleme, dass ich ständig Zach dafür die Schuld gab. Obwohl er mir nur helfen wollte. Schon wieder.

Automatisch fiel mein Blick auf seinen rechten Oberarm, an dem die Tür einen roten Abdruck hinterlassen hatte. Mein schlechtes Gewissen nahm Überhand und ich hätte vielleicht noch etwas dazu gesagt, wäre nicht gerade Will um die Ecke gekommen.

»Zach, hier bist du.«

»Hör mal«, begann ich, aber wusste im selben Augenblick, dass das nichts mehr bringen würde.

Kapitel 8

DIE VERRÜCKTE, DIE NACH SCHOKOLADE RIECHT

ZACH

Kara ging mir wirklich, wirklich auf den Geist, immerhin hatte sie mich vor dem Gebäude abgefangen, aber sie war nichts gegen Ivy.

Jetzt hatte ich ihr wieder geholfen! Ich hatte die Tür gesehen und instinktiv reagiert. Andere würden sich bedanken und die Sache auf sich beruhen lassen. Aber Ivy? Nein. Sie verpasste mir einen imaginären Tritt in die Kronjuwelen, machte mich blöd an und fühlte sich dabei noch wie eine Siegerin.

Fuck. Und ich wollte ihr gerade sagen, dass ich mich um das Problem »Simon« gekümmert hatte.

»Zach, hier bist du«, drang Wills Stimme zu mir. Er blieb direkt neben Ivy und mir stehen und blickte abwechselnd sie und mich an.

»Hör mal ...«, redete sie tatsächlich drauf los, aber mir konnte nicht weniger egal sein, was sie zu sagen hatte, also schüttelte ich den Kopf.

»Mir ist ehrlich scheißegal, was du dir jetzt schon

wieder gedacht hast. Ivy, ich will dir helfen, und du zickst wieder herum!«

»Ähm ... Komm, Zach. Wir müssen zum Training«, erinnerte Will und griff nach meinem Arm. Er wusste, dass ich nah dran war, die Kontrolle zu verlieren. Sie giftete mich seit Jahren an, ich wollte nur helfen und sie stellte mich wieder hin, als hätte ich ihr an die Wäsche gewollt. Nur Will wusste auch, dass mir das nicht wieder passieren durfte. Kontrolle war alles, was ich noch besaß.

»Ich bin was?«, fragte sie und verengte die schokoladenbraunen Augen zu Schlitzen. Tatsächlich roch sie auch nach Schokolade. Als ich sie unfreiwillig an die Wand gedrückt hatte, war mir der Geruch direkt in die Nase gestiegen. Ivy Brenneman war verrückt und roch nach Schokolade und irgendetwas Scharfem ...

»Du hast mich schon verstanden. Aber vielleicht schreibe ich es dir auch einfach auf den Asphalt vor deiner Haustür. Da würdest du nämlich jetzt kleben, wenn ich nicht gewesen wäre.«

»Jetzt willst du also wieder als Held gefeiert werden? Sorry Zachery, aber da habe ich das heutige Memo wohl nicht bekommen. Vielleicht fragst du Kara gleich mal. Sie scheint ja auf neurotische Arschlöcher zu stehen, die naiven Studentinnen das Herz herausreißen, darauf herumtrampeln und es dann liegen lassen wie Sondermüll. Wobei ... vermutlich sollte ich dir noch erklären, was ein Herz ist. Du selbst scheinst keines zu besitzen!«

Die Geschichte mit dem Auto und Ivys Herumgezicke wäre gar kein Thema mehr für mich gewesen.

Wenn sie endlich aufhören würde, mich als den Schlimmsten vom Schlimmsten abzustempeln.

Spätestens jetzt hätte ich sie einfach stehen lassen, aber das Bild, das sie gerade abgab, machte mich ziemlich wütend. Wie ein Häufchen Elend stand sie dort. Sie rieb sich einen Oberarm, als würde sie sich unwohl fühlen. Und daran war ich wohl auch wieder schuld!

Seit einem Jahr hielt ich meine Weste nun schon so weiß wie möglich. Aber Ivy hier schmiss mir meine Bemühungen bei jeder Begegnung vor die Füße und trat noch mal drauf.

»Zach! Kommst du jetzt?«, rief Kara mir vom Ende des Flurs entgegen.

Sie hatte ich schon ganz vergessen.

»Ich brauch hier noch einen Moment, geh schon mal raus!«

Widerwillig tat sie es.

Kara war hübsch. Etwas dünn, aber ich war kein Kostverächter. Nur war sie verknallt und ich nicht. Das würde wieder Probleme machen. In letzter Zeit verstanden die Bräute da keinen Spaß.

»Dein Fan braucht dich, Zachery. Los, geh zu ihr!«, sagte Ivy so verächtlich, dass irgendeine Sicherung bei mir durchbrannte.

Mit drei Schritten war ich bei ihr und nagelte sie an der Wand fest. Ich ignorierte ihren panischen Gesichtsausdruck, als ich mich erneut bedrohlich über ihrem Kopf abstützte.

Da! Ich rieche Schokolade!

»Bevor du mal wieder über mich urteilst, solltest du lieber darauf achten, was deine Verflossenen so treiben.«

Sie runzelte die Stirn und wirkte angespannt. Als würde sie es bereits ahnen ...

»Ähm, Zach, ist das wirklich clever, hier zu reden?«, fragte Will. Ich fixierte Ivy, ließ sie nicht aus den Augen.

»Ihr ... sprecht von Simon?«, fragte sie leise.

Ich nickte.

»Hast du ihn angestachelt, oder warum drohst du mir jetzt mit ...«

Vor Frust knallte ich auch meine andere Hand über ihren Kopf. Sie zuckte nicht zusammen und gab sich tapfer. Das provozierte mich noch mehr, weil es mich daran erinnert, wie ich damals selbst war ...

»Du wirst jetzt Folgendes machen«, begann ich. »Draußen wartet Kara auf mich.« Sie verdrehte die Augen, ich ließ mich aber nicht weiter provozieren. »Sie weiß, dass ich nichts Ernstes will. Ich weiß, dass sie das nicht akzeptieren wird.«

»Ja schön, und das ist jetzt was ganz Neues, oder was?«, fuhr sie mich genervt an. Dabei versuchte sie mich von sich wegzudrücken, aber nichts da. Es war wichtig, dass sie sich in die Enge getrieben fühlte.

»Du wirst dir morgen irgendeine nette Ausrede einfallen lassen, warum ich mich nicht mehr bei ihr melden kann.«

»Oh Scheiße«, hörte ich Will fluchen, während Ivy mich erst abschätzig musterte und dann anfing zu lachen.

»Ja, ist klar! Du ...«

»Alter, komm. Lass den Scheiß«, mischte Will sich wieder ein.

»Musst du nicht längst los?«, fragte ich ihn, ohne Ivy aus den Augen zu lassen. Ich wartete erst gar nicht seine Antwort ab. »Doch, musst du bestimmt.«

Will fluchte noch mal, dann verzog er sich.

Ivy bemerkte seinen Weggang und schluckte. »Ich werde ganz sicher nicht ...«

Ich verkürzte das Ganze mal.

»Simon hat dich gefilmt. Als ihr ... Du weißt schon.«

Sie erstarrte und ich entfernte mich etwas von ihr, damit sie das sacken lassen konnte.

Und plötzlich, wie von der Tarantel gestochen, rastete sie aus.

»Du hast ihn dazu gebracht, oder? Du mieses, dreckiges Arschl...«

»Ivy, mir ist scheißegal, wenn du mir weiterhin irgendeinen Kack andichtest, aber sag noch einmal, dass ich diesen Dreckssack dazu ermutigt hätte, und du wirst es bereuen.«

Ich drohte ihr und legte meine ganze Wut in diesen einen Blick. Aber hörte Ivy auf? Nein!

»Du ...«

Mit einer Bewegung nagelte ich sie wieder an der Wand fest. Sie wollte aber auch nicht anders hören.

Gerade hatte ich noch kleine Zweifel gehabt. Jetzt stand mein Entschluss fest.

Ich war clean. So clean, dass meine Urintests

theoretisch das Ave Maria singen würden, wenn sie das könnten. Ich ging zu den Sitzungen, ich lebte gesund, wenn wir die wöchentlichen *McDonalds*-Touren mit dem Team mal außen vor ließen, und ich fühlte mich endlich wieder wie ich selbst.

Ja, ich nahm mir Frauen. Na und? Seit einem Jahr war mir klar, wen ich in meinem Bett liegen hatte. Sie wussten, was sie von mir bekamen, aber Ivy nagelte mich auf Dinge fest, die ich so nicht mehr machte. Sie erinnerte mich an meine schlimmsten Tage.

Und deswegen konnte ich auch zugeben, nicht stolz darauf zu sein, was als nächstes über meine Lippen kam. Aber ich hatte so was von die Schnauze voll, mir ständig anzuhören, wie übel ich doch war. Dann sollte sie spüren, wie *übel* es noch werden könnte mit mir.

»Du wirst mir jedes Mal ein Alibi liefern, wenn ich es brauche, Ivy. Du wirst tun, was ich sage, damit ich mich nicht mit den Mädels auseinandersetzen muss.«

Sprachlos blickte sie mich an, während ich weiterredete.

»So lang bleibt dein Stelldichein mit Simon geheim. Darauf kannst du dich verlassen.«

Mit einer Bewegung hatte sie mich von sich gestoßen. Ich ließ zu, dass sie mich zwei weitere Male schubste.

»Du elender ...«

Völlig außer Atem starrte sie mich an. Ich legte lässig die Hände in meine Hosentaschen.

»Du lügst!«, rief sie und versuchte sich an die Hoffnung zu klammern, dass es nicht stimmte.

»Tatsächlich? Das Video war eindeutig. Er hat es erst nicht auf die Reihe gekriegt, dich …« Ich pokerte hoch, aber Ivy bekam tellergroße Augen, als ich ihr gerade ein Märchen auftischte. Als wäre ich der große, böse Wolf und sie das verängstigte und kleine …

»Großer Gott! Sprich bloß nicht weiter!«, unterbrach sie mich geschockt und hielt sich die Stirn, als würde sie einen Ausweg suchen. Aber den gab es nicht. »Du erpresst mich? Mit einem Sexvideo?«

»Irgendwann im Leben müssen wir alle etwas tun, das wir vielleicht aus moralischen Gründen niemals machen würden«, antwortete ich sachlich. Und ich meinte es so. Ich brauchte die Ablenkung und konnte den ganzen Stress nicht mehr gebrauchen. Nicht, wenn ich etwas viel Schlimmerem weiterhin entkommen wollte.

»Zach! Kommst du jetzt, oder was?« Kara war wieder in den Flur getreten.

»Ich komme gleich!«, rief ich ihr zu und drehte mich dann zu Ivy, aber die war schon wieder in ihrem Hörsaal verschwunden.

Kapitel 9

ERPRESSUNG MIT NACHGESCHMACK

IVY

Ich blickte hinauf zur ersten Etage. Das Fenster blieb dunkel.

»Zielperson ist nicht zu Hause. Ich wiederhole. Zielperson ist nicht ...«

»Ivy, ich stehe nur auf der anderen Straßenseite. Ich sehe, dass kein Licht brennt«, murmelte Phoebe in das Walke-Talkie.

»Mayday, Mayday, kann man mich hören?«, redete Sienna in das Gerät.

Ich verdrehte die Augen. »Du erleidest keinen Schiffbruch, Sienna«, sagte ich und blickte nach links. Dort stand Sienna hinter einem Gebüsch. Es war bereits nach zwölf, somit erkannte ich sie kaum.

»Verdammt, Ivy, du weißt, wir hatten uns Decknamen ausgedacht.«

Ich verdrehte die Augen. »Ja, aber ›Sexbombe‹ ist ganz sicher nicht ...«

»Ich gehe rein«, sprach Phoebe ins Gerät und ich

sah dabei zu, wie sie rechts von mir durch das offene Fenster kletterte.

»Was? Phoebe, wir müssen …«

»Dünn und mutig, sie macht sich«, drang Siennas Stimme aus dem Walkie-Talkie.

Ich verdrehte die Augen und zog mir meine Cappie tiefer ins Gesicht. Dann folgte ich Phoebe.

»Statusbericht, sobald du Näheres weißt, Phoebs«, redete Sienna weiter.

Ich verdrehte die Augen und kletterte auch ins Haus. Wir konnten nur hoffen, dass niemand aus dem Militär über diese Frequenz mithörte. Phoebes Dad war beim Militär, aber bei unserem Anblick wäre er vermutlich lachend vom Hocker gefallen.

»Erste Tür, Obergeschoss«, flüsterte Phoebe plötzlich ins Gerät, während Sienna uns hinterherkletterte.

Während ich im Dunkeln versuchte, irgendetwas zu erkennen, machte Sienna sich über die Bude lustig.

»Meine Güte, mir ist klar, dass hier nur Typen wohnen, aber dass es auch so riecht?«

Ich widersprach ihr nicht. Es stank muffig.

Sienna hatte herausgefunden, dass Simon sich bei einem Freund ein Zimmer gemietet hatte, nachdem er tatsächlich bei den Kappa Alphas rausgeflogen war. Seitdem ich Phoebe und ihr erzählt hatte, dass ich mit einem Sextape erpresst wurde, war sie hochmotiviert. Gut, zunächst hatte sie gelacht. Schallend und mehrere Minuten lang. Bis ihr klar wurde, dass ich nicht mitlachte und es bitterernst nahm.

»Du wirst erpresst?«, fragte sie nach ihrem zweiminütigen Lachflash.

»Was an ›Ich werde erpresst‹ ist jetzt so unverständlich?«

»Und womit wirst du erpresst?«, fragte Phoebe mich seelenruhig.

»Zach hat ein Video«, schoss es aus mir heraus. Dieser miese, widerwärtige ...

»Du hast mit Zach geschlafen? Ich wusste es!«

Triumphierend blickte Sienna mich an. Es gab zwei Dinge, die mich dabei erschreckten. Erstens: Sie wusste sofort, dass es ein Sexvideo war, und zweitens schien sie wirklich zu glauben, ich hätte mit Zach geschlafen.

Ich blieb ganz ruhig, obwohl es in mir anders aussah. »Und wann soll das bitte passiert sein? Während ich taub, stumm und blind geworden bin?«

»Ja, aber wenn es nicht Zach ist ...« Ich las ihr praktisch vom Gesicht ab, wie es in ihrem Kopf ratterte. »Nein. Du willst mich doch verarschen!« Sie sprang auf und warf ihren Stuhl zu Boden. »Simon hat dich gefilmt und ...«

»Zach erpresst mich damit«, beendete ich ihren Satz.

»Bist du dir sicher, dass das stimmt? Ich meine ...«

»Ich habe die Kamera zwar nicht gehalten, Phoebe, aber warum sollte er das erfinden?«, unterbrach ich meine Freundin.

»Okay«, sagte Sienna gefasst. »Wir kriegen das hin.«

Und jetzt standen wir mitten in der Nacht in dem Haus, in dem Simon womöglich die Beweise hatte. Mein Sexvideo. Großer Gott, wenn das stimmte, dann war ich erledigt.

Sienna und ich liefen die Treppe ins Obergeschoss hoch. In einem der Zimmer brannte Licht.

»Kommt rein!«, rief Phoebe uns zu. Vergessen war das Walkie-Talkie.

Ich blinzelte gegen das grelle Licht an und erkannte Phoebe vor einem Bett. Ich versuchte mein Schmunzeln zu unterdrücken, als ich ihre Cappie sah und die gemalten Streifen auf ihren Wangen. Sie war vorbereitet, um in den Krieg zu ziehen.

Allerdings sagte mir mein Gefühl, dass das hier gerade nicht so lief, wie es sollte. Denn Simon lag in diesem Bett und starrte uns mit großen Augen an.

»Was zum Teufel …« Er starrte zu Sienna, oder eher zu der Wollmütze auf ihrem Kopf, in die sie für ihre Augen zwei Löcher geschnitten hatte. Die zog sie sich jetzt vom Kopf und schlenderte zum Bett. Simons Augen wurden tellergroß. Irgendetwas sagte mir, dass sie ohne Maske gruseliger auf ihn wirkte.

»Simon, mein Lieber. Schön, dass du zu Hause bist. Dann sparen wir uns direkt die Durchsuchung deines …« Sie sah sich um.

Mehr als ein Bett und ein kaputter, alter Schrank fanden sich hier drin nicht.

»Nun, keine Ahnung wie du das hier nennst. Jedenfalls …« Sienna zog sich behutsam ihre Lederhandschuhe aus. Woher zum Teufel hatte sie die denn jetzt?

Phoebe stand neben ihr und hielt … hielt sie einen Baseballschläger? Tatsächlich.

Wenn ich nur ansatzweise in der Lage gewesen wäre

zu lächeln, hätte ich das jetzt getan. Meine Freundinnen waren für diese Aktion eindeutig besser ausgerüstet als ich.

»Wirst du mir jetzt sagen, wo du das Video von Ivy und dir hast?«

Siennas Frage klang beiläufig, als wäre es nicht wichtig. Die Drohung dahinter war mehr als deutlich.

Simon schüttelte den Kopf und rutschte an die Wand zurück. »Ihr seid doch verrückt. Das nennt man Einbruch!«

»Du Mistkerl hast ...«, begann ich, aber Sienna hob die Hand. Ich ließ sie gewähren, weil ich eh fix und fertig war.

Nicht Simon hatte mich damit erpresst, sondern Zach. Zach, der sich das Video mit Sicherheit angesehen hatte und ... womöglich auch noch mit seinen dämlichen Verbindungsbrüdern. Oh Gott, wenn sie das gesehen hatten ...

»Simon, du weißt und ich weiß, dass du wirklich, also wirklich mega viel Glück hattest, die Aufmerksamkeit meiner Freundin Ivy zu bekommen. Aber jetzt ist das vorbei. Und wir finden diese ganze Sache gar nicht mehr witzig«, sagte Sienna in einem so kindlichen Ton, dass beschränkte Leute wie Simon es wirklich nicht falsch verstehen konnten.

Simon schnaubte. »Ich weiß nicht, wovon ihr redet. Ich muss dann jetzt ...«

Phoebe hob demonstrativ den Baseballschläger, damit er diesen auch bloß nicht vergaß. Sein Blick verfinsterte sich.

»Ihr seid doch völlig krank! Ich habe nichts getan! Sie hat sich doch von mir getrennt, ich ...«

»Okay, mein Lieber. Wir können das auch gerne anders regeln. Dein Mitbewohner wird hier erst mal nicht aufschlagen. Wir beide wissen, dass er ein ziemlich großes Problem mit Alkohol und übermäßigen Gefallen an einer gewissen Stripperin namens Gogo hat. Ich meine, Gogo? Ehrlich?«

Jedes Mal fragte ich mich, woher Sienna ständig ihre Informationen hatte. Heute wollte ich es nicht wissen.

»Wir wollen dieses Video, Simon. Und wir werden nicht eher gehen, bevor du es uns nicht aushändigst.«

»Ich habe es nicht!«, fuhr er sie genervt an. »Und selbst wenn, ihr seid hier eingebrochen! Wenn die Cops herausfinden ...«

»Die Cops werden gar nichts!«, sprach Phoebe ihm dazwischen. »Wir drei sind nie hier gewesen, das bezeugen auch die sieben Mädels, die noch mit uns zusammenwohnen. Aber bei dir sieht das anders aus. Kriegen Sie dich wegen des Videos dran, wanderst du in den Knast.«

»Jepp, wir haben es gegoogelt«, verkündete Sienna zuckersüß lächelnd und wirkte total stolz auf sich. Ach, hatten wir das?

Simon schien zu überlegen. Er wirkte noch leicht verschlafen, aber dann seufzte er plötzlich. Er trug eine alte Jogginghose und ein zerknittertes Shirt, das mehrere fragwürdige Flecken aufwies. *Und mit dem Mann hast du geschlafen, Ivy.*

»Zach hat meine Sicherungskopie auf der Cloud gelöscht, ich hab also wirklich nichts mehr! Er hat mein Handy und die Dateien.«

Wie bitte? Phoebe und Sienna blickten mich an, ich starrte jedoch zu diesem miesen Pisser. Großer Scheiß! Mir ja bewusst, dass Simon kein Traumprinz war, aber irgendein Teil von mir hatte wirklich geglaubt, dass Zach sich den Mist nur ausgedacht hatte.

»Du verdammter Mistkerl!«, schrie ich, wurde aber von Sienna sofort festgehalten.

»Ivy, beruhige dich ...«

»Beruhigen? Ich soll mich beruhigen?«

»Deswegen hat Zach dich rausgeworfen«, stellte Phoebe mit ruhiger Stimme fest.

Simon schnaubte, während er an der Wand angelehnt dasaß. »Die Pisser können mich mal!«

»Du bleibst hier stehen«, flüsterte Sienna mir zu und ging wieder zu ihm. »Gut, Simon ...« Sie setzte sich an den Rand des Bettes und wirkte wie eine gute Freundin, die ihm gerade helfen wollte. »Wir machen Folgendes. Das hier ...« Sie deutete im Raum umher. »Bleibt mal schön unter uns. Wir wollen ja nicht, dass du dich noch mit der Staatsanwaltschaft beschäftigen musst, oder? Wobei ... ich kenne einen, der ...« Verträumt blickte sie an die Decke. »Ich sage dir, graue Haare bei einem Mann können mega attraktiv aussehen. Aber ich schweife wieder ab. Du wirst nie wieder irgendetwas filmen, Simon. Glaub mir, du willst nicht herausfinden, was sonst passiert.«

»Ach, jetzt habe ich aber Angst!«

Sienna blinzelte nicht einmal. »Du hast noch nie *Criminal Minds* gesehen, oder?«

Simon runzelte verwirrt die Stirn.

»Jepp, genauso reagieren jedes Mal die Opfer. Und jedes Mal werden die dann nur noch tot aufgefunden. Ich meine, hallo? Das ist doch absolut dämlich! Wenn man seinen Arsch retten kann, sollte man das doch tun, oder? Wobei ich mich immer schon gefragt habe, wie es ist, von Reid gerettet zu werden. Ich schwöre, dieser Mann muss einfach mal ordentlich …«

»Du vergisst Derek«, warf ich ein und schmunzelte, als Sienna dankend auf mich zeigte.

»Gott, ja!«

»Ihr seid doch irre!«, sagte Simon ungläubig.

Sienna lächelte. »Schön, dass du das auch endlich begreifst.«

Kapitel 10

DAS BOCKIGE KIND UND SEIN ERPRESSER

ZACH

Ich zog mir mein Shirt über, verließ mein Zimmer und stieg die Treppe runter. Zwei meiner Verbindungsbrüder grüßten mich, während ich in die Küche lief, um mir irgendetwas zu essen zu suchen. Es war erst kurz nach Mitternacht, also würde es noch dauern, bis das Haus ruhiger wurde.

»Wir müssen reden«, rief Will plötzlich hinter mir und kam aufgeregt in die Küche gestürmt.

»Okay«, antwortete ich beiläufig, öffnete den Kühlschrank und holte alles heraus, um mir ein Sandwich zu machen.

»Hast du Ivy gesagt, was wir herausgefunden haben?«

»Jepp.« Ich griff mir zwei Scheiben Toast, schmierte die Mayo drauf und nahm mir dann von der Salami ein paar Scheiben.

»Und?«

»Was und?«

»Zach, leg die verdammte Salami weg und hör mir zu!«

Demonstrativ blickte ich ihn an, während ich den Toast zuklappte und hineinbiss.

»Ich weiß, dass sie dich provoziert, aber ...«

Ich schnaubte, während ich kaute. Das war noch untertrieben formuliert, und Will wusste das auch ganz genau.

»Tu nichts, was dich in Schwierigkeiten bringen könnte.«

Dafür war es längst zu spät, und weil ich daraufhin nicht reagierte, seufzte er.

»Was hast du getan?«

»*Wo ist er?*«

Überrascht sahen wir beide auf. Das laute Brüllen kam von einer Frau. Einer Frau, die Will und ich sofort erkannten.

Will verdrehte die Augen, weil er wusste, was jetzt kam.

»*Du!*«

Eine Frau, die entfernt an Ivy erinnerte, kam in die Küche gestürmt. Aber sie war vollkommen in Schwarz eingekleidet und trug eine Cappie über ihrem Pferdeschwanz. Nur der angepisste Ausdruck in ihren Augen war mir nicht neu. Jepp, es war Ivy.

»Gib mir das Video. Sofort!«

»Oh, großer Scheiß«, murmelte Will und bekam von Ivy einen genauso wütenden Blick geschenkt.

»Du steckst mit drin, oder? Wundert mich nicht. Wenn Zach irgendwo steckt, hängst du mit drin. Gib mir das Video«, fauchte sie.

»Ich habe das Video nicht. Zach hat es«, antwortete Will und hob die Hände, als wäre das Beweis genug.

Ivys Blick flog wieder zu mir. Sie besaß sowieso schon dunkelbraune Augen, aber jetzt wirkten sie fast schwarz. Ein bitterer Zug lag auf ihren Lippen.

Und ich habe dafür gesorgt, dass es so ist.

»Willst du mich fertig machen?« Drohend kam sie näher. »Ist es das?«

Ich runzelte die Stirn. Wollte ich sie fertig machen?

»Oder findest du es lustig, dass ich nicht weiß, wann du es öffentlich machst?«

Das halb aufgegessene Sandwich in meiner Hand schmeckte mir gerade nicht mehr. Ich legte es zur Seite.

»Willst du, dass ich zu Kreuze krieche? Ist es das?« Ivys Stimme wurde immer lauter. »Das kannst du vergessen! Du bist der Letzte ...«

»Jetzt sind wir alle erst mal ruhig und atmen schön ein und aus«, meldete sich plötzlich Sienna zu Wort, die seelenruhig in die Küche gelaufen kam und sich zu Ivy stellte. Warum zum Teufel trug sie eine Wollmütze auf dem Kopf? Ihre Kleidung war auch in Schwarz gehalten.

»Ich soll ruhig bleiben? Sienna, er hat ...«

»Ich weiß, und wir werden jetzt herausfinden, warum er das macht, okay?« Beide blickten sich einen Moment an, bis Sienna mich fixierte. »Also, wir waren bei Simon und wissen jetzt, dass du der einzige Besitzer dieser ganzen Piepshow bist.«

Ivy stöhnte auf und Sienna drückte sie auf den

Hocker. Dann starrte sie an die Decke. Wie ein bockiges Kind saß sie mir gegenüber an der Küchentheke.

Es sah nicht so aus, als hätte sie geweint. Gut, das hatte ich auch nicht von ihr erwartet. Ivy war alles, aber ganz sicher nicht schwach. Sie tat alles immer mit hundert Prozent Einsatz. Vor allem, wenn es darum ging, mir die Leviten zu lesen. Auch wenn ich meist nicht wusste, worum es dabei ging.

Den ganzen Tag hatte ich nicht mehr daran gedacht, was ich heute Morgen zu ihr gesagt hatte. Und waren wir mal ganz ehrlich, ich hatte sie erpresst. Mit ihrem eigenen Sexvideo, das ich mir nicht mal ganz angesehen hatte. Will war gestern Abend noch bei Rusty gewesen und hatte ein paar angeschaut. Als er danach zu mir kam, war er ziemlich blass gewesen. Wir überlegten noch, es den Cops zu geben. Aber das würde den Mädels vermutlich nicht helfen.

Ich wollte diesen ganzen Scheiß einfach nur vergessen, aber als Präsident der Kappa Alphas war das nicht so leicht. Ich bat Rusty, alle Videos zu löschen, und dann traf ich Ivy im Flur und alles eskalierte.

Sie brachte mich ständig auf 180, aber bisher konnte ich das ziemlich gut überspielen. Warum also diese Kehrtwende? Warum ließ ich mich so provozieren?

»Ihr wart bei Simon?«, fragte Will überrascht.

»Jepp, waren wir.« Phoebe kam in die Küche. Wenn es Will irritierte, dass sie jeweils zwei Striche auf den Wangen hatte, ließ er es sich nicht anmerken. Er starrte sie eher an, als sähe er sie zum ersten Mal. Vermutlich war es auch so. Dass Phoebe abgenommen hatte, war einfach nicht zu übersehen.

Sie wiederum tat so, als würde sie Wills Starren nicht bemerken, und stellte sich zu ihren Freundinnen.

»Er hat uns versichert, dass nur noch du das Video besitzt«, sprach Sienna mich an.

»Korrekt«, antwortete ich und verschwieg bewusst, dass ich es bereits gelöscht hatte.

Plötzlich stand Ivy auf und wollte wieder auf mich losgehen. Die Kleine, vielleicht eins siebzig große Ivy Brenneman wollte tatsächlich auf mich losgehen ... aber Sienna und Phoebe hielten sie zurück.

»Das ist so typisch deine Masche, Zach!«, schrie sie mich an.

»Ach, und was ist meine Masche?«, fragte ich nach und erwartete, den üblichen Standardsatz von ihr zu hören. *Du bist ein Frauenschwarm, der alle nur ausnutzt und bla, bla, bla.* Aber wie immer unterschätzte ich sie.

»Du schmeißt Simon raus, weil er einen Fehler gemacht hat, und trotzdem nutzt du den Mist aus, um mich zu erpressen. Wer ist hier das größere Arschloch? Du bist nicht besser als er!«

Peng!

Der Kurzschluss war da und nicht aufzuhalten.

»Du solltest ganz genau überlegen, wen du hier ein Arschloch schimpfst!« Mit vier Schritten stand ich direkt vor ihr. Sie wollte mich mit Simon auf eine Stufe stellen? Sie konnte mich mal!

Aber wieder schreckte sie nicht zurück. Ivy blieb

stur direkt an Ort und Stelle stehen und hielt meinem Blick stand.

Selbst meine Teamkollegen schissen sich vor mir in die Hose, wenn man mir dumm kam. Das geschah selten. Sehr selten. Ich hatte gelernt, meinen Gefühlen zu vertrauen. Wenn ich auf etwas wütend war, machte ich es mit mir selbst aus. Nur bei dieser kleinen Studentin vor mir klappte das überhaupt nicht. Ganz und gar nicht. Wieder hatte sie mich dazu gebracht, den Bösewicht zu spielen. Sie lockte etwas aus mir heraus, das ich mir seit über einem Jahr verbot, auch nur ein wenig von der Kette zu lassen. Warum? Warum sie?

Ivys Atmung ging schnell. Wutentbrannt starrte sie mich an.

»Was schreit ihr denn so herum?«

Kara war aus meinem Zimmer gekommen, mit nichts weiter an als einem Shirt von mir. Es kaschierte gerade so ihren Hintern. Ivy erstarrte und machte dann ein abfälliges Geräusch. Mehr Ermutigung brauchte ich nicht.

»Und jetzt wirst du deine Arbeit erledigen, Ivy«, flüsterte ich und versuchte mein Schmunzeln zu verbergen. Vermutlich würde sie mir dann tatsächlich den Kopf abreißen oder so etwas. »Na los, oder soll ich schon mal den Computer hochfahren?«

Sie brauchte ein paar Sekunden, biss sich auf die Unterlippe, als würde sie scharf darüber nachdenken, was sie erwidern sollte, bevor sie tatsächlich laut sagte: »Hey Kara, du solltest gehen. Ich muss mit Zachery ...«

Ich biss mir auf die Zunge, damit ich mich nicht aufregte, weil sie mich bei meinem vollständigen Namen nannte. »... noch etwas ganz Wichtiges besprechen.«

Kara bewegte sich erst nicht. Sie blickte ratlos in die Runde. Niemand sagte etwas. Will starrte immer noch Phoebe an, die wiederum sah uns an.

»Okay, ähm ... Rufst du mich an, Zach?«

Die Frage war an mich gerichtet, trotzdem schaute ich zu Ivy. Mein abwartender Blick sagte ganz genau aus, was ich von ihr erwartete.

Seufzend drehte Ivy sich zu Kara um. »Das wird er nicht machen können. Wir arbeiten an einem Projekt. Ein wichtiges Referat. Das braucht Zeit.«

Ich nickte verhalten, als würde mich das wirklich stressen, während Kara einen Schmollmund machte und dann abzog.

»Zufrieden?«, zickte Ivy mich wütend an.

Amüsiert sah ich zu ihr hinunter. »Nicht schlecht.«

Für einen Moment sahen wir uns einfach an. Ivy wollte mich vermutlich gerade ermorden oder wägte in ihrem Kopf die Option ab, als Sienna plötzlich in die Hände klatschte.

»Ich brauche dringend eine Dusche. Kommst du, Phoebs?«

»Moment, was?«, fragte Ivy geschockt. »Ich dachte, wir wollen ihn fertig machen, überwältigen und uns das Video schnappen?«

Ich zog eine Augenbraue in die Höhe und blickte zu Will, der sich fahrig über die Stirn fuhr.

»Nun, Zach ...« Sienna blickte zu ihm. »Du willst also nur das von unserer Ivy? Ein paar Alibis?«

Ich hob die Augenbrauen und nickte langsam.

Einen langen Augenblick starrte sie mich an. Dann schaute sie zu Ivy.

»Süße, es ist ja nicht so, als würde Zach jetzt mit dir ein eigenes Video drehen wollen«, erklärte Sienna ihr. »Du sollst ihm ein paar Mädels vom Hals halten. Und wenn wir da jetzt mal ganz logisch rangehen ... Das spielt uns doch auch nur in die Hände. So gibt's weniger Herzschmerz. Allerdings wirst du auch die Mädels aus unserem Haus in Ruhe lassen.«

Die Drohung kam an. Unschuldig hob ich die Hände.

Sienna wartete erst gar nicht ab, sondern zog Phoebe einfach mit sich.

»Das ist doch ... Das ist ... Was zum Teufel ist hier gerade passiert?«, sprach Ivy mit sich selbst und trat von mir weg, um durch die Küche zu marschieren.

»Ich glaube, sie hat mir gerade das Okay gegeben, dich zu erpressen«, stellte ich belustigt fest und verschränkte die Arme vor der Brust. Will starrte währenddessen immer noch zur Tür und Phoebe hinterher. Die beiden waren so etwas wie Freunde, keine Ahnung, was da genau lief. Will war nie groß der Typ gewesen, der mir darüber etwas erzählte.

»Ich glaube das gerade nicht«, flüsterte sie, dann drehte sie sich um und fasste mich wieder ins Auge. »Das kannst du vergessen!«

»Oh, ich glaube, das sehe ich etwas anders. Das mit Kara hat super funktioniert.«

»Als ob sie das davon abhält, sich bei dir zu melden.«

»Und wenn ... Dann werde ich ihr einfach von unserem Referat erzählen und ...«

»Aber es gibt gar kein Referat! Wir studieren nicht mal dasselbe«, fuhr sie mich aufgebracht an.

»Ja, das weiß sie aber nicht.« Grinsend griff ich mir wieder mein Sandwich. Jetzt bekam ich doch wieder Hunger.

»Das war wirklich Phoebe ...«, murmelte Will hinter uns.

»Arrgh, natürlich war das Phoebs! Und sie ist meine Freundin, also wehe du tust ihr weh!«, schiss sie ihn sofort zusammen. »Sie war auch vorher wunderschön, also ...«

»Ich muss los.« Will verließ die Küche, als hätte er irgendetwas Wichtiges vergessen.

Dann waren wir allein und Ivy schien das auch zu bemerken. Seufzend ließ sie sich wieder auf den Hocker fallen.

»Du hast nicht vor, mich zu entlassen, oder?«

Mit einem einzigen Blick machte ich ihr klar, dass das nicht passieren würde.

Sie ging mir auf den Geist und endlich hatte ich etwas, womit ich mich revanchieren konnte. Und es hielt mir meine Affären vom Hals. Was gab es Besseres?

Mit war schon klar, dass Will gleich wieder auftauchen und mir sagen würde, dass ich Kara nicht erst in mein Bett hätte lassen sollen. Das hätte ich wirklich nicht ...

Aber Ivy hatte mich provoziert. Kara war verfügbar und der Frust musste heraus, bevor er noch woanders hinlief.

Keine Glanzstunde von mir. Aber Ivy erwischte mich eh immer dann, wenn sie mich einen Kopf kürzer machen konnte.

»Ich werde es noch bereuen, das weiß ich jetzt schon. Aber Sienna hat recht. Solange ich mir irgendwelche Alibis für dich ausdenke, haben wir im Haus Ruhe.«

Es hörte sich an, als würde sie sich selbst Mut zu-sprechen wollen.

»Okay.« Ivy drückte den Rücken durch und be-gegnete meinem Blick entschlossen. »Ich werde es machen.«

Als hätte sie eine Wahl. Selbst jetzt versuchte sie noch die Oberhand zu behalten. Irgendwie niedlich.

»Wie soll das ablaufen? Du gibst mir Bescheid, wenn du mit einer fertig bist ...« Sie machte ein ange-widertes Gesicht. »Und ich komm dann und werde mir irgendetwas ausdenken, damit sie checkt, dass du an nichts Ernstem interessiert bist?«

»So in etwa. Nur dass du selbstverständlich nicht jede Ausrede erfinden darfst.«

Sie machte einen Schmollmund. Ich grinste.

»Lass mich raten. Du hattest vor, mir irgendeine Geschlechtskrankheit anzudrehen, oder?«, riet ich ein-fach mal ins Blaue.

»Vielleicht. Vielleicht aber auch nicht.«

»Du lügst.«

»Gut«, gab sie seufzend zu. »Vielleicht wollte ich von einem fünfjährigen, mittellosen Jungen namens Timothy erzählen, der dank seines egoistischen Daddys mit einem Holzbein herumlaufen muss, weil eben erwähnter Daddy lieber rumhurt als die gesetzlich vorgeschriebenen Alimente zu zahlen.« Sie zuckte mit der Schulter. »Aber geplant hatte ich nichts.«

Sprachlos blickte ich sie an, bis mir ein Lachen entwich.

»Scheiße. Du bist völlig verrückt.«

»Das sagt der Richtige«, flüsterte sie frustriert.

»Okay, damit das klar ist«, sprach ich, nachdem ich mich endlich wieder eingekriegt hatte. »Du wirst dir vernünftige Alibis für mich ausdenken. Keine Geschlechtskrankheiten, keine Kids, die ein verdammtes Holzbein tragen und dieser ganze Scheiß ... Verstanden?«

Einen langen Augenblick schaute sie mich an, dann lächelte sie.

»Natürlich.«

Ihr Lächeln hielt sich. Und hielt sich.

Kapitel 11

MONTE CHRISTO FÜR ANFÄNGER

IVY

»Ist das Wetter nicht klasse?«, fragte Phoebe, während wir drei uns auf den Weg zum College machten. Der Campus war so groß wie zwanzig Footballfelder, dennoch liefen wir fast jeden Tag zu Fuß zu unseren Vorlesungen. Nur heute war die Stimmung angespannt. Zumindest bei mir. Sienna trug ihre verdammte Designersonnenbrille und grinste wie immer.

Phoebe versuchte sich im Smalltalk, weil sie wusste, dass ich nicht gut drauf war. Immerhin wurde ich erpresst und meine besten Freundinnen ließen das zu. Aber wenn sonst nichts war …

»Es soll die ganze Woche so schön bleiben.«

»Besser ist es. Meine Haare vertragen momentan kein feuchtes Wetter«, sagte Sienna.

Ich verdrehte die Augen. Wir liefen den Bürgersteig entlang und ein paar Studenten grüßten uns. Selbstverständlich winkte Sienna jedes Mal, und Phoebe schenkte auch eifrig ein paar Leuten ein Hallo. Nur ich blieb stur. Warum sollte ich irgendjemanden grüßen? Wenn ich Pech hatte, schauten sie mich bald eh nicht mehr mit dem Arsch an. Das Sexvideo würde sich verbreiten wie verrückt. Auf Zachs Wort würde und konnte ich mich nicht verlassen.

Nachdem der Idiot mir klargemacht hatte, was ich sagen und eben nicht sagen durfte, war ich abgehauen und direkt in mein Zimmer verschwunden. Ich hatte am Morgen das Frühstück ausgelassen und war gerade auf die beiden getroffen. Sie hatten die Erpressung bisher nicht ein einziges Mal erwähnt. Als würde es sie gar nicht geben.

»Ach, komm schon, Ivy ...« Sienna hakte sich bei mir ein. »So schlimm ist es doch ...«

»Rede weiter und ich schwöre dir, ich kündige unser Netflix-Abo«, drohte ich, lächelte aber liebevoll, als ein Student an uns vorbeilief.

Sienna seufzte. »Genau deswegen brauchst du mal eine kleine Erpressung, Ivy.« Sie ließ mich wieder los und lief voraus, als wir das Hörsaalgebäude erreichten.

»Was soll das denn heißen? Weißt du, was sie meint?«, fragte ich Phoebe, die sofort den Kopf schüttelte. Zu schnell, wie ich fand.

Ich wollte noch mal Sienna darauf ansprechen, aber da kotzte ihr plötzlich irgendein Mädchen vor die Füße.

Ganz Sienna, wich sie nicht zurück. Sie hob ihre Sonnenbrille an, blickte auf das Erbrochene und seufzte tadelnd. »Erstsemester?«

Das Mädchen hielt sich vor Schreck den Mund zu und nickte eifrig.

»Süße, niemals zum Frühstück etwas mit Zitrus essen. Nicht nach einer durchzechten Nacht.«

Die Kleine wirkte leicht beschämt. Lag vielleicht auch daran, dass uns jeder anstarrte, der in der Nähe stand.

»Na, das wird schon«, ermunterte Sienna sie weiter und tätschelte ihr die Schulter. Dann setzte sie sich die Brille wieder auf. »Wie habe ich das College vermisst.«

»Na, ihr drei?«

Porter kam auf uns zu. Er lächelte und wirkte gut erholt. Porter war ein ganzes Stück größer als ich, braun gebrannt und schaute zufrieden aus. Endlich! Wie lange hatten wir schon gehofft, dass er das mit Jessy endlich ad acta legen und von vorne anfangen könnte? Seitdem sie mit Zach geschlafen hatte und danach weggezogen war, wurde Porter nur ›das Opfer, das sich zu sehr angestellt hat‹ genannt.

»Porter!«, grüßte ich ihn und umarmte ihn kurz. Er war ein Mann, der Zach auch abgrundtief hasste. Aus anderen, selbstverständlich nachvollziehbaren Gründen, aber hey, wir beide hassten ihn!

»Wow. Womit habe ich das denn verdient?«, fragte er verwundert nach.

»Einfach nur so«, grinste ich. Allein schon zu wissen, dass es noch jemanden gab, der Zach Morris hasste, war Motivation genug, diesen Tag doch noch zu überstehen.

***

112

Zehn Minuten später saß ich mit Phoebe in Literarische Geschichte des 18. Jahrhunderts. Sienna hielt von Geschichte nichts. Sie wollte sich, so Zitat: »Auf die Dinge konzentrieren, die sind oder noch kommen.« Sie saß gerade zwei Hörsäle weiter in Mediengestaltung, auch Porter hatte einen anderen Kurs.

Ich kritzelte auf meinem Block herum, während Professorin Chambert über Monte Christo redete. Das Buch sollten wir in den nächsten Wochen lesen und bewerten. Das ganz normale Bla-bla-bla.

»Hör ihr zu, bevor du wieder nicht weißt, was Sache ist«, flüsterte Phoebe mir zu.

»Mmh?« Ich hob den Kopf und blickte sie irritiert an. »Wir werden dieses Buch lesen und dann ein ellenlanges Referat darüber halten. Richtig?«

Ich hatte den Nagel auf den Kopf getroffen. Phoebe verdrehte die Augen und ließ mich dann in Ruhe.

»Überlegen Sie genau, worum es in seinem Buch geht. Es ist wichtig, dass Sie sich daran erinnern, wenn Sie alles verloren glauben«, sprach Professorin Chambert.

Chambert war Mitte dreißig, attraktiv hoch zehn und jeder Typ, der hier war, war sich dessen mehr als bewusst. Literarische Geschichte war jetzt kein Fach, das Männer ansprach. Trotzdem war fast die Hälfte hier männlich.

Armselig, absolut armselig.

»Monte Christo geht mit einer sorgfältigen Überlegung an die Sache heran. Wir reden über ein Jahrzehnt, in dem er nichts tun kann, als in seiner Zelle über alles nachzudenken. Was würde er gerne tun? Und was wird er tun, sobald er frei ist? Was würden Sie tun?«

Was würde ich tun?

Unterbewusst hatte ich wieder mein Kuli genommen und auf meinen Notizblock gekritzelt:

Zach erstechen.

Zach verbrennen.

Zachs Leiche verbuddeln.

Zach erst erstechen, dann verbrennen und die Überreste verbuddeln. Simons Leiche an einem anderen Ort verbuddeln. Aus Sicherheitsgründen.

Okay. Anscheinend wusste ich unterbewusst genau, was ich mit ihm anstellen wollte.

»Monte Christo war clever. Er ließ sich nie wieder hereinlegen, kam einem immer zuvor. Warum? Ich freue mich auf Ihre Meinung.« Dann entließ sie uns.

Während alle Studenten aufstanden und langsam den Hörsaal verließen, starrte ich noch auf meinen Zettel.

»Kommst du?«, fragte Phoebe.

Ja, ich würde Zach und Simon am liebsten wehtun. Ziemlich wehtun. Simon war schon genug bestraft, indem er in einer kleinen Kammer lebte und sich die Kappa Alphas ab sofort von ganz weit entfernt anschauen durfte. Aber Zach ... dieser verdammte, arrogante Mistkerl. Er würde sich noch wünschen, mich niemals erpresst zu haben ...

Grinsend stand ich auf.

»Ich komme!«

Kapitel 12

MÖGEN DIE SPIELE BEGINNEN – ODER DIE ANRUFE ...

ZACH

Wir trafen uns wie verabredet in unserem Garten. Die letzten fünf Anwärter standen alle mit verbundenen Augen und nur in Unterhose auf ihren Stühlen. Vor ihnen das Nichts. Gut, es lagen mehrere Pfund Popcorn auf dem Boden. Aber sie wussten es nicht und deshalb war es für jeden von ihnen die pure Überwindung.

»Ihr wisst, dass das eure letzte Prüfung ist. Eine, die endet, sobald ihr ohne Angst und ohne Schwäche diesen einen Schritt macht und euch ins Ungewisse werft«, begann ich, lief die Reihe auf und ab und ignorierte zum dritten Mal innerhalb weniger Minuten mein Handy, das in meiner Hosentasche vibrierte. Das hier war jetzt wichtiger.

Will, mein Stellvertreter, stand direkt neben den Jungs und alle Mitglieder der Verbindung waren auch anwesend. Wir hatten Fackeln aufgestellt und Ralph trommelte immer wieder einen ziemlich nervigen

Klang. Aber hey, wir Kappas mussten die Tradition wahren. Seit über 150 Jahren musste sich jedes Mitglied die Aufnahme bei uns verdienen.

»Wir dulden keine ...«

Plötzlich schlug eine Tür zu. Es war das Gartentor, das laut gegen die Verriegelung schepperte. Wer zum Teufel würde ...

»Hey, Jungs!«

Grinsend, als hätte sie diesen Auftritt geplant – was mit Sicherheit auch nah an der Wahrheit lag – kam Ivy kaugummikauend und lächelnd über den Rasen gelaufen.

Sie hatte sich seit gestern nicht mehr blicken lassen, nachdem ich ihr klargemacht hatte, dass ihr Video mir Vorteile verschaffen würde. Warum tauchte sie ausgerechnet jetzt auf?

»Hi, Ivy«, begrüßte einer der Jungs sie, Ivy zwinkerte.

Stirnrunzelnd musterte ich meine Jungs. Einige blickten sofort in die andere Richtung, der Rest checkte sie ohne Scham ab.

»Was kann ich für dich tun?«, fragte ich, ohne wirklich einen freundlichen Ton an den Tag zu legen. Sie wusste ganz genau, dass sie hier gerade nichts verloren hatte.

»Ach, weißt du, ich wollte meinen Job nur sehr gewissenhaft erledigen.«

»So, wolltest du das?«, fragte ich vorsichtig nach. Was hatte sie jetzt schon wieder für ein Problem?

»Mmmh«, antwortete sie und nickte.

Ich blickte zu Will, der auch nachdenklich wirkte.

»Hier ist ...« Sie legte ihre Hand in die hintere Gesäßtasche ihrer Jeans und suchte irgendetwas. »... die Liste.«

»Welche Liste?«, fragte ich und nahm ihr den Zettel ab, den sie mir hingehalten hatte. Das Trommeln hatte längst aufgehört. Die Jungs auf den Stühlen wurden unruhiger, dennoch wollte ich erst sehen, was sie da wieder ...

»Was soll das sein?«, fragte ich verständnislos. Mindestens zwanzig Namen standen auf dem Zettel. Weibliche Namen. Fand sie das witzig? Es war offensichtlich, was wir hier gerade Wichtiges machten. Und sie kam mir an mit einem Zettel voller Namen, die ich nicht ...

»Ich wollte dich nur vorwarnen, damit du weißt, mit wem du es zu tun hast«, antwortete sie mit zuckersüßer Stimme. Das war eine Drohung. Aber eine Drohung wofür?

Jetzt war auch Will neugierig und trat neben mich, um die Liste anzusehen.

»Du sagtest, ich solle mich um deine ... Mädels kümmern. Das mache ich natürlich gern, aber wenn ich schon für dich einspringe, möchte ich auch genug zu tun haben«, redete sie drauflos und hörte sich an, als wäre sie mächtig stolz auf ihre Arbeit.

Nicht einer der Namen sagte mir etwas.

»Sorry, ich weiß nicht ...«

»Sie alle haben jetzt deine Handynummer. Ich habe vorhin einen Aushang am schwarzen Brett gemacht und ...«

»Meine Handynummer?«, fragte ich entsetzt und automatisch glitt mein Griff an meine Hosentasche. »Du hast ...« Jetzt ergab das ständige Vibrieren auch einen Sinn.

»Zwanzig Frauen?«, fragte Will sie.

»Dreh den Zettel um.« Sie grinste weiter und verschränkte die Arme vor der Brust. Ich tat es und traute meinen Augen kaum.

»Das wären dann insgesamt 40«, sprach Will belustigt die Tatsache aus, dass ich in nächster Zeit keine ruhige Minute mehr haben würde.

»Sie alle sind ja sooo gespannt darauf, dich näher kennenzulernen. Und keine Angst, Zachery. Natürlich sorge ich für die Alibis, entscheid dich nur, mit wem ich anfangen soll.«

»Du!«, fuhr ich sie an, wurde aber von Will zurückgehalten.

»So, ich muss wieder rüber. Sobald du meine Hilfe benötigst, bin ich da, Zachery.« Ivy drehte sich um, und für einen kurzen, wirklich kurzen Augenblick schielte ich auf ihren Hintern. Damit das klar war: der Blick war kurz. Ehrlich!

Dann blieb sie aber plötzlich stehen und lehnte sich zu Anthony, dem letzten Anwärter, der bibbernd auf dem Stuhl stand.

»Es ist nur Popcorn, Jungs.«

Das Getuschel zwischen den fünf ging los, und dann sprangen sie alle lachend vom Stuhl. Das Popcorn knackte unter ihren Füßen.

»Fuck!«, fluchte ich.

»Und jetzt müssen wir fünf Zimmer freibekommen«, murmelte Will seufzend.

Indes vibrierte mein Handy fröhlich weiter.

Kapitel 13

ZU FRÜH GEFREUT

IVY

Zufrieden mit mir selbst lief ich zurück ins Haus. Beschwingt von Zachs verblüfftem Gesichtsausdruck, als ich ihm die Liste gegeben hatte, klatschte ich stolz in die Hände. »Jemand Lust auf Pizza? Ich wollte ...«

»Oho, was hast du angestellt?«, fragte Sienna mich direkt. Sie lag halb ausgestreckt auf einem der Sofas und schaute gerade zu, wie jemand wortwörtlich den Kopf verlor. Es spritzte Blut, die Hauptdarstellerin schrie wie am Spieß und Sienna? Sie schmiss sich gekonnt Popcorn in den Mund. Neben ihr hatte sich Phoebe wie üblich ein Kissen vors Gesicht gepresst, Jules saß kichernd neben ihr.

»Und? Ist sie tot?«, fragte Phoebe mit zitternder Stimme.

Sienna runzelte die Stirn. »Keine Ahnung, ist sie tot?«

Und Phoebe tat daraufhin genau das, was sie machen sollte. Sie starrte zum Fernseher. Der abgetrennte Kopf lächelte blutüberströmt in die Kamera.

»Sienna! Du blöde Kuh!« Phoebe warf ihr das Kissen zu, während Sienna lachte.

»Normalerweise ist man das, wenn den Kopf verliert!«, gackerte sie weiter und griff noch mal in die Popcornschüssel.

»Ich glaub, ich muss mich übergeben«, murmelte Phoebe, wirkte ganz grün im Gesicht und verließ das Wohnzimmer.

Jules kicherte weiter, Sienna verdrehte die Augen und ich schüttelte den Kopf.

»Du weißt, dass sie so was nicht abkann«, sagte ich und setzte mich Sienna gegenüber in den letzten freien Sessel.

»Sie muss sich abhärten. Die Welt ist nicht kuschelig, kunterbunt und trällert ständig den *Glücksbärchensong*«, erklärte Sienna mir. »Sie hat nicht umsonst 50 Pfund verloren.«

»30«, korrigierte ich sie.

»Was auch immer«, murmelte sie und griff sich eine Handvoll Popcorn, das sie sich tatsächlich ohne Probleme in den Mund schob. Wir sahen gerade dabei zu, wie das nächste Opfer genau da entlanglief, wo es ein Geräusch vermutete.

»So was von dumm«, sagte Jules und blickte wie wir gespannt zum Fernseher.

Und rumms ... wurde der Oberkörper von einer Sichel vom Unterkörper getrennt. Wenigstens war das Werkzeug originell.

»Ich geh dann mal. Bin müde und der Film hilft

mir nicht gerade, einen gesunden Schlaf zu finden. Bis morgen.« Jules stand auf und winkte uns zu.

»Bis morgen«, antworteten wir synchron.

Jules war im fünften Semester. Wie wir. Auf Anhieb hatten wir uns mit ihr verstanden und sie gehörte zu den Ersten, die mit hier eingezogen waren.

»Bevor wir Opfer Nummer Schlag-mich-tot dabei zusehen, wie es abgeschlachtet wird … Warum bist du so gut drauf?«, fragte Sienna und schenkte mir kurz einen Seitenblick, um dann wieder konzentriert zum Film zu schauen.

»Ich war bei Zach …«

»Ach?«, fragte sie nach, als hätte sie es nicht längst gewusst.

Auf dem Bildschirm trieb es jetzt ein Paar miteinander, oder zumindest fast. Die Klamotten fielen bereits zu Boden.

»Zehn Mäuse, dass sie nach dem Rammeln das Zeitliche segnen«, wettete Sienna und aß eifrig weiter.

»Abgemacht.«

Der Kerl fummelte und knutschte und schwups, wurde er mit einer Axt erschlagen.

»Verdammt«, fluchte Sienna und ich grinste. »Ich gebe dir das Geld morgen früh. Also … du warst bei Zach. Lass mich raten. Du hast ihm gezeigt, was es heißt, wenn du seine süße Alibi-Prinzessin spielst, nicht wahr?«

Ich bedachte sie mit einem ›Was für ein beschissener Name für eine noch bescheuertere Erpressungsgeschichte‹-Blick. Aber dann nickte ich, weil sie es nun mal auf den Punkt gebracht hatte.

»Das wird langsam wirklich amüsant.«

»Das ist alles, was du dazu zu sagen hast? Es wird amüsant?«

Seufzend schaltete Sienna den Fernseher aus und blickte mich an. »Ich glaube, dass diese Sache euch beiden helfen wird.«

»Helfen? Dem Typen ist nicht mehr zu helfen!« Dahin war meine gute Laune. »Er ist ein Arschloch, Sienna!«

»Das wissen wir, du erzählst es jeden Tag. Aber seien wir mal ehrlich, Ivy. Simon hat die Scheiße verbockt. Und Zach nutzt das jetzt, keine Ahnung, warum, aber es hätte schlimmer kommen können. Er hätte von dir alles erpressen können, und doch will er nur, dass du ...«

»Dass ich wie ein Hündchen nach seiner Pfeife tanze!«, fuhr ich sie an und stand auf. »Aber das kann er sich abschminken. Er glaubt, er hätte mich in der Hand? Pah! Von wegen!«

Sienna seufzte. »Ivy ...«

»Ich bestell mir Pizza. Und du kriegst nichts davon ab!«

»Sehr erwachsen, Ivy!«, rief Sienna mir hinterher, als ich aus dem Wohnzimmer lief.

Pah! Natürlich verhielt ich mich nicht erwachsen! Aber konnte man mir das verübeln? Zachery Morris besaß das einzige Sexvideo von mir, das es überhaupt geben konnte. Die Ironie an dieser ganzen Geschichte war klar, oder? Einmal Sex und dann so etwas!

Ich musste den letzten Gedanken wohl laut ausgesprochen haben, denn als ich in die Küche ging, um mir das Telefon zu schnappen, erwiderte Phoebe daraufhin: »Du hast mit Simon dein erstes Mal gehabt?«

Sie saß an der Kücheninsel und biss in eine Möhre. Der Unglaube über mein dummes – mein sehr dummes – Verhalten war ihr anzusehen.

»Bitte reite nicht auch noch drauf herum«, bat ich seufzend und griff mir das Telefon von der Theke.

»Ich reite nicht drauf herum, aber ... aber allein die Vorstellung, dass du es mit Simon, ausgerechnet Simon getan hast, ist schon echt ... Und dann noch als dein Erster überhaupt?«

Als ich mich entschied, mit Simon zu schlafen, war Phoebe schon eine Weile leicht neben sich gewesen. Dann hatte sie das College eher verlassen als üblich und nun wusste sie natürlich nicht mehr, als dass ich erpresst wurde.

»Wie gesagt, reite nicht darauf ...«

»Du bist meine Freundin, Ivy. Aber was hast du dir dabei gedacht? Du achtest auf deine guten Noten, du bist nicht auf den Kopf gefallen und dann Simon?«

»Phoebs ...«

»Es ist doch immer dasselbe!«, fuhr sie mich an und stand auf.

Ich runzelte die Stirn, weil ich ihr langsam nicht mehr folgen konnte.

»Du bist hübsch und klug und ... und hast jetzt diesen Mist an der Backe. Seit wann stehst du auf Risiken?«

»Was meinst du mi...«

»Werde endlich erwachsen, Ivy!«, unterbrach sie

mich aufgebracht. »Jeder wusste, dass Simon ein Arsch ist. Du hast dich unter Wert verkauft und jetzt machst du Zach dafür verantwortlich! Sei froh, dass er ein paar Gefallen von dir will und mehr nicht. Nicht jeder Typ ist so nett.«

»Nett?«, fragte ich sie ungläubig. Jetzt redete sie schon wie Sienna. Phoebe gab Sienna recht. Schon wieder!

Das Handy in meiner Hosentasche vibrierte und langsam tönte Darth Vader durch die Küche.

Dad.

Ich ignorierte das Klingeln und blickte weiter zu Phoebe, die mich genervt betrachtete. War ich im falschen Film? Oder war ich diejenige, die irgendetwas vollkommen in den falschen Hals bekam?

Nein. Definitiv nein!

Zach erpresste mich. Und es war mir scheißegal, was er von mir verlangte. Von mir aus hätte er sich auch bunte Schmetterlinge zum Arschabwischen wünschen können. Hier ging es ums Prinzip. Der Mistkerl genoss es, mich in der Hand zu haben, und ich wäre nicht Ivy Brenneman, wenn ich das so auf mir sitzen lassen würde.

Dad gab es nach einer Weile auf. Erst einmal brauchte ich eine Pizza, dann würde ich ihn zurückrufen.

»Was machst du da?«, fragte Phoebe.

»Pizza bestellen. Extra Käse, extra Salami, extra ... scheißegal, Hauptsache schön fettig.«

»Glaub mir«, sagte sie und seufzte. »Das ist sicher keine Lösung.«

»Eine Lösung? Phoebs, ich brauche Kalorien!«

Kapitel 14

»Mir tut alles weh«, jammerte Will.

Ich hielt die Klappe, obwohl das Rugbytraining heute nicht ohne gewesen war. Dann bog ich in die Garage ein und stellte den Motor ab.

»Wir haben ein Problem, Zach!«, empfing uns Ralph, sobald wir ausgestiegen waren.

Ich seufzte. Was konnte es jetzt schon wieder sein?

Seit gestern Abend bekam ich nicht nur Hunderte Nachrichten, was jede einzelne Studentin explizit mit mir anstellen wollte. Nein, mein Handy stand praktisch nicht mehr still. Um eines klarzustellen: Auf manche Angebote wäre ich liebend gern eingegangen, aber zu was für einem Preis?

Ivy hatte diese ganze Scheiße eingefädelt. Wer wusste schon, mit welcher Studentin sie unter einer Decke steckte, um sich an mir zu rächen.

»Alter, wenn das Problem nur ansatzweise nach Ivy riecht, wirst du ihr das Video aushändigen«, drohte Will

127

und ging mit mir zum Verbindungshaus. Ihm hatte ich noch nicht gesagt, dass ich es hatte löschen lassen.

Will war ziemlich genervt, weil er sich mit dem Zimmerproblem im Haus auseinandersetzen musste. Dies war wiederum auch Ivys Schuld.

Ich lief die wenigen Treppen hoch und fuhr mir durch mein Haar. So langsam wurde Ivy für jeden zum Probl...

»Fuck«, fluchte Will vor mir. Ich sah über seine Schulter und …

»Was zum Teufel ist das?«, fragte ich entgeistert.

Die gesamte Treppe, der Flur und selbst das Wohnzimmer waren vollgestopft mit … Apple-Pies. Das konnte doch nicht sein!

Selbst der Geruch war schon zu viel des Guten. Sofort rannte ich wieder raus, es kribbelte schon in meinem Rachen.

»Sorgt dafür, dass das aus dem Haus kommt. Sofort!«, rief Will den Jungs zu, während ich mich vorsichtig auf die Stufen setzte und mehrmals tief ein und aus atmete. Irgendwann spürte ich Will neben mir sitzen.

»Tja … Eines muss man ihr lassen. Sie ist kreativ.«

Kreativ? Kreativ? Mein Blick flog erst zu ihm, dann auf die andere Straßenseite. Und tatsächlich stand die kleine Göre auf der Veranda und aß etwas. Ihr Grinsen war selbst bis hierher gut zu erkennen.

»Sie isst nicht das, was ich denke, oder?«, fragte ich lauernd.

»Sie hat dir mindestens hundert Kuchen ins Haus gestellt. Natürlich isst sie das, was du denkst.« Will konnte sich seine Belustigung sonst wohin stecken.

Während ich hinübersah, ließ Ivy sich mit dem nächsten Bissen länger Zeit als zuvor.

Okay. Genug ist genug!

Ich stand auf, ignorierte Wills Rufe und ging schnellen Schrittes auf dieses verdammte Miststück zu.

Als ich die Treppe hochstieg, hatte sie sich nicht von der Stelle bewegt. Sie wollte hier die Toughe spielen, aber ich kannte Ivys Reaktionen. Je weniger sie zeigte, desto mehr sah ich.

Ivy stellte den Teller mit diesem verfluchten Apple-Pie auf die Veranda und grinste. Auf den ersten Blick war es eine völlig normale Geste. Aber auf den zweiten erkannte ich ein kurzes Zittern, als sie den Teller abstellte.

Ivy trug ihre Haare wie so oft in einem unordentlichen Zopf. Dazu hatte sie kein Make-up aufgelegt.

»Guten Morgen, Zachery. Möchtest du vielleicht auch ein Stück ...«

Der Teller flog von der Veranda, bevor ich darüber auch nur nachdenken konnte.

»Ich bin verdammt noch mal allergisch gegen Äpfel. Vor allem, wenn sie warm verarbeitet werden!«, fauchte ich.

»Oh«, spielte sie die Überraschte. Oh, und wie gut sie es spielte. »Anscheinend wusste ich das nicht.«

Anscheinend wusste sie das nicht? *Anscheinend wusste sie das nicht?*

Scheiße, wäre ich nur Sekunden länger in dem Haus geblieben, hätte ich ersticken können!

Es war mir scheißegal, ob es helllichter Tag war oder Ivy ein Mädchen.

Innerhalb von zwei Atemzügen und drei Schritten stand ich direkt vor ihr. »Du bist total irre und ich habe keinen Bock auf diesen kranken Scheiß!«

Und da Ivy Ivy war, erwiderte sie stur meinen Blick und drückte ihr zierliches Kreuz dabei noch durch. Wenn ich nicht so verdammt wütend wäre, hätte dieser starke Wille mich wirklich beeindruckt.

»Nun, wenn du mir das Video gibst, werden bestimmt auch keine Apple-Pies mehr in deinem Haus auftauchen.«

Ich schnaubte. »Das glaubst du doch wohl nicht ernsthaft, oder?«

Ivys wütendem Gesichtsausdruck nach, dachte sie wirklich, dass es so einfach wäre. »Ich glaube ...«

»Mir ist egal, was du glaubst. Du wirst aufhören mit dieser ganzen Scheiße, denn ich habe die Zügel in der Hand, Ivy. Ich!«, sagte ich leise und versuchte die Wut zu unterdrücken, die stetig höher brodelte. »Noch eine einzige Aktion und ...«

Ich runzelte die Stirn, als ich auf einmal Darth Vader sprechen hörte.

Ivy verdrehte die Augen und holte ihr Handy aus der Hosentasche.

»Nicht jetzt«, murmelte sie vor sich hin und schien wirklich abzuwägen, ob sie rangehen sollte.

Wer zum Teufel war das? Immerhin schaffte die Person es, Ivy zu verunsichern. Demonstrativ verschränkte ich die Arme vor der Brust und wartete ab. Genau das, was sie anscheinend nicht wollte.

Ungeduldig starrte sie mich an. Ich bewegte mich kein Stück und gewann. Sie nahm ab.

»Ich kann gerade nicht und ...«, begann sie zu reden und schloss dann die Augen, als hätte derjenige auf der anderen Seite der Leitung etwas gesagt, was ihr gar nicht passte. »Warum hast du wieder ...« Ihr Blick fiel kurz auf mich, dann wandte sie sich ab. »Ruf Doktor ... Verdammt noch mal, Dad! Bist du völlig ...«

Ivys Dad?

»Hi, Zach«, grüßte Phoebe mich, als sie aus dem Haus kam. Sie wollte schon weiterlaufen, da erkannte sie Ivy, die telefonierend auf der Terrasse hin und her lief.

»Alles okay?«, fragte sie nachdenklich und beobachtete ihre Freundin.

»Hast du von den hundert Apple-Pies gehört?«, fragte ich stattdessen.

»Zu ihrer Verteidigung: Sie hat die nicht selbst gebacken, sondern den Weibern gesagt, du würdest sie mögen. Apple-Pies wären dein Lieblingskuchen und ...«

Ich schnaubte.

»Sind sie das nicht?«, fragte Phoebe unschuldig nach.

Kopfschüttelnd blickte ich zu Ivy. Ich war hochallergisch und das wusste sie ganz genau. Scheiße. Hatte es jemals eine Frau gegeben, die sich so sehr meinen Tod wünschte?

»Hey, Zach. Was geht?«, rief irgendeine Studentin vom Bürgersteig aus. Ich winkte freundlich, aber sagte nichts weiter. Und dennoch blieb die Studentin vor dem Haus stehen und wartete auf eine weitere Reaktion von mir. Sie war hübsch und ...

»Er muss Hausaufgaben machen, Cynthia«, rief Ivy ihr plötzlich zu. Sie hatte aufgelegt. »Schau mal nach Will oder so. Der hat sicher Zeit für dich.«

»Ivy«, sagte Phoebe mit einem genervten Unterton.

»Sorry, Phoebs, ich muss los. Also wird diese ewige Diskussion, netter zu Zachery zu sein, warten müssen«, verkündete Ivy und lief an uns vorbei, direkt zu ihrem alten Volvo.

»Sicher ist wieder irgendetwas mit ihrem Dad«, murmelte Phoebe neben mir.

»Was ist mit ihm?«, fragte ich nach.

Phoebe wirkte ziemlich überrascht, dass ich nachgefragt hatte. Die Panik in ihren Augen bestätigte meine Vermutung, dass sie das gar nicht laut sagen wollte.

»Nichts«, antwortete sie viel zu schnell, während ich hörte, wie Ivy versuchte den Motor zu starten. Den überaus merkwürdig klingenden Motor.

»Verflucht! Jetzt geh an! Na los, na los, na los!«, rief Ivy und betätigte immer wieder die Zündung.

»Du bist Mechaniker, oder?«

Phoebes plötzliche Frage irritierte mich nicht. Mit viel Vorsicht in der Stimme fragte ich nach.

»Und?«

»Ivy braucht das Auto, Zach. Irgendetwas ist daran kaputt, also solltest du ...?« Abwartend blickte sie mich an. Phoebe war mit diesem runden Gesicht und den tiefgrünen Augen schon immer süß gewesen. Der Babyspeck war weg, jetzt sah sie weniger süß aus. Dafür fraulich. Und dennoch war mir bewusst, dass ein Typ wie Phoebe mit einem Mann wie mir nicht klarkommen würde. One-Night-Stands waren nichts für sie und ehrlich gesagt hatte ich viel zu viel Schiss vor Ivy, wenn sie das rausbekommen würde.

Seufzend schüttelte ich den Kopf und lief zu Ivy und dem Haufen Schrott von Auto. Einiges an Farbe war bereits abgeblättert und mehrere Beulen zierten die Karre.

Ivy schlug gerade auf das Lenkrad ein, als ich die Motorhaube öffnete und mir diese ganze Sache mal ansah.

»Was tust du da?«, rief sie.

Die Benzinpumpe scheint okay. Vielleicht ist es ein anderes Kabel, das ...

Ich hörte die Autotür zuschlagen.

»Was glaubst du, was du hier machst?«

Die Keilriemen sind auch okay.

»Hallo? Ich rede mit ...«

Ich blickte auf und schaute selbstverständlich in Ivys angefressenes Gesicht.

»Ich muss los! Also bitte ...«

»Mit der Karre kommst du nirgendwo hin.«

»Ach, ist das so?« Sie verschränkte demonstrativ die Arme vor der Brust.

»Der Zahnriemen ist gerissen«, erklärte ich ihr und schloss die Motorhaube.

»Zahnriemen?«, fragte Ivy nach, als hätte sie das Wort zum ersten Mal gehört. Vermutlich war es auch so.

»Bei so einer alten Karre muss der Zahnriemen ...«

»Hey, Olivia ist doch nicht alt.« Sie streichelte die Motorhaube. »Er meint es nicht so.«

Amüsiert von dieser liebevollen Geste grinste ich erst einmal.

»Was?«, fuhr sie mich an, als sie meinen Blick bemerkte.

»Nichts. Ich bin nur überrascht, dass du tatsächlich nett sein kannst. Zwar zu einem Auto, aber hey, jeder hat so seine ...«

»Jaja, halt die Klappe. Oh Mann. Sienna ist mit Phoebes Wagen unterwegs und ich muss ...« Ivy sprach nicht weiter und blickte sich dann um, als würde irgendwo eine Lösung liegen und darauf warten, von ihr ergriffen zu werden.

Ich blickte kurz in den Himmel, weil ich genau wusste, was jetzt kam.

»Ich kann dich fahren.«

Ich war definitiv zu gut für diese Welt.

Sie schien mich mit voller Absicht zu überhören, denn plötzlich tippte sie auf ihrem Handy herum.

»Wer könnte mich ...«

»Ivy, scheiße noch mal! Ich kann dich fahren!«, sagte ich mit Nachdruck in der Stimme.

Sie sah auf und blickte mich irritiert an. »Du?«

Ja, ich. Der verdammte Gentleman, der auch eine Idiotin wie dich zu ihrem Vater fährt. »Mir ist klar, dass du jeden fragen würdest, außer mich. Aber ich hab ein Auto, Zeit und meinen Verstand verloren, weil ich es dir anbiete. Mein Wagen steht drüben, ich habe keine Vorlesung mehr und anscheinend musst du dringend zu deinem Dad.«

Als ich ihren Dad erwähnte, blickte sie rüber zu Phoebe, als wüsste sie, dass ich es nur von ihr hatte erfahren können.

»Also, das ist irgendwie nett von dir, aber wenn du mir nur deinen Wagen leihen könntest, und ...«

Ich lachte. »Ja, das wird definitiv nie passieren. Ich fahre. Komm, wenn du es eilig hast, dann ...«

Sie folgte mir nicht. Abwartend blickte ich sie an.

»Worauf wartest du?«

»Mein Dad lebt in Maysville.«

»Okay.«

»Das sind 200 Meilen von hier«, stellte sie klar.

Ich nickte. »Und wenn du weiter zögerst, kommen wir nur noch später an. Na los jetzt.«

Dieses Mal ging ich einfach los und Sekunden später lief sie neben mir.

Will und ein paar Jungs standen an den Mülltonnen und schmissen gerade die Apple-Pies weg, die Ivy so sorgsam für mich hatte backen lassen. Die Verwirrung war den Jungs anzusehen, als ihnen klar wurde, dass Ivy mit mir kam. Ja, mir ging es ähnlich.

Worauf hatte ich mich hier nur eingelassen?

Kapitel 15

IN DER HÖHLE DES LÖWEN

IVY

Irgendetwas wollte er mit dieser guten Tat bezwecken. Nur was?

Zach blickte konzentriert auf die Straße, während er fuhr. Vielleicht meinte er, ich würde netter zu ihm werden, wenn ich dachte, er wäre nicht so übel?

Von wegen!

Aber was, wenn das tatsächlich einfach eine gute Tat von ihm war? Was, wenn er das absolut selbstlos machte? Fakt war, dass wir jetzt stundenlang zusammen im Auto sitzen würden.

»Du willst also zu deinem Dad«, begann er plötzlich zu reden, als wir auf die Interstate fuhren.

»Ja«, war meine kurze Antwort und ich musterte ihn.

Hier in dem engen Raum roch ich sein Duschgel. Sein Haar war noch leicht feucht, als hätte er gerade erst geduscht. Vermutlich stimmte das sogar.

Und er hatte sich heute nicht rasiert. Seine

Bartstoppeln verliehen seinem Gesicht etwas noch Markanteres. Allgemein wirkte Zach älter, als er war.

»Ist er krank oder so etwas?«

Ich runzelte die Stirn. Was sollte ich darauf nur antworten? Dad hatte wieder getrunken. Betrunken, wie er war, erzählte er mir am Telefon davon, wie leid es ihm täte und all den Kram, den ich bereits von ihm kannte.

»Ivy?«

Erst jetzt realisierte ich, dass Zach immer noch auf meine Antwort wartete.

Ich hatte Maria, seiner Pflegerin, bereits eine SMS geschickt, dass sie nach Dad schauen sollte, aber bisher kam nichts zurück. Deswegen saß ich jetzt hier in diesem Auto und ließ mich von ihm zu Dad fahren.

Zu meinem alkoholabhängigen Dad, der rückfällig geworden war.

»Du hast angeboten, mich zu fahren. Mehr nicht«, hörte ich mich sagen. Eigentlich wollte ich etwas ganz anderes erwidern.

Ich kann das nicht mehr. Er hat schon wieder den Kampf dagegen verloren und ich muss es ausbügeln. Ich … ich will das alles nicht mehr.

Vor Müdigkeit schloss ich die Augen. All das konnte ich weder sagen noch tun. Denn Dad brauchte mich und ich … brauchte Dad.

Plötzlich hustete Zach neben mir und machte fragwürdige Geräusche. Es klang fast wie ein Röcheln.

»Alles okay?«, fragte ich zweifelnd.

Er schnaubte, räusperte sich noch einmal und blickte dann weiter konzentriert auf die Straße. »Frag mich das morgen noch mal, wenn die Jungs hoffentlich den Gestank aus dem Haus bekommen haben.«

»Ach, komm schon, es waren doch nur ein paar Kuchen«, erklärte ich und versuchte meine Belustigung nicht zu sehr zu zeigen.

»Es waren mehr als hundert«, stellte er klar.

»109, aber wer zählt das schon.«

Er schnaubte. »Woher zum Teufel weißt du eigentlich, dass ich allergisch gegen Äpfel bin?«

Ich zuckte mit der Schulter. »Habe ich mal irgendwo gehört.«

So ganz stimmte das nicht. Er hatte es einem Studenten, der für die Collegezeitung schrieb, erzählt. Keine Ahnung warum, aber ich erinnerte mich noch an den Artikel.

»Ich bin allergisch gegen Äpfel. Solang sie mir nicht zu nah kommen, komme ich ihnen nicht zu nah.«

Einen langen Moment spürte ich Zachs Blick auf mir, aber so stur, wie ich nun mal war, starrte ich konzentriert nach draußen.

»Tja, leider hat mein Plan nicht funktioniert. Das Video habe ich immer noch nicht.«

»Es tut mir leid, dass ich nicht sofort tot umgefallen bin. Muss eine Enttäuschung für dich sein«, entgegnete er mit einem ironischen Unterton in der Stimme. Wobei ich auch eine Spur Wut heraushörte.

Normalerweise würde ich jetzt grinsen, sagte aber

stattdessen: »Komm schon, so schlimm war es doch nicht.«

Er schüttelte den Kopf. »Allein der Geruch von warmen Apfel ist oft zu viel für mich.«

Stirnrunzelnd blickte ich ihn an. Es wirkte nicht wie ein Witz.

»Also kannst du nicht einfach zum Bäcker gehen und dir dein Frühstück holen?«

»Wenn sie nicht gerade frischen Apfelkuchen anbieten, kann ich überall hin.«

»Und wenn sie backen? Dann erstickst du?«, fragte ich entsetzt.

»Nicht sofort«, antwortete er dann auch noch, um meine Überraschung in pure Panik zu verwandeln.

»Oh Gott, und ich stelle dir über hundert frisch gebackene Apple-Pies ins Haus«, sagte ich fassungslos. Ich hätte ihn umbringen können!

»109«, verbesserte er mich schmunzelnd.

Kopfschüttelnd schloss ich mich ihm an und schmunzelte ebenso. Aber irgendwann wurde mir wieder bewusst, was ich da eigentlich getan hatte. Und das alles nur, weil ich dieses verdammte Video haben wollte.

War es das wert? Nun, ein Mord wäre es nicht wert! Selbst an Zach nicht.

»Sorry, wenn ich es übertrieben habe.«

Kurz blieb es im Wagen still.

»Gut, dass ich so ein perfekter Autofahrer bin. Andere hätten bei einer Entschuldigung von Ivy Brenneman die Karre an die Leitplanke gefahren«, sagte er.

»Haha. Vielleicht bin ich etwas zu weit gegangen.«

»Soso. Jetzt sind wir wieder bei *vielleicht*.«

»Du hast mich erpresst. Du erpresst mich immer noch!«, fuhr ich ihn an.

Er schnaubte. »Ja, und wie mir scheint, ist das ein perfektes Mordmotiv.«

»Vor zwei Minuten hast du so getan, als wäre das ja keine große Sache gewesen und jetzt heulst du wieder herum?«, fragte ich ihn genervt.

»Ich heule nicht«, antwortete er mit viel zu viel Ruhe in der Stimme. »Ich wäre nur fast erstickt. Also keine große Sache.«

»Ohhh, und jetzt willst du mir auch noch ein schlechtes Gewissen machen? Ich habe mich entschuldigt!«

»Eine Entschuldigung nennst du das?« Wieder ein Schnauben. »Sorry, wenn ich es übertrieben habe«, ahmte er meine Worte nach.

»So höre ich mich gar nicht an!«

»Und da wären wir mal wieder. Du machst dir Gedanken, *wie* ich es gesagt habe, nicht *was* gesagt wurde. Du entschuldigst dich halbherzig ... Ach, was rede ich da, selbst der nordkoreanische Diktator kriegt eine Entschuldigung freundlicher heraus als du!«

»Ach? Du willst freundlich behandelt werden? Was ganz Neues!«

»Was soll das denn jetzt schon wieder heißen?«

»Wer im Glashaus sitzt, sollte nicht mit Steinen werfen! Frag mal all die Frauen, die bei uns ausgezogen sind, weil sie mit dir nicht mehr klarkamen!«

»Nicht das schon wieder«, flüsterte er augenverdrehend.

»Unbequem, nicht wahr?«

»Die Fahrt? Jepp, kenne nettere Beifahrer.«

Er wusste ganz genau, dass ich das nicht gemeint hatte. Aber Hauptsache er konnte mich provozieren.

»Ich rede von Stacy, von …«

»Du musst nicht schon wieder damit anfangen.« Zach seufzte, als hätte *er* nichts getan und die Mädels wären alle selbst schuld.

»Muss ich nicht? Es tut doch sonst keiner!«

»Ja, weil es alle anderen genau wie dich einen Scheiß angeht!«

»Was? Mich geht es nichts an?«

Er lachte auf. »Ja, ich weiß, diese Information ist neu für dich.«

Stirnrunzelnd beobachtete ich ihn dabei, wie er immer wieder ungläubig den Kopf schüttelte.

»Na, hast du dich genug über mich amüsiert?«, grummelte ich unzufrieden.

»Ich glaube, nachdem Will und ich jetzt unfreiwillig fünf Zimmer räumen müssen, damit unsere neuen, unerschrockenen …« Er blickte kurz zu mir. »… Mitglieder auch Platz in unserem Haus finden, und nach der netten Backaktion vor einer Stunde, ist mir das Lachen vergangen.«

Schnaubend verschränkte ich die Arme vor der Brust und blickte auf die Straße.

»Dir ist schon klar, dass du in Schwierigkeiten steckst, oder?«, setzte er dann noch nach. »Du hast dich von Simon filmen lassen. Und wenn wir schon dabei sind: Was hast du dir dabei eigentlich gedacht?«

Jetzt redeten wir also doch über das Video. Na toll. Wann würde er wohl die Details diskutieren wollen?

Dann muss ich ihn umbringen. Definitiv.

»Ich besitze das Video, also sitze ich am längeren Hebel«, erklärte er seelenruhig.

Plötzlich runzelte ich die Stirn. Ja, er hatte mich in der Hand – aber trotzdem ließ er zu, dass ich ihm all diese Scherereien machte. Ich blickte ihn nachdenklich an.

Zachery Morris, warum lässt du dir das von mir gefallen?

»Ja, mein Herr und Meister, ich habe verstanden«, antwortete ich gespielt ernst, konnte aber meine Belustigung darüber nicht wirklich zurückhalten.

»Du hast meine Frage immer noch nicht beantwortet«, erinnerte er mich.

»Ich habe nicht gewusst, dass er mich filmt. Und das weißt du auch, wenn du das Video gesehen hast«, antwortete ich so schnell es ging und unterdrückte meinen Würgereflex. Was würde ich dafür geben, die Zeit zurückdrehen zu können. Jeder hatte mich vor Simon gewarnt. Nur ich wollte nicht hören, weil ich einfach nur die Möglichkeit gesehen hatte, es hinter mich zu bringen.

»Gut, aber Simon? Ich meine ...« Zach seufzte. »Muss ich da noch irgendetwas zu sagen, damit wir beide wissen, wie falsch der Typ ist?«

»Was willst du von mir hören?«, fragte ich gereizt, weil er einfach nicht locker lassen wollte. Nein, Mr. Klugscheißer saß hier in seinem alten Camaro, in seinem Ledersitz und spielte sich als Moralprediger auf.

Hatte ich gedacht, es wäre nett von ihm, mich zu fahren? Diese ganze Fahrt entwickelte sich langsam zu einer wahren Katastrophe!

»Entschuldige, wenn ich nähere Infos darüber erfahren möchte, warum du dich in die Scheiße geritten hast, in der du tiefer als tief drinsteckst!«

Ich blickte stur hinaus, während ich seinen Blick auf mir spürte.

»Hör mal ...«

»Simon war einfach da, okay!«, unterbrach ich ihn und blickte die vorbeiziehenden Bäume an.

»Was meinst du?«

Ich verdrehte die Augen. Zum einen, weil ich ihm tatsächlich antwortete und zum anderen, weil Zach ständig weiter nachfragen musste.

»Ich habe mich ständig von Typen ferngehalten, weil ich ... keine Ahnung, weil ich es nicht so weit kommen lassen wollte. Und dann kam da Simon, der alles irgendwie locker sah, mir nicht gefährlich werden konnte und ...« Es tat gut, es endlich mal laut aussprechen zu können. »Ich wollte den Sex einfach hinter mich bringen. Ich meine, man muss nur einmal in die Kiste und dann hat man das Problem nicht mehr, als unerfahren zu gelten. Wer zum Teufel will auch für immer Jungfrau bleiben?«

Ich wollte ihn nicht ansehen. Aber als er eine gefühlte Ewigkeit lang nichts dazu sagte, tat ich es doch. »Zach?«

Er klammerte sich am Lenkrad fest. »Sorry, ähm ... Habe ich das vielleicht falsch verstanden?« Fast flehend blickte er mich an. »Du hast mit Simon das erste Mal ...«

»Ich würde es gerne zurücknehmen, aber ... was soll's! Du hast das miese Video gesehen. Gott, mir wird schlecht, wenn ich bedenke, dass es jeder gesehen hat.«

»Es hat nicht jeder gesehen. Will weiß Bescheid und Rusty, unser Computerass. Mehr nicht und es soll auch so bleiben«, erwiderte er ruhig.

»Gut zu wissen. Also werde ich Will und Rusty nicht mehr in die Augen sehen können. Gut zu wissen. Ehrlich. Gut zu wissen«, sprach ich und bemerkte erst im Nachgang, wie oft ich diese Sätze wiederholte.

»Und mir nicht.«

»Was?«

Er schaute wieder zu mir. »Mir kannst du nicht mehr in die Augen sehen.«

Einen langen Moment tat ich eben genau dies nicht. Ich sah ihn an, und ihn schien es zu amüsieren. Anscheinend amüsierte ich ihn die ganze Fahrt lang.

»Ich würde es jetzt einfach mal deiner Sturheit zuschieben, dass du mich noch ansiehst.«

Schnaubend nickte ich. »Davon kannst du ausgehen.«

Hoffentlich bemerkte er weder das Zittern in meiner Stimme noch die Unsicherheit. Tatsächlich sagte Zach nichts dazu.

»Übrigens ... das mit deiner Freundin tut mir leid.«

Ich blickte zu Zach, der stur auf die Fahrbahn schaute.

»Welche meinst du? Denn es sind ganz schön ...«

Er verdrehte die Augen und gab ein brummendes Geräusch von sich. »Kannst du es einmal gut sein lassen? Ich weiß, ich bin ein mieses Arschloch. Wenn ich jedes Mal, wenn du mich so nennst, nur einen Dollar bekäme, hätte ich für immer ausgesorgt. Ich meine deine Freundin Jessy. Damit hat größtenteils alles zwischen uns angefangen.«

Mein Blick sagte wohl alles aus.

»Gut, vielleicht nicht nur wegen Jessy, aber du sollst wissen, dass ich weiß, wie verdammt beschissen ich mich damals verhalten habe. Viel weiß ich nicht mehr, das muss ich zugeben, aber du sollst wissen ... Scheiße, was mach ich hier eigentlich?«

Ich biss mir auf die Unterlippe, um irgendetwas zu tun zu haben.

»Danke.«

Es war eher dahergesagt, weil es Jessy nicht mehr half. Aber mir half es, um ehrlich zu sein. Zach hatte sich entschuldigt, obwohl ich ihn fast ins Grab gebracht hatte. Wenn das mal keine Verbesserung war.

Dann zog sich eine Stille zwischen uns in die Länge, die definitiv nicht angenehm war. Ein Baum nach dem anderen zog an uns vorbei. Die Stille wurde immer unerträglicher. Aber was sollte ich tun?

Über meinen Dad reden? Nein, danke. Ich würde

eh genug Überredungskunst brauchen, um den Idioten neben mir nicht in die Nähe meines betrunkenen Vaters zu lassen.

Ihn wieder zusammenscheißen, weil er als Single mit Studentinnen rummachte, die manchmal zufälligerweise bei uns lebten?

Oder darüber reden, dass er ein Video besaß, das mich in eindeutiger Situation zeigte?

Alles Themen, die ich am liebsten vergessen wollte.

Plötzlich ging das Radio an. Zach musste es angestellt haben.

Ich lächelte in mich hinein, als die Melodie langsam die Stille besiegte.

Kapitel 16

UND DER GRUND, WARUM ICH SO BIN, BIST NICHT DU

ZACH

Die Sonne war bereits untergegangen, als wir Maysville erreichten und Ivy mich zu einem riesigen Haus lotste. Es könnte durchaus mal einen neuen Anstrich vertragen, hier wurde eindeutig schon einige Jahre nichts mehr gemacht.

Ivy schnallte sich ab und wollte gerade die Tür öffnen, da drehte sie sich noch mal zu mir um.

»Du bleibst hier sitzen.«

»Ich bleibe hier sitzen«, wiederholte ich und ließ es absichtlich nicht wie eine Frage klingen.

»Und kommst nicht ins Haus«, redete sie weiter und beobachtete mich genaustens.

»Und komme nicht ins Haus. Pfadfinderehrenwort.« Ich bekreuzigte mich.

Kopfschüttelnd behielt sie ihre Reaktion für sich und stieg dann aus.

»Eine Meile die Straße lang gibt es einen Supermarkt. Wenn du Hunger hast, dann ...« Sie ließ den

Satz in der Luft hängen, während sie noch kurz durch das Beifahrerfenster schaute.

»Alles klar.«

Ivy lief die Stufen hoch und verschwand im Haus. Überall brannte Licht, es war also jemand zu Hause. Vermutlich ihr Dad.

Ich schaute hinaus. Niemand war auf der Straße zu sehen. Autos parkten, ein paar Lichter brannten in den Nachbarhäusern. Ich tippte auf dem Fensterrahmen herum und wartete und wartete.

Worauf wartete ich eigentlich? Sie hatte mir klarge-macht, dass ich nicht willkommen war. *Als Taxi bist du gut, aber sonst nicht.*

Eine Meile weiter wäre die Möglichkeit, etwas zu essen. Nach über zwei Stunden Autofahrt und einer in sich gekehrten Ivy wäre das wirklich mal etwas, das ich brauchen könnte. Eine Pause ...

Dennoch glitt mein Blick immer wieder zu ihrem Haus.

Was, wenn sie Hilfe bräuchte? Einfordern würde sie diese nie bei mir. Schon das Angebot, sie zu fahren, wollte sie nicht ganz ernst nehmen.

Also. Was mache ich jetzt?

»Herrgott noch mal.«

Ich stieg aus und donnerte die Tür zu, dann warf ich meinen Autoschlüssel einmal in die Luft und fing ihn wieder. Wieder blickte ich zum Haus. Es war nichts zu hören. Vielleicht war ja nichts ...

Aber Ivys Reaktion auf meine Frage, was mit ihrem Dad los war, ließ mich einfach nicht mehr los.

»Das bereue ich jetzt schon«, murmelte ich zu mir selbst und stieg die Stufen hoch.

Die Haustür war nicht abgeschlossen. Abgestandene Luft kam mir entgegen. Der Flur war altmodisch eingerichtet, aber sonst fand sich nichts, was erklären könnte, warum sie so schnell herkommen musste.

Doch wie so oft schlussfolgerte ich zu früh.

»Dad, bitte. Komm jetzt ...«, erklang Ivys Stimme links von mir. Ich folgte ihr.

Sie stand vor einem Sofa und versuchte jemanden hochzuziehen. Einen Kerl. Allerdings war dieser nicht gerade auf der Höhe, er lag wie ein Fisch in ihren Armen.

»Dad, ehrlich jetzt? Du musst schon mitmachen, wenn du ins Bett willst!«

Ihr Vater.

Die zig Bierflaschen auf dem Wohnzimmertisch und dem Boden machten das Bild komplett. Zusätzlich sah es hier drin aus, als hätte er schon tagelang in seinem eigenen Müll gelebt.

»Nischt dosch, Cecily. Isch möschte nosch nischt ins Bettschen.«

»Dad ...«, brachte sie angestrengt hervor und stand kurz davor, zusammen mit ihm auf den Boden zu fallen. Bevor das geschah, hatte ich ihn von der anderen Seite gepackt und den Arm über meine Schulter gelegt.

»Komm, ich helfe dir.«

Mit viel zu großen Augen – das wäre mit absoluter Sicherheit als Dauerzustand ungesund für den Kopf – blickte sie mich an.

»Du solltest im Auto warten, oder dir was zu essen holen, oder ...«

»Dir helfen, deinen Dad in sein Schlafzimmer zu schaffen?«

Sie sagte einen langen Moment nichts, dann aber nickte sie endlich.

Zusammen brachten wir ihn langsam zur Treppe. Ihr Dad wankte, nuschelte immer wieder was, das ich nicht verstand, wobei Ivy weniger Probleme damit hatte, zu kapieren, was er da von sich gab.

»Cecily, meine süße Cecily ...«

Wir brauchten auf jeder einzelnen Stufe eine Pause, aber irgendwann führte Ivy uns in sein Schlafzimmer. Hier roch es nicht so schlimm wie im übrigen Haus. Der Müll hielt sich auch in Grenzen.

Wir ließen ihn aufs Bett plumpsen, er griff sich ein Kissen und murmelte mit geschlossenen Augen: »Meine Cecily, meine süße Cecily.«

»Wer ist Cecily?«, fragte ich Ivy.

»Cecile. Meine Mom«, antwortete sie und legte die Decke über ihn. Dann begann er zu schnarchen. »Danke, aber du hättest das nicht sehen sollen.«

Das Zimmer lag im Dunkeln. Ivy stand rechts vom Bett, ich befand mich auf der linken Seite.

»Passiert das öfter?«, fragte ich leise.

Sie zuckte mit der Schulter und schüttelte ein Kissen aus, das sie sich von der Fensterbank genommen hatte. »Er war trocken. Zumindest dachte ich das. Wenn er seine Medikamente regelmäßig nehmen würde, hätte er niemals so viel trinken können. Aber ...« Sie zeigte mit der Hand durch den Raum. »Früher hätte ich nie gedacht, dass ich mal enttäuscht sein würde, kein Erbrochenes zu sehen. Aber hier ist nichts.« Sie pfefferte das Kissen mit Wucht zurück an die Fensterbank. »Hier ist nichts ...«

»Was bekommt er?«

Sie sah mich an, obwohl wir beide hier im Dunkeln kaum etwas sehen konnten. Der Mond stand hell am Himmel, das half etwas.

»Baclofen.«

Ich nickte und blickte zu ihrem Dad. Unrasiert, ungepflegt, Alkoholiker. Dass ausgerechnet Ivy ...

»Ich muss ... ich muss Maria anrufen, seine Betreuerin. Ich konnte sie bisher nicht erreichen und ich muss hier aufräumen. Ich muss ...«

»Geh nach unten, Ivy. Erledige die Dinge und ich bleibe hier.«

»Bist du ... dir sicher? Du kannst auch zurückfahren, das wäre kein ...«

Doch, das wäre ein Problem. »Geh. Ich pass auf ihn auf. Wenn er aufwacht, bekommt er Wasser und eine Aspirin. Mehr nicht.«

»Er schläft seinen Rausch aus, das dauert normalerweise einige Stunden.«

»Ich bleibe hier. Alles kein Problem«, überging ich ihre Erklärung.

Ivy wollte noch irgendetwas sagen, das sah ich ihr an, aber dann verließ sie den Raum und ließ mich mit ihm zurück.

Eine ganze Weile starrte ich ihren Dad an, der laut vor sich hinatmete. Ivys verzweifelter Gesichtsausdruck ging mir einfach nicht aus dem Kopf.

Sie litt. Sie litt, weil er es nicht auf die Reihe bekam.

Es dauerte vielleicht eine Minute, bis ich ihren Dad hochgehoben und ins angrenzende Bad verfrachtet hatte. Er gab keinen Mucks von sich, als ich ihn in die Duschkabine stellte.

Dann stellte ich die Dusche an und wartete ab.

Tatsächlich brauchte er ein, zwei Momente, um die nasse Kälte zu registrieren und lauthals zu schreien.

Jepp, es kam immer überraschend, wenn man aus seinem komatösen Zustand gerissen wurde. Wenn man *so* aus dem Zustand gerissen wurde.

»*Aargh!* Ausmachen, ausmachen!«

Ich hatte den Hahn gerade abgestellt, da stand Ivy auch schon in der Tür. Sie blickte erst mich an, dann ihren in der Dusche vor Kälte zitternden Dad.

»Was zum Teufel machst du da?«, fuhr sie mich an und suchte direkt nach einem frischen Handtuch, das sie hier sicher nicht finden würde. Ihr Dad dachte an wenig, und ganz sicher nicht ans Wäschewaschen.

»Dad, ist alles okay?« Sie wollte sich gerade zu ihm runterbeugen, als ich sie am Ellbogen festhielt.

»Lass mich sofort los, oder ...«

»Du willst ihm helfen, nicht wahr?«, fragte ich leise und zog sie näher an mich. »Lass mich raten. Wenn er sich sonst ein schönes Wochenende gemacht hat, bist du hergefahren und hast, bevor er aus seinem Rausch kam, die Bude geputzt, ihm Essen gekocht und vermutlich sogar noch seine Kotze entfernt, damit er es nicht bemerkt. Morgens hast du dann deine obligatorische Meinung geäußert und bist mit der Hoffnung zum College gefahren, dass das endlich das letzte Mal gewesen wäre.«

»Er war trocken«, fuhr sie mich an und wollte sich aus meinem Griff winden. »Er war verdammt noch mal trocken!«

»Ein Alkoholiker lernt nicht daraus, wenn ständig jemand seine Kotze aufwischt, Ivy. Du wischst seine Fehler weg. Wie soll er dann kapieren, dass er überhaupt Fehler macht? Sieh ihn dir an.«

Wir beide blickten zu dem Häufchen Elend, das weiterhin vor Kälte zitterte. Er schien immer noch nicht ganz wach zu sein.

»Ich kann mir vorstellen, dass du ihm schon oft ins Gewissen geredet hast. Aber bei einem Süchtigen kommt das nicht an. Da müssen Taten sprechen.«

»Und da musst du ihn so erniedrigen?«, fuhr sie mich an.

Ich ließ ihren Ellbogen los und lächelte gequält.

Erniedrigung war das Einzige, das mir geholfen hatte.

»Lass ihn ein paar Minuten hier drin sitzen, bevor du ihn wieder bemutterst.«

Dann verließ ich das Bad.

Ich saß auf der Veranda und blickte in den wolkenfreien Sternenhimmel. Für September war es ein sehr mildes Wetter. Genau richtig, um hier draußen darauf zu warten, dass Ivy ihre Scheiße geregelt bekam.

Plötzlich kam die Frau heraus, die vor zehn Minuten vorbeigekommen war. Nach ihrem gebrochenen »Hallo« zu urteilen, war sie Maria.

»No, no, no! No estoy cansado de la vida. Esto no vale el ...«

Irgendwann kam ich bei dem Spanisch nicht mehr mit.

»Aber das können Sie doch ...« Ivy kam ebenfalls auf die Veranda und schaute Maria nach, die weiter mit spanischen Wörtern um sich warf. »... nicht machen«, schloss sie leise und presste die Lippen wütend zusammen. »Anscheinend gibt es genug überbezahlte Jobs, bei denen man unqualifiziertes Personal braucht! Viel Spaß auf dem Arbeitsmarkt!«, brüllte sie ihr dann hinterher, obwohl Maria bereits nicht mehr zu sehen war.

»Merde!«

Amüsiert blickte ich sie an. Nur Ivy würde auf eine spanische Erklärung mit einem französischen Fluch antworten. Dann schüttelte sie den Kopf und sah plötzlich zu mir.

»Oh. Du bist noch da?«

Nett. Wirklich nett. »Wie geht es deinem Dad?«

Sie fuhr sich müde durch das wirre Haar. »Er ist wieder eingeschlafen.«

Ich nickte.

»Nachdem ich ihn abgetrocknet habe.«

Auch den scharfen Ton in ihrer Stimme ignorierte ich und sah wieder nach vorn. Nicht, dass es dort etwas Besseres zu sehen gab. Die Straße war menschenleer.

Plötzlich setzte Ivy sich neben mich. Ich sagte nichts. Auch wenn ich mich eingemischt hatte, das hier war nicht meine Familie. Er war nicht mein Vater. Wenn sie diese Sache anders regeln wollte als ...

»Meine Tante ... Ich habe sie angerufen, weil Maria ja offensichtlich ihren Job nicht mehr möchte. Auch wenn du es mir nicht glaubst, ich wäre nicht hiergeblieben, um auf ihn aufzupassen.«

Auch wenn mich das beruhigte, erwiderte ich darauf nichts.

»Ich weiß, dass er Hilfe braucht, Zach. Nur habe ich nicht zuhören wollen oder ...«

»Es ist nicht deine Aufgabe, zu bemerken, ob er rückfällig wird«, erklärte ich ihr.

»Ich bin seine Tochter!«

»Und er kriegt es nicht geschissen, für *seine* Tochter trocken zu bleiben!«, fuhr ich sie an und unsere Blicke trafen sich.

Sie war stur. Ich war stur.

Na, das fühlte sich verdammt vertraut an.

Ich bemerkte ein Muttermal auf ihrer linken Wange, dazu ihre Lippen, die sie wütend aufeinanderpresste.

Mein Blick blieb an ihren Lippen hängen.

»Hast du Hunger?«

Irritiert sah ich auf. Ich hatte gar nicht bemerkt, dass diese Lippen sich bewegt hatten.

»Zach! Hast du Hunger?«, wiederholte sie ihre Frage, als wäre ich labil oder so etwas.

»Ich könnte schon was vertragen«, antwortete ich und sah ihr endlich wieder in die Augen. Augen, die mich leicht nachdenklich betrachteten.

»Gut, ich wollte Sandwiches machen, bis meine Tante kommt und sich um Dad kümmern wird.«

Ich nickte, als sie sich erhob und ins Haus zurückging.

Viel zu lang schaute ich ihr nach.

Kapitel 17

DU BIST IMMER NOCH DER FEIND

IVY

Es war halb drei Uhr am Morgen, als Zach den Motor abstellte. Er war vor unser Haus gefahren, nicht in seine Garage.

Ich schloss kurz die Augen, weil die Müdigkeit und das Erlebte einfach ziemlich viel heute waren. Dad so fertig zu sehen, war zwar nichts Neues, es tat dennoch weh.

»Danke, dass ...«, begann ich, wusste aber nicht wirklich, was ich genau sagen sollte.

Zach hatte alles gesehen. Es gab so gut wie nichts, das ich noch vor ihm geheimhalten könnte. Gut, er musste jetzt nicht wissen, wann ich meine fruchtbaren Tage hatte oder dass ich immer schon eine Schwäche für Orlando Bloom gehabt hatte, obwohl in *Fluch der Karibik* einfach jeder auf den schwulen Johnny Depp stand.

Ich konnte mir schon Siennas Empörung darüber vorstellen.

»Orlando Bloom? Oh Gott, du stehst eher auf diesen Elben als auf Johnny Depp? Wer zum Teufel bist du, und warum merke ich erst jetzt, dass du absolut keinen Geschmack hast?«

»Kein Thema«, antwortete Zach plötzlich. Und schon befand ich mich wieder in der Gegenwart. In Zachs Oldtimer, weil er mich gefahren hatte. Weil er ... da gewesen war.

»Würdest du das alles vielleicht für dich behalten?«

Ich erwartete eigentlich, dass er schnauben und mir erklären würde, wie fies ich ja wäre. Irgendetwas in der Art. Aber er hatte sich zu mir gedreht und nickte. Er nickte, als wüsste er ganz genau, wie wichtig mir das war.

»Wenn du das möchtest.«

»Ich möchte es«, antwortete ich. »Aber wenn ein Video davon auftauchen sollte, dann ...«

Es sollte witzig klingen, aber irgendwie war es das auch nicht.

»Das Video wird niemand zu Gesicht bekommen«, sagte er plötzlich.

Schnaubend nickte ich. »Schon klar. Es haben ja nur Will, Rusty und du das Video gesehen. Ach, und Simon, der sicherlich ...«

»Simon hat keine Kopie mehr. Mach dir um ihn keine Sorgen.«

Ich hielt seinem festen Blick stand. Er wirkte aufrichtig und felsenfest davon überzeugt, dass dieses Video eigentlich kein Problem mehr war.

»Du erpresst mich, Zach. Wenn ich ...«

»Mir ist klar, dass du momentan vieles im Kopf hast, Ivy. Es wäre einfach nett, wenn du mir ab und zu ein paar Mädels vom Hals hältst.« Zach schloss kurz die Augen und kniff sich auf die Nasenwurzel. Er war müde. Dann öffnete er die Augen und sah mich wieder an. »Es ist nervig, wenn man tagtäglich mit Frauen zu tun hat, die kein Nein akzeptieren.«

Ich runzelte die Stirn. »Wie wäre es, wenn du statt freundlich einfach mal dieses Nein klar und deutlich sagen würdest?«

Jetzt war er es, der verwirrt schien. »Wie meinst du das?«

Ich verschränkte die Arme vor der Brust. »Du bist zu jedem freundlich.«

»Ein netter Wesenszug«, stellte er fest.

Ich schnaubte. »Zu mir bist du das nicht.«

»Liegt vielleicht daran, dass du mir auch nicht gerade die Freundlichkeit entgegenbringst, die du dir von mir wünschst.«

Einen Moment blickten wir uns an, bis ich lächelte. »Na siehst du! So einen Blick solltest du den Mädels zeigen, die dich nicht interessieren.«

Zach starrte mich fragend an.

»Du schaust so angepisst, dass das wirklich niemand falsch verstehen könnte«, stellte ich fest und Zach schüttelte den Kopf, als hätte ich genau das Falsche gesagt. Dabei wollte ich eigentlich nur helfen. Okay, und vielleicht hatte ich auch ein klein bisschen gehofft, dass er mir das Video aushändigte.

»Ich schaue also angepisst«, flüsterte er, als würde er nur mit sich selbst reden. »Interessant.«

Ich überlegte, nachzufragen, warum er das so interessant fand. Aber irgendwie … hatten wir heute auch genug miteinander geredet.

»Okay, ich denke, wir sollten langsam schlafen gehen. Danke, Zach. Ich weiß auch nicht, was ich noch sagen soll. Also danke. Okay?«

Er nickte langsam. »Okay.«

Ich stieg aus und lief langsam die Treppen zur Haustür hoch.

Als ich nicht hörte, wie er losfuhr, schloss ich viel zu eilig die Tür auf und ging hinein. Dann erst ratterte sein Motor und ich holte wieder tief Luft.

»Ach nee«, sprach plötzlich Sienna.

Erst jetzt bemerkte ich, dass in der Küche noch Licht brannte. Sie stand angelehnt am Türrahmen, trug ihr übergroßes Shirt mit der Aufschrift ›Heute schon genervt?‹ und Glücksbärchenpantoffeln. Selbstverständlich von Graffi, dem kaputtesten Gummibären aller Zeiten. *Passend, oder?*

»Hey, das sind meine Pantoffeln«, warf ich ihr vor.

»Ich bin in perfekter Stimmung, um sie zu tragen«, antwortete sie und zuckte unschuldig mit der Schulter. »Hey, Phoebs! Du kannst die Vermisstenanzeige bei Facebook löschen, sie ist hier.«

»Sehr witzig, ich habe dir ne SMS geschrieben.«

»Jahaaa, aber die Info ›Mir geht es gut, bin unterwegs mit Zach‹ sollte wen jetzt genau beruhigen?«

Ohne eine Antwort lief ich an ihr vorbei in die Küche. Phoebe saß an der Theke, vor ihr ein Glas Milch. Sienna setzte sich wieder zu ihr und nahm sich einen Keks, um ihn in die Milch zu tunken. Auch Phoebe saß mit einem herzchenbedruckten Pyjama hier herum. Sie hatten beide auf mich gewartet.

»Erst dachte ich, das wäre ein Witz gewesen, aber Phoebs meinte, dass du tatsächlich mit ihm losgezogen bist.«

Auf der Suche nach Essen schaute ich in den Kühlschrank, entschied mich dann aber doch nur für ein Wasser, weil mein Magen gerade nicht auf der Höhe war. »Er hat mich nur zu meinem Dad gefahren. Mehr nicht.«

»Eine zweistündige Autofahrt. Hin und zurück. Mit Zach. Und du lebst noch«, stellte sie fest und machte eine lange Pause.

Seufzend setzte ich mich zu den beiden.

»Also, wo liegt die Leiche verbuddelt?«

»Es gibt keine«, antwortete ich und griff über die Theke, um mir einen Keks aus der Packung zu holen.

»Ach du Scheiße. Du hast ihn verbrannt?« Phoebe bekam große Augen, Sienna starrte mich an, als würde ich jetzt sofort ein Geständnis ablegen …

»Großer Gott, ihr denkt wirklich, ich würde ihn ermorden, oder?«, fragte ich und biss in den Keks.

Sienna legte den Kopf schräg und musterte mich. »Eine Frage mit einer Gegenfrage zu beantworten, ist verdächtig. Sehr verdächtig.«

»Wieder zu viel Derek und Reid-Folgen gesehen?«

»Nö«, war Siennas schnelle Antwort und sie spielte mit der Keksverpackung rum.

»Es lief bis vorhin ein *Criminal Minds*-Marathon auf ...«

»Phoebs!«, unterbrach Sienna sie.

»Was denn?«

»Wir versuchen gerade durch die Blume herauszufinden, warum sie zum Teufel noch mal mit Zach Morris durch halb Kentucky fährt!« Sie senkte die Stimme zu einem Flüstern. »Wenn sie nichts sagt, achte auf ihre Gestik.«

Als ob ich nichts gehört hätte, blickten beide mich geschäftsmäßig an. Sienna verschränkte die Hände ineinander und drückte den Rücken durch.

»Wenn er nicht tot ist und du hier bist, was bedeutet das?«

Ich runzelte die Stirn. Was das bedeutete?

»Sienna versucht einfach nur herauszufinden, was das jetzt für uns heißt. Hasst ihr euch nicht mehr?«

»Ich ...«

»Oder hat er dir das Video zurückgegeben?«, kam es von Sienna.

»Also ...«

»Wird es jetzt vermehrt Partys mit den beiden Häusern geben? Oh, wir könnten Mottopartys steigen lassen. Ich habe auch schon eine Idee ... Bin gleich wieder da!«

Sienna rannte blitzschnell aus der Küche, bevor ich

überhaupt reagieren konnte. Stirnrunzelnd schaute ich ihr nach. War es wirklich so schlimm mit mir und Zach?

»Sie freut sich einfach, dass es so aussieht, als würden Zach und du jetzt miteinander auskommen«, sagte Phoebe und lächelte mich an.

»Habe ich wirklich ständig dafür gesorgt, dass ...«

»Wir haben uns natürlich zurückgehalten und nicht aktiv den Kontakt zu Zach und den Jungs gesucht. Du hast ... du magst ihn nicht und wir wollten dir einfach nicht so viel Fläche geben, damit du dich aufregst. Als du mit Simon zusammen warst, haben wir gedacht, das mit Zach würde besser laufen.«

»Und jetzt ist Simon das eigentliche Problem«, stellte ich mit viel Ironie fest.

»Wow.« Phoebe runzelte die Stirn. »Das ist das erste Mal, dass du nicht Zach für das Video verantwortlich machst.«

Ich erstarrte und musste ihr sofort recht geben.

Aber wie könnte ich Zach überhaupt dafür verantwortlich machen? Die Wahrheit war: *Ich* hatte Sex mit Simon gehabt. *Ich* hatte auf niemanden gehört, obwohl niemand meine Operation »Endlich Sex!« unterstützt hatte. Phoebs wusste erst gar nichts von meiner Aktion! *Ich* war schuld und so dumm gewesen. Nicht Zach.

»Alles okay mit deinem Dad?«

Dass Phoebe das Thema wechselte, kam mir gelegen, bis mir bewusst wurde, was sie da gerade gefragt hatte.

»Mein Dad? Ach so, ja klar. Ihm geht's gut.«

Was sollte ich noch sagen?

»Hat er wieder den Hahn nicht zubekommen, um das Wasser abzustellen?«

Phoebes Frage war die übliche Annahme. Denn jedes Mal erfand ich irgendeine dämliche Ausrede, damit sie nicht erfuhren, dass er ein Alkoholproblem hatte.

»Nein, es war eine feuchte Wand. Er ist panisch geworden, du kennst ihn ja. Und dann hat er mich angerufen ...«, erklärte ich ihr, lachte viel zu aufgesetzt und trank einen großen Schluck Wasser.

»Konntest du alles regeln?«, fragte Phoebe nachdenklich.

Ich nickte. So gut es ging, war alles geregelt. Ich hatte nur Tante Mary erreichen müssen, damit sie sich ab sofort um ihn kümmerte. Als sie von seinem wiederholten Rückfall erfuhr, drohte sie mit Zwangseinweisung und Entmündigung. Zach hatte zu diesem Thema genug gesagt, als er meinen Vater ihn die Dusche verfrachtet hatte.

Ich war fuchsteufelswild auf ihn gewesen, aber als ich meinen Vater zitternd vor Kälte in der Dusche sitzen sah, war ich wütender auf ihn als auf Zach gewesen. Denn Dad hatte sich das selbst angetan. Zach wollte nur helfen ...

Tatsächlich wollte er nur helfen. Erst konnte ich es nicht wirklich fassen. Diese ganze Zeit mit ihm, die Rückfahrt, sein Blick ... Ich hatte erwartet, dass er Fragen stellen würde. Dass er diese Infos nutzen würde, um es mir weiter heimzuzahlen. Aber das hatte er nicht getan. Nicht mal angedeutet.

Warum nicht?

Warum hatte er nicht zumindest Fragen gestellt? Ich hätte es getan.

Warum säuft dein Dad?

Wo ist deine Mom?

Warum?

Warum?

Warum?

»Jetzt, da du wieder zurück bist, sollten wir vielleicht mal langsam ins Bett«, schlug Phoebe vor.

»Ja, wird Zeit.«

»Ach, kommt schon!« Sienna stand in der Tür – bewaffnet mit gefühlt zehn Pfund silbernem Lametta in den Armen. »Mottoparty!«

Wir verdrehten beide die Augen und liefen die Treppen hoch.

Kapitel 18

BRÜSTE ZUM UMFALLEN

ZACH

»Gutes Spiel«, lobte mich einer meiner Teamkollegen und klopfte mir auf die Schulter.

Ich saß auf dem Rasen auf unserem Rugbyfeld und hatte die Ellbogen auf meinen Knien abgestützt. Mir rann der Schweiß von der Stirn und trotzdem wollte ich gerade nicht in die Kabine. Das Training war für heute erledigt.

»Bist du sauer auf irgendetwas?« Will hatte sich auf die Bank gesetzt und blickte mich abwartend an.

»Wie kommst du darauf?«, fragte ich, griff mir meine Wasserflasche und trank.

»Mal überlegen ...« Will sah sich um. »Vielleicht, weil du jeden zweiten Mitspieler gefoult, jeden dritten angebrüllt und den Rest wissentlich ignoriert hast?«

Wir beide sahen auf das leere Spielfeld.

»Du bist spät nach Hause gekommen. Hat mich gewundert, dass du überhaupt zum Training aufgetaucht bist.«

Normalerweise fragte er nicht nach, wenn ich erst in der Nacht wiederkam. Er wusste, dass ich dafür auch andere Gründe haben könnte als eine Frau.

»Du brauchst dir keine Sorgen zu machen«, antwortete ich auf die unausgesprochene Frage.

Will schnaubte. »Das hast du schon einmal gesagt.«

Ich schloss die Augen, weil ich einfach nicht daran erinnert werden wollte, wie groß seine Enttäuschung damals gewesen war.

»Ich war mit Ivy zusammen, okay?«, sprudelte es aus mir heraus, damit ich ihn beruhigen konnte.

»Du warst mit ... Die ganze Zeit?«

Ich sah ihn an und las nur Verwirrung in seinem Gesicht. *Besser als Enttäuschung ...*

»Was?«, fragte ich, als er mich von oben bis unten musterte.

»Ich sehe keine Verletzungen. Normalerweise hätte ich jetzt ein abgekautes Ohr oder, keine Ahnung, ein Veilchen erwartet. Warum ist das nicht so?«

Ich schnaubte belustigt. Ja, warum war das nicht so?

»Sie brauchte eine Mitfahrgelegenheit. Ich hab sie hingefahren und das dauerte etwas länger als üblich.«

»Als üblich? Alter, du warst die ganze Nacht weg! Wohin seid ihr denn gefahren? Vegas?«

»Ich hab sie zu ihrem Dad gefahren. Und jetzt hör auf mit deiner Fragerei. Es ist alles okay.«

Ich stand auf und wollte auf einmal nur schnell in die Kabine, unter die Dusche und nicht darüber nachdenken, was Ivy durchmachte.

Denn das machte sie menschlicher.

»Was ist eigentlich dein Problem, Zach?«, rief Will und folgte mir Richtung Kabine.

»Ich habe kein Problem«, brummte ich.

Dennoch wollte mein Kopf das gerade nicht einsehen. Ivys alkoholkranker Dad machte sie menschlicher und dass sie vor Simon noch Jungfrau gewesen war, machte sie ...

»Zach? Mann, bist du überhaupt noch hier mit deinem Kopf?«

Will stand mir direkt gegenüber. Bis vor die Tür der Kabine hatten wir es schon geschafft. Dann blickte er mir tief in die Augen. »Pupillen sehen in Ordnung aus.«

»Weil ich nichts genommen habe, verfluchte Scheiße!«

»Gut, dann sag mir, was Sache ist. Ich bin deine Vertrauensperson, Zach, und wenn ich das Gefühl habe, dass du wieder rückfällig ...«

Nie hatte ich es bereut, dass ich Will zu meiner Vertrauens- und Ansprechperson gemacht hatte. Aber jetzt gerade kam mir der Gedanke, ihm eine zu verpassen, um mich nicht mit dieser nervigen Fragerei auseinandersetzen zu müssen. Und erst diese Wut hatte mich in große Probleme gestürzt. Will wusste das ganz genau.

»Es ist Ivy!«, spuckte ich das Problem aus.

»Ivy?« Will wirkte verwirrt. »Hat sie schon wieder irgendeine Aktion geplant? Was ist es diesmal?«

»Darum geht es nicht.«

»Okay, dann versteh ich es nicht.«

Ich verstand es ja auch nicht. Frustriert über meine Gedanken, die absolut keinen Sinn ergaben, fuhr ich mir durch mein schweißnasses Haar und drehte mich im Kreis. »Ich kapier es auch nicht, okay ...«

Will blieb an der Tür stehen und beobachtete mich stirnrunzelnd.

»Sie ist nervig. Absolut nervig. So nervig, dass ich ihr wortwörtlich den Hals umdrehen will, wenn sie nur den Mund aufmacht. Du kennst sie. Ich hab recht.«

Will verschränkte die Arme vor der Brust und nickte. Wieder sagte er nichts, deswegen drehte ich weiter meine Runden.

»Und trotzdem ...« Vom Fenster aus konnte ich gut aufs leere Spielfeld blicken.

»Und trotzdem?«

»Scheiße Will, du weißt ganz genau, was nach trotzdem kommt!«, fuhr ich ihn an und drehte mich frustriert um, dann lehnte ich mich erschöpft an die Fensterbank. Ich war echt müde. Erst Ivy und die Tour zu ihrem Dad und jetzt das Training. Wenn ich wenigstens ein paar Stunden geschlafen hätte, aber nein, ich dachte ja die ganze Zeit darüber nach, wie Ivy mich in meinem Auto angesehen hatte. Erst wirkte sie, als wäre sie wirklich dankbar, dass ich da gewesen war, und urplötzlich machte sie Scherze und ... Wer verstand diese Frau?

»Vielleicht ist es Mitleid«, sagte ich laut, um eine Erklärung für meine Gedanken zu bekommen.

»Mitleid? Du meinst, weil du angeblich das Video besitzt und sie dir leidtut?«

Ich nickte, weil ich zum einen nicht an meine Erpressung denken und zum anderen, weil ich niemandem von Ivys Dad erzählen wollte.

Will schaute mich stirnrunzelnd an. »Gaffst du ihr auf den Hintern, wenn du die Möglichkeit hast?«

»Nein.« Ich dehnte das Wort ziemlich in die Länge, sodass Will nicht mal raten musste, wie gelogen das war.

»Denkst du an ihren Hintern, wenn du keine Möglichkeiten hast, ihn zu sehen?«

Einen langen Moment starrten wir uns an, bis ich das unauffälligste Schnauben überhaupt von mir gab.

»Denkst du an ihre Brüste, wenn ...«

»Okay, das reicht, Will. Wenn du mein bester Freund bleiben willst, rede einfach nicht mehr von ihren Brüsten oder ...« *Na toll, jetzt denke ich an ihre Brüste.* »... hör einfach auf damit!«

Seufzend holte ich erst einmal tief Luft, dann begegnete ich Wills wissendem Blick.

»Es ist kein Mitleid«, sagten wir beide synchron.

»Na großartig!« Ich fuhr mir wieder frustriert durch die Haare.

»Du scheinst frustriert«, sprach Will so ruhig aus, dass ich fast explodiert wäre.

»Ach nein, wie komme ich wohl darauf, frustriert zu sein, weil mir Ivy Brenneman nicht mehr aus dem Kopf will. Lass mal überlegen.« Ich begann hin und her zu laufen. »Sie konnte mich noch nie leiden. Gut, ich konnte mich vor einem Jahr selbst nicht leiden, also kann ich sie verstehen. Nur hat ihre Abneigung gegen mich wenigstens Bestand.«

»Dem kann ich nicht widersprechen.«

»Danke schön. Des Weiteren hat sie mit Simon ein Sexvideo gedreht, das ich zum Anlass genommen habe, sie zu erpressen.«

»Ja, aber du hast das Video ...«

Mit warnendem Blick blieb ich stehen. »Ich habe sie damit erpresst, Will. Damit sie mir meine Affären vom Hals hält. Und ich habe es genossen, dass sie es getan hat. Was ist daran falsch zu verstehen?«

»Na ja, wenn du es so erzählst, klingt es schon ziemlich ...«

»Ganz genau! Das ist doch absolut krank. Ich meine, wir mochten uns nie und urplötzlich finde ich sie scharf? Warum?«

»Vielleicht ist es nur vorübergehend.«

»Vorübergehend?«

»Ja, vielleicht musst du sie nur ...« Will hob vielsagend die Augenbrauen.

»Und dann krieg ich sie aus dem Kopf ...« War diese Idee brillant oder absolut für den Müll?

»Vielleicht ist das auch nur eine Schwärmerei, die schnell wieder vorbeigeht. Ivy ist sozusagen gesperrtes Territorium für dich. Das kann echt verlockend werden, wenn man sich näher damit beschäftigt.«

»Meinst du?«, fragte ich unsicher nach.

Vermutlich war es das wirklich. Ivy würde sich niemals auf mich einlassen.

»Sie hat nicht mal gemerkt, dass ich im Auto versucht habe, nett zu sein. Sie dachte, ich würde wütend gucken. Das muss man sich mal überlegen.« Schnaubend blickte ich Will an. »Das erste Mal wollte ich echt ein Mädchen beeindrucken und sie hat es völlig falsch verstanden.«

Seit Jahren interessierten mich Frauen nicht wirklich. Ich schlief mit ihnen, ohne wirklich zu merken, mit wem ich da gerade Zeit verbracht hatte. Sie waren für mich alle unbedeutend und nicht interessant genug. Eine Ablenkung.

Nie war ich groß unfreundlich gewesen, das lag aber auch daran, dass ich viele Jahre Dinge getan hatte, an die ich mich nicht erinnerte. Viel Scheiße war gelaufen, ohne dass ich wusste, was ich tat. Jetzt, nüchtern, wollte ich wenigstens freundlich sein, wenn ich es schon nicht hinbekam, den Mädels genug Aufmerksamkeit zu schenken.

»Das ist bestimmt nur vorübergehend«, sprach ich mir selbst Mut zu. Will lächelte, aber es wirkte eher erzwungen als ernst gemeint.

Was sollte mir das sagen?

***

Acht Stunden und vierzehn Versuche, doch auf der anderen Seite der Straße zu bleiben, später, stand ich vor ihrem Haus. Ich würde wohl Wills Grinsen nie wieder vergessen, als ich gerade zur Tür raus war.

Zweimal klopfte ich, bis Sienna die Tür öffnete.

Natürlich runzelte sie die Stirn. Sie wunderte sich, was ich hier machte. Da waren wir schon zu zweit.

»Du trägst ein Shirt«, waren ihren ersten Worte. Sie klang enttäuscht.

»Jahaaa«, erwiderte ich und dehnte das Wort fragend aus. Dann klingelte das Telefon, das sich gegenüber der Treppe befand.

Seufzend ließ Sienna mich stehen. »*Ivy!* Es ist für dich!«, rief sie durchs Haus, woher auch immer sie wusste, dass ich zu Ivy wollte. Dann griff sie sich das Telefon.

»Das Haus der unübersehbar heißen Bunnys, die den ganzen Tag nichts Besseres zu tun haben, als den Kerlen ... Oh, hallo, Mr. Minton.« Siennas ganze Haltung veränderte sich. Spielerisch drehte sie sich eine Strähne um den Zeigefinger und kicherte. Sienna konnte kichern? »Ja, Sir, die 44er liegt gesichert im Safe. Wir wollten dieses Jahr auf jeden Fall noch die Hintertür mit einem zusätzlichen Schloss versehen. Ja, die kleinen Handgranaten sind ...«

Stirnrunzelnd hörte ich diesem wirklich merkwürdigen Gespräch zu, als ich eine Bewegung auf der Treppe wahrnahm.

Ivy.

Nachdenklich sah sie mich an. Ich gaffte ihr auf die Brüste, die nur ein knappes Bikinioberteil bedeckte. Um ihre Hüften hatte sie ein Tuch geschlungen. Was zum Teufel hatte sie vor? Auf Hawaii Hula Hula-Girl spielen?

Ich ließ mir nicht anmerken, wie mein Körper auf sie reagierte. Denn es war nur rein körperlich. Warum sollte ich ausgerechnet auf Ivy stehen?

»Zachery, was kann ich für dich tun?«, fragte sie so ruhig, dass ich es ihr fast abgekauft hätte. Wenn ihre Augen mich nicht kurz abgecheckt hätten.

Mit etwas mehr Ruhe lehnte ich mich an den Türrahmen und wartete darauf, dass sie die Treppe herunterkam.

»Ivy, liebe Grüße von Mr. Minton«, rief Sienna ihr zu.

»Grüß zurück und sag ihm, dass das Pfefferspray, das er empfohlen hat, super lang hält!«

Ich fragte mich zwar nicht das erste Mal, was für verrückte Weiber hier lebten, aber zumindest ließ ich das jetzt unkommentiert.

»Oh ja, Ivy hat recht, Mr. Minton. Super Zeug«, sprach Sienna in den Hörer.

Ivy war die Treppe heruntergekommen und blickte mich misstrauisch an. »Irgendeine Studentin, die dir Probleme macht?«

»Nope. Heute nicht.«

»Schade.« Ivy wirkte fast beleidigt. Aber nur fast … »Ich muss raus in den Garten. Wenn du irgendetwas möchtest, dann komm mit.«

Sie drehte sich um und wie Gott es uns Männern nun mal in die Wiege gelegt hatte, blickten wir auf das, was Gott mir in diesem Moment schenkte. Ivys Hintern.

Sienna hielt den Hörer noch an ihr Ohr, sah aber meinen Blick und zog eine Augenbraue in die Höhe. Statt es abzustreiten, grinste ich einfach und folgte Ivy.

Kapitel 19

UM AUSREDEN IST MAN NIE VERLEGEN

IVY

Den verstohlenen Blick konnte Sienna sich sonst wohin stecken. Erhobenen Hauptes ging ich in den Garten. Dabei immer im Kopf, dass er mir direkt folgte.

Ich ignorierte Taylors Grinsen, als ich an ihr vorbeilief und sie Zach erkannte.

»Hey, Zach.«

Ich äffte sie leise nach und setzte mich dann auf die Sonnenliege. Unser Garten war gepflegt und hübsch anzusehen, ganz anders als die Fassade. So sah das wohl auch Zach, denn er setzte sich dreist auf die andere Liege und staunte nicht schlecht. Blumen waren über das gesamte Gelände gepflanzt. Eine bunte und schöne Mischung. Das Gras hatte kaum eine braune Stelle vorzuweisen, da wir immer dafür sorgen, dass es genug Wasser abbekam.

»Nett habt ihr es hier.«

»Jepp.«

Ich versuchte so gut es ging, meinen nackten Bauch mit meinem Hüfttuch zu verdecken. Klappte es?

»Hallöchen, Zach«, grüßte Jules ihn und lief Gott sei Dank mit ihrem Tankini an uns vorbei.

»Hallöchen? Ernsthaft?«, sprach ich genervt laut aus.

Zach sah Jules nicht nach und blickte stattdessen zu mir.

»Eifersüchtig?«

»Auf wen? Jules? Bitte. Das ist doch absolut …«

Zach grinste mich an.

»Und warum grinst du jetzt? Was willst du eigentlich hier? Hast du mitbekommen, dass heute Gartentag ist und du dich sattsehen kannst?«

»Ja, genau. Ich habe es so dringend nötig, dass ich unbedingt rüberkommen musste.«

»Hi, Zach.« Jetzt war Karen spontan vorbeigelaufen und zwinkerte ihm zu.

Das war ja nicht mehr auszuhalten.

Und Zach hob grüßend die Hand.

»Ermutige sie noch«, murmelte ich und blickte auf die Terrasse. Dort hatten sich schon ein paar von den Mädels versammelt und tuschelten. Sienna saß am Tisch und feilte sich ungezwungen die Fingernägel.

»Ich war doch nur nett«, erklärte er sich.

»Ja, nett in *dem* Shirt und *der* Hose.«

Zach sah auf sich herunter. »Entschuldigung?«

Jetzt tat er auch noch so, als wüsste er nicht, dass er in diesem Achselshirt und der engen Hose hot aussah. Na klar.

»Weißt du was? Ich mag die Sonne nicht mehr. Wer braucht schon Vitamin B? Ich nicht!«

Schneller, als ich bis drei zählen konnte, war ich bereits aufgesprungen und wieder in Richtung Haus unterwegs. Die eigenen vier Wände waren genau das, was ich gerade brauchte.

»Schon fertig mit reden?«, fragte Jules und die anderen kicherten wie programmiert. Gott, wo waren wir denn? Bei der Auswahl zu *Americas Next Dumb Model*?

»Lasst sie, Mädels. Lasst sie«, kam es von Sienna, die gerade ihre *Cosmo* aufschlug.

Meine plötzliche Flucht war nicht merkwürdig und dennoch wurde mir bewusst, warum ich vor ihm weggelaufen war. Er machte mich nicht nur nervös, er machte mich ... wütend.

»Ivy, warte mal bitte!«

Und wieder war er freundlich und setzte noch ein »bitte« hinten an den Satz.

Warum war er das nur immer?

Ich war die Treppe hinaufgegangen, rechts abgebogen und direkt an meiner Zimmertür angekommen, als er mich einholte.

»Was gibt's?«, fragte ich so unbekümmert wie möglich.

Er schaute mir kurz auf die Brüste, so kurz, dass ich es fast nicht gesehen hätte.

»Ich wollte dich wegen deines Dads noch mal ... Also ... Vielleicht möchtest du das lieber nicht hier im Flur besprechen?«

Mist. Zach hatte natürlich recht.

Ich nickte und er folgte mir in mein Zimmer. Gott

sei Dank konnte ich die Nacht nicht schlafen, sodass ich vor Langeweile und mit zu vielen Gedanken im Kopf aufgeräumt hatte.

»Wow. Das ist dein Zimmer?«, waren Zachs erste Worte.

»Wieso? Was stimmt denn nicht damit?«

Zach lachte. »Nun ja, es ist ... sehr mädchenhaft.«

Ich wollte schon etwas dagegen sagen, bis mir die pinke Bettwäsche auffiel sowie die hellrosafarbenen Kissen dazu. Des Weiteren hatte ich ein rotes Tuch über mein Bett gehangen.

»Ich bin ein Mädchen«, erklärte ich ihm, auch wenn mir das viele Pink, Rosa und Rot erst jetzt wirklich bewusst wurde.

Zach lachte kurz und sah sich die Bücher an, die ich auf meinem Schreibtisch gestapelt hatte. »Glaub mir, das weiß ich.«

»Meinem Dad geht es wohl gut so weit. Meine Tante hat mich vorhin noch angerufen. Er trinkt literweise Kaffee und bemitleidet sich selbst.«

Ganz schnell lief ich zu meinem Schrank und griff mir eine Strickjacke.

»Hat er sich bei dir gemeldet?«

Ich zuckte mit der Schulter, weil ich darauf eigentlich keine Antwort geben wollte. Seine Anrufe von heute Morgen und von vor einer Stunde hatte ich ignoriert. Die Nachrichten las ich schon gar nicht mehr, weil ich wusste, was er geschrieben hatte.

Es tut mir leid, Ivy. Ich habe einen Fehler gemacht. Bitte verzeih mir. Das kommt nie wieder vor.

Das ganze Bla-Bla-Bla war vorhersehbar und nicht besonders originell.

»Ivy?«

Langsam schloss ich die Schranktüren, zog die Jacke über und drehte mich zu ihm um. Er stand noch immer an meinem Schreibtisch, blickte mich aber fragend an.

»Ich habe seine Ausreden so satt. Wieso sollte ich ihm dann zuhören, wenn er genau diese Ausreden benutzt, um sich zu entschuldigen?«

»Gutes Argument«, antwortete er und versuchte zu lächeln. Aber alles, was ich sah, war eine große Portion Mitleid in seinem Blick.

»Sieh mich nicht an, als bräuchte ich eine dicke Portion Stracciatellaeis und ganz viel Weingummi, um darüber hinwegzukommen«, sagte ich seufzend und setzte mich auf mein Bett, um mit den Kordeln meiner Strickjacke zu spielen.

»Gut zu wissen, wie man Ivy Brennemann eine Freude machen kann«, stellte er fest und lehnte sich an meinen Schreibtisch, als würde er sich hier sehr wohl-fühlen.

»Tja, ich werde dir allerdings nicht verraten, was für Weingummi du dazu besorgen musst.« Ich verschränkte stolz die Arme vor der Brust.

»Ist das so?«, fragte er belustigt nach. Auch er hatte die Arme verschränkt, als wollte er damit irgendetwas signalisieren.

Ich grinste. »Oh ja.«

Oh mein Gott. Flirtete ich gerade?

Mit Zach?

Dem Typen, der mich mit meinem Sexvideo erpresste?

Dem Typen, der viel zu freundlich war, um seine Verflossenen abzuwimmeln und mich damit beauftragte, sie loszuwerden?

Dem Typen, der viel zu gut aussah, als dass man ihn jemals abstoßend finden könnte?

Und ich fand ihn selbst aus den oben genannten Gründen alles andere als das!

Oh großer Gott. Scheiße. Verdammte Scheiße.

Auf eine verrückte, verschrobene Art und Weise mochte ich Zach Morris!

Okay, Ivy. Das bekommen wir hin. Das ist doch keine große Sache. Es ist einzig und allein wichtig, wie wir jetzt darauf reagieren.

Mein Magen war schneller als mein Kopf.

»Ich glaube, mir wird übel.«

Irritiert runzelte Zach die Stirn. Natürlich. Gerade flirtete ich noch mit ihm, jetzt teilte ich ihm mit, dass die Wahrscheinlichkeit ziemlich hoch war, dass ich ihm gleich vor die Füße kotzte!

Und um allem die Krone aufzusetzen, ging er nicht. Zach kniete sich vor mich hin, griff nach meinen Handgelenken und konzentrierte sich ganz auf das kranke Opfer. Mich!

»Hey, jetzt atme erst einmal tief ein und aus. Ganz ruhig.«

Unsere Blicke trafen sich. Man sah ihm die Besorgnis an, als ich begann, langsam ein und aus zu atmen.

»Schon besser, und jetzt versuch dich etwas zu entspannen.«

Entspannen?

Mit langsamen, kreisförmigen Bewegungen strich er mit dem Daumen über meine Handgelenke. Dabei ließ er mich nicht aus den Augen. Das wollte ich ehrlich gesagt auch nicht. Zach war hübsch anzusehen. Seine grünen Augen erinnerten mich an die Blätter des Kastanienbaumes vor unserem Haus, den ich immer von meinem Zimmerfenster angesehen hatte, wenn es mir nicht so gut ging. Im Sommer leuchtete er immer so stechend grün, dass man ihn einfach anstarren musste. So etwas Schönes durfte man einfach nicht übersehen.

Erst nach einer Weile bemerkte ich, dass Zach gar keine Kreise mehr auf meinen Handgelenken zog. Allerdings betrachtete er diese Stelle nachdenklich.

»Zach?«

Er reagierte nicht.

»Zach?«, wiederholte ich, bis er endlich wieder zu mir hochsah.

»Mmh?«

»Mir geht es besser.«

Tatsächlich war nichts mehr von dem Magengrummeln zu spüren. Zachs Ablenkung hatte geholfen.

»Das ist gut. Das ist wirklich gut«, murmelte er vor sich hin, ohne meine Handgelenke loszulassen. Er kniete immer noch vor mir und blickte mich an. Und dann, urplötzlich, veränderte sich die Situation wieder.

Zach schaute nicht weg und ich wandte mich nicht

ab. Ich konnte es nicht. Die Stille in meinem Zimmer war erdrückend, wenn man bedachte, dass wir uns gerade so nah waren.

Was, wenn er mich küssen würde?

Oh Gott! Was, wenn ich ihn küssen würde?

Wollte ich?

Sein ganz eigener Duft hüllte mich ein und gab mir die Antwort.

Und wie ich ihn küssen wollte!

Dann passierte es. Zach bewegte sich zu mir hin. Mir stockte vor Schock und Überraschung der Atem.

Oh. Mein. Gott.

Es würde passieren.

Instinktiv beugte ich mich vor.

Ich würde Zach Morris küssen.

Mein Bauch kribbelte diesmal in freudiger Erwartung auf etwas, das mit absoluter Sicherheit phänomenal werden würde.

Ich lass es zu. Er wird mich küssen.

Moment, was?

Unsere Lippen waren nur noch wenige Zentimeter voneinander entfernt. Gleich würde …

»Ich habe Äpfel gegessen!«, schrie ich ihm schon fast entgegen. Mein Herz klopfte mir bis zum Hals, aber diese vier Worte retteten mir mit absoluter Sicherheit den Hals.

»Was?«, fragte Zach.

»Ja, das … hatte ich total vergessen«, begann ich weiter zu erklären, stand auf und nahm sofort drei

Meter Abstand. Hätte der Schreibtisch nicht am Fenster gestanden, wäre ich vermutlich fluchtartig hinausgeklettert. »Ich habe vorhin eine Apfeltasche gegessen. Mit ganz vielen Äpfeln. Ach, was sage ich, es waren drei Taschen. Drei, genau!«

Seit wann war ich eine so schlechte Lügnerin? Sienna dachte immer noch, ich würde Johnny Depp vergöttern.

»Du hast drei Apfeltaschen gegessen?«, fragte er skeptisch nach und vergrub die Hände in den Hosentaschen.

Als wäre nie etwas passiert. Gut, das kann ich auch!

»Jepp, und Apfelsaft getrunken. Eine Menge davon.«

»Kein Wunder, dass dir schlecht ist«, mutmaßte er, wirkte aber wenig überzeugt. Natürlich nicht. Immerhin erzählte ich hier gerade einen Haufen Scheiße!

»Okay, ich werde dann mal wieder ...« Zach war schon im Begriff zu gehen, als er sich wieder umdrehte, etwas aus seiner Gesäßtasche zog und mir hinhielt. Es war ein Flyer. »Ich habe von einem Freund den Tipp bekommen, dass es in der Nähe von Maysville eine Klinik gibt, die ... nun, spezialisiert ist auf Suchtkranke.«

Ich nahm den Flyer. Mir war der Name der Klinik sofort bekannt. »Ja, aber die ist ziemlich schnell belegt. Ich habe mich damals schon ...«

»Wenn dein Dad freiwillig rein will, muss ich meinen Freund nur anrufen. Er war mal dort und ... Jedenfalls haben ehemalige Patienten immer eine Chance, jemanden dort unterzubringen.«

185

Zach lächelte warmherzig. Zumindest würde ich es so beschreiben.

Er hatte also einen Freund angerufen, um für meinen Dad einen Platz zu besorgen?

»Ich weiß nicht, was ich sagen soll. Ein Danke scheint mir irgendwie zu wenig für das, was du getan hast.«

»Ist schon okay. Ein Anruf hat mich nichts gekostet.«

Seine Aussage machte irgendwie nur deutlich, dass es mich eine Menge kostete.

Wir hätten uns fast geküsst, Herrgott noch mal!

»Danke, Zachery. Wirklich.«

Wieder schenkte er mir ein Lächeln und ging dann zur Tür. Er öffnete sie, blieb dann aber dennoch an Ort und Stelle stehen.

»Nenn mich nicht mehr Zachery.«

»Was?«, fragte ich nach, weil ich nur auf den Flyer gestarrt hatte.

»Alle nennen mich Zach. Meine Freunde nennen mich Zach, deine Mädels nennen mich Zach.« Er seufzte frustriert auf. »Nenn mich einfach Zach!«

Ich grinste, weil es ihn anscheinend wirklich frustrierte.

»Aber das wird dich nicht ärgern«, gab ich ehrlich von mir. Eigentlich war das witzig gemeint. Irgendetwas in mir wollte nicht, dass es ihn so mitnahm, dass ich ihn ab und an Zachery nannte. Aber er nahm es anders auf als gedacht. Plötzlich schloss er die Tür wieder, ohne mich aus den Augen zu lassen. Mein Lächeln erstarb und ich schluckte schwer, als er sich ganz zu mir umdrehte und auf mich zukam.

Sollte ich schreien? Sollte ich wegrennen? Vielleicht doch durchs Fenster?

Mein Herz würde gleich kapitulieren, so schnell pumpte es Blut in meinem Körper, damit ich diese Situation gerade überstehen konnte und dann ... dann nahm Zach mein Gesicht in seine Hände und sah mich mit diesen grünen Augen an, die mir womöglich nie wieder aus dem Kopf gehen würden. Sein Blick wanderte über meine Züge, bis er auf meine Lippen fiel. Mit Sicherheit spürte er, wie ich erstarrt war und dass meine Atmung ausgesetzt hatte. Aber er starrte nur, statt etwas zu sagen.

»Drei Apfeltaschen, mmh?«, flüsterte er noch. Dann küsste er mich.

Es war ein Schock. Ein wirklich schöner Schock. Erstens, weil Zach meine Lüge genau erkannt hatte, und zweitens, weil es sich so gut anfühlte.

Seine Lippen fühlten sich warm auf meinen an. Er küsste nicht gierig, sondern tastete sich vor und ich ließ es zu. Mein Mund öffnete sich wie automatisch. Als wüsste ich ganz genau, dass es sich lohnen würde.

Unsere Zungen trafen aufeinander. Der Kuss wurde intensiver, zügelloser und es klopfte an die Tür. Moment, was?

Ich öffnete die Augen, wobei ich nicht mal bemerkt hatte, sie geschlossen zu haben, und beendete den Kuss.

Ein zweites Klopfen.

»Ivy? Bist du da?«, fragte Porter durch die Tür.

»Oh, scheiße. Oh verdammte Scheiße!«, fluchte ich leise.

Porter, Jessys Ex-Freund. Er ist hier und ich bin mit dem Grund für Jessys Betrug in meinem Zimmer.

Zach öffnete den Mund, aber ich legte ihm schweigend die Hand auf den Mund. Warnend blickte ich ihn an.

Wehe, du sagst etwas. Wehe, du machst nur einen Mucks!

Ich horchte noch ein paar Sekunden, dann hörte ich Porters Schritte auf dem Flur. Er war weg.

Erleichtert ließ ich Zachs Mund wieder frei und bemerkte seinen durchdringenden Blick. Ich stand ihm wieder so nah wie gerade noch bei unserem Kuss.

Oho. Der Kuss!

»Dein Freund?«

Ich runzelte die Stirn über seinen ernsten Tonfall.

»*Ein* Freund«, betonte ich. Warum auch immer. In der Theorie ging Zach das nichts an. Bei dem praktischen Teil, den wir gerade vollzogen hatten, sah das schon ganz anders aus.

»Gut«, war seine kurze und ziemlich unbefriedigende Antwort darauf.

»Gut? Daran ist nichts gut! Wenn Porter uns zusammen gesehen hätte …« Ich zeigte auf ihn und mich. »Er wäre ausgerastet!«

»Er mag mich nicht?«, fragte er verwundert und runzelte die Stirn. »Wer war Porter noch mal?«

Ich verdrehte die Augen, weil das nur Zach Morris bringen konnte. Er erinnerte sich ganz einfach nicht mehr an die Ex-Typen seiner Ex-Affären. Dafür waren es zu viele.

»Arrrgh, Zachery!«

»Oh Ivy, ich habe gerade mein Leben riskiert, um endlich zu wissen, wie es ist, wenn wir beide ...« Er brach ab und grinste vielsagend.

»Sprich es nicht aus! Bitte!«

Eigentlich wollte ich mir durch die Haare fahren, aber irgendwie berührte ich stattdessen meine Lippen. Meine angeschwollenen Lippen. Die Lippen, die Zach geschmeckt hatte.

Und ehe ich es kommen sah, küsste er mich wieder. Diesmal lag da kein Vortasten in seinem Kuss. Kein ›Schauen wir mal, was passiert‹. Nein. Er küsste mich, als würde er daran zu Grunde gehen, wenn er es nicht täte. Und ich zog ihn näher zu mir. So nah, dass ich fast nicht mitbekam ... wie Sienna hereingestürmt kam.

Sie kreischte kurz auf, wir fuhren auseinander, sie hielt sich grinsend ihre *Cosmo* vors Gesicht. *Shit.*

»Ich würde jetzt so gerne sagen, dass ich *das* erwartet hätte, aber ...« Sie schüttelte den Kopf. »Nein! Das kann ich nicht!« Sie holte tief Luft und wedelte sich mit der Zeitschrift Luft zu. »Porter wartet unten auf dich, Ivy. Er will mit dir reden. Zach, Süßer ...« Sie zwinkerte ihm zu. »Du solltest die andere Treppe runter durch die Küche nehmen. Wenn Porter dich sieht, wird es Tote geben. Und da du um mehr kämpfst ...« Wieder ein Zwinkern. »Will ich Porters Überreste ungern vom Teppich kratzen müssen.«

Sienna erklärte es ziemlich überspitzt, hatte aber im Grunde recht damit. Porter würde sich auf ihn stürzen.

»Wer zum Teufel ist dieser Porter? Ich dachte, er ist nicht dein fester Freund!«

»Porter? Er will es vielleicht sein«, murmelte Sienna schnaubend.

»Das ist Schwachsinn«, stellte ich klar.

»Auslegungssache. Also komm, Zach. Ich werde dir auf dem Weg nach unten alles erzählen. Ivy, ich habe Porter gesagt, du hast gerade ein bisschen Zeit für dich gebraucht, um … na, du weißt schon.« Sie zuckte verräterisch mit der Augenbraue. »Also wartet er geduldig, bis du, na ja … es dir halt selbst gemacht hast.«

»Sienna!«

Sie lachte und zog Zach langsam mit sich. »So ganz gelogen ist es ja nicht!«

Kapitel 20

UND DICH WILL SIE NICHT!

ZACH

»Du musst mich nicht bis zur Haustür bringen, ich bin schon groß«, stellte ich fest, als Sienna mich bis zum Seiteneingang gebracht hatte. Allerdings bekam ich von ihr wie üblich kein Lächeln geschenkt.

Sie verschränkte die Arme vor ihrer üppigen Oberweite und trat gleichgültig einen kleinen Stein mit den Flip-Flops weg.

»Wer ist dieser Porter, Sienna?«, stellte ich also jetzt die Frage, die mich die letzte Minute einen langen Nerv gekostet hatte.

Bevor wir uns geküsst haben. Verdammt! Dieser Kuss! Eigentlich sind es ja zwei gewesen ...

Sienna seufzte genervt. »Dieses elende Thema.«

»Thema?«

»Komm schon, Zach! Ich sage Ivy jedes Mal, dass du es nicht böse meinst, wenn du dich einfach nicht an deine Ex ...« Sie wedelte mit den Händen.

»... oder wie immer du sie nennen willst, erinnern kannst! Aber wir, vor allem Ivy, können das schon.«

Sienna sprach in Rätseln. Wie so oft.

Sie blickte in mein fragendes Gesicht und verdrehte die Augen. »Porter ist mal mit der süßen, aber auch etwas zu gefühlsbetonten Jessy zusammen gewesen. Sie waren ein Traumpaar. So sah es jedenfalls Ivy.«

Vorsichtig nickte ich. Was wollte sie mir hier eigentlich sagen?

»Oh Zach, du bist echt heiß und so, aber der Hellste bist du nicht. Jessy und du, ihr habt gevögelt. Sie war verknallt, du bekanntermaßen nicht. Sie hat das natürlich nicht begriffen, sich von Porter getrennt und ist so schnell vom Campus geflohen, dass Ivy die Scherben zusammenkehren musste, die Porter nicht aufsammeln konnte.«

»Oh ...« Mir sagte der Name Jessy jetzt überhaupt nichts, wobei Ivy ihn ja schon einmal ausgesprochen hatte. Auch vor ein paar Tagen hatte ich darauf keine Reaktion gezeigt. Sienna ging damit gefestigter um als Ivy.

Ich runzelte die Stirn, weil mir da eines noch nicht ganz klar war.

»Was meinst du damit, sie musste seine Scherben aufheben?«

Das mit diesem Porter hörte sich ziemlich eindeutig an.

»Mach dir keine Sorgen, Zachy-Boy.« Sienna wischte die Sache mit einer Handbewegung weg. »Porter ist nicht ihr Typ. Sie würde nie raffen, dass er was von ihr will, und Porter ist zu nett, um es ihr einfach mal zu erzählen. Das braucht eine große Portion Eier, mein Lieber.« Sie zwinkerte mir zu und ging dann wieder ins Haus.

Wäre ich von ihrer Information nicht so gefesselt, hätte ich ihr vermutlich auf den Hintern geglotzt. Jetzt stand ich einfach wie ein Idiot am Seiteneingang und dachte über Ivy und diesen Porter nach.

Kein Wunder, dass sie mich hasste, wenn sie ständig mit ihm herumhing. Ich konnte mich nicht an seine Freundin Jessy erinnern. Und das sagte mir ganz klar, dass sie in der Phase meines Lebens eine Rolle gespielt hatte, die ich ad acta gelegt hatte.

Einmal blickte ich noch hoch in die erste Etage, direkt zu Ivys Fenster. Mehr als die Gardinen waren nicht zu sehen. Ich lief rüber zu meinem Verbindungshaus und konnte mir mein Schmunzeln nicht verkneifen.

Ich hatte sie geküsst und sie hatte mich definitiv zurückgeküsst.

Ein Kuss war nicht mein Plan gewesen, als ich zu ihr rübergegangen war. Es hatte keinen Plan gegeben. Ich wollte einfach testen, ob … ob es nur pure Einbildung war, dass Ivy meinen Kopf für sich eingenommen hatte. Aber nach diesem Kuss war klar, dass sie sich darin festgesetzt hatte. Es war nicht nur vorübergehend.

Dieses Mal hatte sie nicht nach Schokolade geschmeckt, aber auch nicht nach Äpfeln. Mir war sofort klar, dass das mit den Äpfeln eine Ausrede war.

Mein Grinsen wurde breiter, als ich ins Haus trat.

Ich hatte die Schokolade mit sehr speziellen Zutaten auf dem Schreibtisch liegen sehen. Niemals im Leben hätte ich gedacht, dass ich so perverses Zeug wie Chili – extra scharf – an ihr riechen und es fantastisch finden würde.

»Interessant.«

»Mmh?« Ich sah auf und lief beinahe in Will hinein.

»Du warst ohne Schutz bei den Mädels. Und da ich weiß, welche Frau dir da momentan durch den Kopf geht ...« Er musterte mich von oben bis unten. »Ist es wohl gut gelaufen. Ich sehe kein Messer oder sonstige Gegenstände aus deinem Körper ragen.«

»Witzig«, kommentierte ich, wusste aber ganz genau, dass ich mich wirklich glücklich schätzen konnte. Es hätte auch anders ausgehen können.

Aber Ivy hatte meinen Kuss zugelassen. Diesen verdammt tollen Kuss.

»Da dein Besuch anscheinend gut ausging, hast du ihr vermutlich gesagt, dass das mit dem Video Schnee von gestern ist, oder?«

Eigentlich wollte ich rauf in mein Zimmer, aber diese Frage brachte mich dann doch dazu, stehen zu bleiben.

»Du hast es ihr nicht gesagt?«, fuhr Will mich an, achtete dann aber darauf, dass wir keine weiteren Zuhörer hatten. Er kam auf mich zu. »Was zum Teufel treibt ihr eigentlich da? Was treibst du da?«

Ich öffnete den Mund, um zu antworten, aber Will bemerkte mein Zögern.

»Was denkst du dir eigentlich dabei, Zach? Wohin soll das führen? Sie denkt, du hast ein Sexvideo von ihr.«

»Ich weiß«, murmelte ich genervt.

»Das du aber nicht hast! Nicht mehr!«

»Auch das weiß ich!«

»Trotzdem lässt du sie im Glauben, dass du sie in der Hand hättest!«

»Um das verdammte Video geht es schon lange nicht mehr!«, fuhr ich ihn an und scherte mich einen Scheiß darum, wer zuhören konnte.

»Ach?« Wills Augenbraue begann verräterisch zu zucken. »Und ich dachte, es hat mit dem Video angefangen.«

Ich biss mir auf die Innenseite der Wange, weil er recht hatte und mir damit ziemlich auf den Geist ging. Was ich gerade für einen verdammten Drink tun würde ...

Und wie Will mich nun mal kannte, war ihm sofort bewusst, was mir durch den Kopf ging.

»Sie ist Gefahr, Alter. Eine ziemlich große sogar«, erklärte er.

Ich verdrehte die Augen. »Sie ist nur ...«

»Was ist sie nur, Zach? Offensichtlich steckst du sie nicht in die Schublade, in die du sämtliche Studentinnen vor ihr gesteckt hast. Du machst dir etwas aus ihr und im Grunde würde ich mich für dich freuen.«

»Was zum Teufel willst du eigentlich jetzt von mir, Will? Du hast vorhin noch gegrinst, als ...«

Will schnaubte, aber ich glaubte ihm nicht.

Irgendetwas hatte er wieder in den falschen Hals ge-kommen. Nur was?

»Frauen sind gefährlich. Vor allem, wenn man in ihnen mehr sieht als sie in uns. Deswegen pass einfach auf!«, rief Will mit so viel Wut und Verachtung in der Stimme, dass ich gerne etwas erwidert hätte. Aber da tauchten ein paar Jungs auf.

»Der Bierkühlschrank ist kaputt, Zach.«

»Ich komme«, antwortete ich, ohne Will aus den Augen zu lassen.

Ich wollte gerade den Jungs hinterher, als Will sagte: »Übrigens, oben wartet ein Mädchen auf dich.«

Nicht das auch noch!

Seufzend schloss ich die Augen und zählte gedank-lich bis fünf.

»Schick sie weg.«

Will sagte nichts, weil die Jungs wieder nach mir riefen.

***

Es hatte eine verdammte Stunde gedauert, mit den Jungs einen neuen Kühlschrank zu bestellen. Fast hatte es sich angefühlt wie mit Frauen einkaufen zu gehen.

»Sicher, dass der auch groß genug ist?«, hatte Bob ge-fragt.

»Ich find den geil«, war Gus' knappe Antwort.

»Ja, aber ist der auch umweltfreundlich? Welche Ener-gieklasse hat der?«, fragte Tom.

Das war eine Stunde so gegangen, bis sie sich endlich auf ein gebrauchtes 40-Dollar-Ding geeinigt hatten. Tom konnte auch irgendwie damit leben, solange Greenpeace nichts davon erfuhr, und bis zur Halloweenparty würde er auf jeden Fall reichen.

Will hatte sich die ganze Zeit über nicht blicken lassen. Was auch besser für uns beide war. Keine Ahnung, was ihn geritten hatte, auch wenn ich zugeben musste, dass er nicht ganz unrecht hatte.

Ivy war gefährlich, denn sie war mir nicht egal. Das hatte der Kuss gezeigt. Dieser verdammte Kuss wollte gar nicht mehr aus meinem Kopf.

Ich stieg die Stufen hoch und versuchte mich zu fokussieren. Egal was da war, ich konnte mich nicht völlig darin verlieren. Das konnte ich mir nicht leisten.

Mein Zimmer befand sich im ersten Stock und war eines der größten. Wenn man sich eine Stunde lang mit einem verdammten Kühlschrankkauf auseinandersetzen und vierzehn Meinungen auf eine einzige bringen musste, hatte ich mir die Ruhe im größten Zimmer redlich verdie...

Wie ein Idiot erstarrte ich in meiner offenen Tür.

Kara lag auf meinem Bett und schlief.

Na großartig.

Will hatte nicht dafür gesorgt, dass ich allein war und er hatte mir auch nicht gesagt, dass es verdammt noch mal Kara war, die hier wartete.

Ich wollte mich gerade umdrehen, da war sie schon aufgewacht.

Die Frage, die du dir stellen sollst, ist: Hat sie überhaupt geschlafen?

»Zach! Da bist du ja endlich!«

»Äh ... ja. Ich war beschäftigt«, sagte ich lahm und trat ein. Dabei runzelte ich die Stirn. Warum zum Teufel rechtfertigte ich mich gerade vor ihr?

Sie stand auf und ich starrte auf ihre nackten Beine. Sie trug nur ein T-Shirt. Moment mal. Das war mein Rugbytrikot, das sie da trug!

Oookay, das wurde langsam unheimlich.

»Kara, ich glaube nicht ...«

Weiter kam ich mit meinem Satz nicht, denn schon klammerte sie sich an mich und drückte mir einen Kuss auf die Lippen.

Kapitel 21

EINGESTÄNDNISSE SIND ÜBERFLÜSSIG

IVY

»Wie weit bist du schon mit deinem Aufsatz über Monte Christo?«

Zach war gerade ins Haus gegangen. Wie ein Stalker stand ich an meinem Fenster und hatte ihn dabei beobachtet, wie er nach oben geschaut hatte. Zu meinem Zimmer. Wie eine Verrückte hatte ich mich zur Vorsicht versteckt und kniete noch immer vor der Scheibe – auch noch, als Porter hereingekommen war.

Er fragte nicht weiter nach, denn er kannte meine Macken. Deswegen war für ihn der Anblick von Ivy auf Knien vor dem Fenster nichts Besonderes.

Jaja, das klingt zweideutiger als beabsichtigt!

»Ich muss noch ein paar Seiten lesen«, antwortete ich und riss mich endlich vom Fenster los. Porter saß auf dem Schreibtischstuhl und sah zu mir.

»Du siehst gut aus.«

Ich trug noch immer meinen Bikini. Seufzend setzte ich mich auf mein Bett.

»Was ist los?«, fragte er sofort.

»Nichts. Bin nur müde«, antwortete ich und legte mich hin.

»Liegt es vielleicht daran, dass du momentan viel zu tun hast? Ich hab von der großen Backaktion gehört«, sagte er amüsiert.

Ach, diese Sache ...

»Ivy, du hast es wirklich drauf, Zach das Leben zur Hölle zu machen.«

Er klang stolz und zufrieden mit mir. Ich fühlte mich hingegen ganz anders.

Schuldig.

Na großartig. Ich fühlte mich schuldig, weil ich Zach fast umgebracht hatte.

Es hatte mal eine Zeit gegeben, in der ich mit Porter zusammen betrunken um ein Lagerfeuer getanzt und mich für diese Aktion gefeiert hätte. Aber diese Zeiten waren vorbei. Jetzt knutschte ich mit Porters größtem Feind herum.

Trotzdem musste ich Porters Sichtweise verstehen. Zach war daran beteiligt gewesen, dass Jessy und er nicht mehr zusammen waren.

Ich erstarrte innerlich.

Ja, er war daran beteiligt, aber nicht daran schuld. Diese Erkenntnis war einerseits erschreckend, andererseits absolut richtig.

»Einige Mädels haben Apple-Pies gebacken. Nichts Besonderes«, sprach ich und schüttelte grinsend den Kopf, als mir die Zahl von 109 Apple-Pies in den Sinn kam. *Gott, bin ich böse!*

Porter grinste. »Ja, und es soll ihm nicht gefallen haben.«

Woher wusste er das?

Das hier ist das College, Ivy. Wunder dich einfach über nichts mehr!

»Er ist allergisch gegen Äpfel. So witzig war es dann doch nicht«, stellte ich klar.

»Und?«, fragte er, als sollte ich jetzt noch so etwas sagen wie: Jepp, er hat dabei das Zeitliche gesegnet.

Aber Zach Morris war lebendig. Sehr lebendig.

Sofort schoss mir dieser Kuss wieder in den Kopf. *Die Küsse ...*

Instinktiv berührte ich meine Lippen. Die er geküsst hatte. Und ich hatte es zugelassen.

»Dann ... werd ich mal wieder. Du bist scheinbar echt müde, wenn du mir nicht zuhörst«, hörte ich plötzlich Porter reden.

»Was?«

»Leg dich hin, Ivy. Wir reden ein anderes Mal.«

Er lächelte, wirkte einen Moment wie erstarrt, dann ging er.

***

Ich war tatsächlich halb weggedöst, als mir kurz darauf jemand meine Kopfhörer vom Kopf riss.

»Was zum Teufel soll das?«, fauchte ich sofort.

»Ed Sheeran? Ehrlich?« Angewidert legte Sienna den Kopfhörer auf den Schreibtisch. »Der singt doch nur von Frauen, die ihn logischerweise verlassen und ... Frauen, die ihn verlassen.«

Phoebe saß direkt neben mir und versuchte sich an einem Lächeln. Warum versuchte sie es überhaupt, wenn es ihr nicht gelang?

»Kein Wunder, dass du nicht runterkommst und mitfeierst«, sagte Phoebe.

Sienna hob ihren Mojito von meinem Schreibtisch und trank genüsslich davon. Ein pinkes Schirmchen steckte darin.

Ich blickte zu Phoebe und hob eine Augenbraue.

Judy hat wieder ihren Spezialmojito gemixt?

Phoebe verstand mich auch ohne Worte und nickte.

»Ich bin müde«, redete ich mich heraus. Wenn das bei Porter klappte, klappte es ganz sicher auch bei ...

Siennas perfekt gezupfte Augenbraue schoss in die Höhe.

Seufzend fiel ich zurück auf mein kuscheliges Bett. Dann schloss ich die Augen. Wenn ich lang genug so tat, als wären sie nicht hier, dann würden sie vielleicht gehen.

»Also, wann wirst du uns sagen, was da mit Zach läuft?«, fragte Sienna und setzte sich auf den Schreibtischstuhl.

Ich verdrehte die Augen.

»Sienna, wir wollten das hier langsam angehen.«

Phoebe jetzt auch noch!

»Ja, und du siehst, dass sie bereits verdrängen will! Oder denkst du, Ed Sheeran wird sie ermuntern, rüberzugehen und sich den heißen Typen zu angeln?«, fragte Sienna.

»Ed ist gar nicht so übel«, antwortete Phoebe leise.

Sienna schnaubte. »Er sieht aus wie ein kleiner Kobold, Phoebs! Und jetzt hören wir auf über ihn zu reden, sonst werde ich noch so depressiv wie seine Lieder.«

»Vielleicht sollten wir sie in Ruhe lassen«, schlug Phoebe vor und ich war von ihrem Vorschlag so begeistert, dass ich nickte.

»Vor fünf Minuten hast du noch gesagt, wir wollen die *Guter Cop, böser Cop*-Nummer abziehen!«

»Na ja, das war vor Ed.«

»Ich kann euch hören, wisst ihr«, mischte ich mich in das Gespräch ein und setzte mich auf. Beide trugen noch ihre Bikinis, wobei Phoebe sich eine Strickjacke übergezogen hatte. Mehr Kontrast ging nicht. »Es ist nur ein Lied, also kommt einfach runter.«

Sienna und auch Phoebe schauten mich an, als hätte ich gerade gesagt, dass ich ans andere Ufer gewechselt wäre.

»Gut, dann spielen wir ihr Spielchen mal mit«, sagte Sienna und verschränkte die Arme vor der Brust.

»Sienna«, seufzte Phoebe warnend.

Sie reagierte nicht auf sie und blickte mich an. »Zach war hier«, begann sie.

Ich nickte.

»Er war hier, Ivy. Um dich zu sehen.«

Ich schnaubte.

»Ein Zach Morris klopft nicht an irgendeine Tür, um eine Studentin zu sehen, weil er mal Lust hat, ein Pläuschchen zu halten, Ivy!«

»Was willst du damit sagen?«

Sie verdrehte die Augen. »Sie klopfen an seiner an! Und meistens macht er auf. Ja, aber darum geht's nicht.«

»Ach ja?«, murmelte ich und verschränkte die Arme schützend vor der Brust. Ich wusste, was jetzt kam. Ich wusste es.

»Zach und du ...«

»Sienna, bitte! Ich will das nicht hören!«, flehte ich sie an und drückte mir ein Kissen aufs Gesicht.

»Irgendetwas hat sich verändert zwischen euch, Ivy. Ich kann es sehen«, sprach Phoebe.

»Sie haben rumgemacht! Wenn das keine Veränderung ist, dann weiß ich auch nicht. Jetzt liegt sie hier herum, obwohl sie längst drüben sein und *auf* ihm liegen sollte«, erklärte Sienna.

»Es ist Zach, verdammt!«, fluchte ich und warf das Kissen in die nächste Ecke.

»Und das ist nur ein unschuldiges Kissen«, erklärte Sienna.

»Wovor hast du eigentlich Angst, Ivy?«

Phoebes vorsichtige Frage ließ mich zu ihr sehen. Sie schien an meiner Antwort ehrlich interessiert.

»Ivy hat keine Angst!« Sienna stand auf und stellte das leere Glas wieder auf den Schreibtisch. »Zach da drüben sollte vor Ivy Angst haben. Immerhin hat sie mehrmals versucht, ihm das Leben hier so unangenehm wie möglich zu machen, aber stattdessen sucht er ihre Nähe. Wenn ich nicht so furchtbar modern wäre, würde ich sagen, dass das ziemlich süß ist.«

»Und weil du modern bist, denkst du was darüber?«, hakte ich belustigt nach.

Sie drehte sich seufzend um. »Ich nehme mir, was ich will. Wäre es Zach, gut, dann würde ich jetzt rübergehen und da weitermachen, wo ich euch offensichtlich vorhin gestört habe.«

»Sienna, es ist nicht so einfach, wie du dir das ...«

»Zach ist nicht Simon, Ivy«, erklärte Sienna mir.

Ich holte tief Luft. Ja, Zach war nicht Simon, aber er besaß das Video, das Simon aufgenommen hatte.

»Ich weiß, was du denkst. Aber was hat er schon mit dem Video groß angestellt?«

»Er hat ...«

»Ja, ich weiß.« Sie winkte ab. »Er hat dich dazu gezwungen, böse, unanständige Dinge zu tun.« Sienna zwinkerte mir zu, ich zeigte ihr den Mittelfinger.

Sie würde nie wieder damit aufhören. Warum zum Teufel musste sie auch dann in meinem Zimmer auftauchen, wenn Zach und ich ...

Großer Gott. Dieser Kuss war einfach ...

»Du bist frustriert. Das wäre ich auch«, sagte Sienna und ging zur Tür.

»Wo willst du hin? Ich dachte wir wollen ihr helfen, sich zu entscheiden«, sprach Phoebe verwirrt.

Als ob die beiden meine Entscheidungen kontrollieren könnten!

»Ihr zwei seid wirklich unglaublich!«

»Wissen wir.« Sienna kicherte und öffnete die Tür. Von unten drang der Lärm der restlichen partywütigen Mädels herauf.

Ich würde zehn Kreuze machen, wenn die beiden endlich weg waren. Damit ich weiterschmollen konnte. *Eine wunderbare Aussicht für heute Abend.*

»Na gut, dann … bis nachher, Ivy.« Phoebe stand auf und verließ das Zimmer. Sienna stand noch immer an der Tür und schien auf etwas zu warten.

»Du weißt doch noch, was wir immer tun sollen, wenn wir frustriert sind, oder?«, fragte sie.

Dann machte sie einen Hüftschwung und zog ihre Arme mit. Es sah mega bescheuert aus und ich lachte.

»Einfach schwimmen, einfach schwimmen, einfach schwimmen, schwimmen, schwimmen …« Sie zwinkerte mir zu und ließ mich dann allein.

Endlich! Und doch war die Ruhe hier drinnen wieder etwas, das mir nicht gefiel.

Was zum Teufel wollte ich eigentlich?

Natürlich könnte ich mir jetzt meinen Kopfhörer schnappen und weiter Ed hören.

Ein paar Sekunden dachte ich darüber nach, nur um Sienna am Ende recht zu geben. Seine Lieder waren depressiv. Und wenn man es selbst nicht war, wurde man es, sobald man sie hörte.

Seufzend fuhr ich mir durch mein Haar, legte mich wieder aufs Bett und starrte an die Decke.

Und was jetzt?

Automatisch dachte ich an Zach.

Zach und seine tiefgrünen Augen, die mich immer so offen und ehrlich angesehen hatten. Und wenn er lächelte, zogen sie sich zusammen und es wirkte fast so, als würde ich mich in ihnen verlieren. Vermutlich könnte ich das auch, wenn ich es zulassen würde.

Könnte ich das?

Würde ich das?

Wollte ich das?

Plötzlich ertönte Darth Vaders Keuchen und ich schloss genervt die Augen. Dad.

Lustlos machte ich mich auf die Suche nach meinem Handy und fand es schließlich unter zwei Kissen. Dann ließ ich es klingeln, bis der Anruf auf meine Mailbox umgeleitet wurde.

Noch nie hatte ich ihn so lange ignoriert. Durch Tante Mary wusste ich, dass er versorgt war. Ich achtete immer darauf, dass zumindest sie mich erreichen konnte. Aber Dad? Es machte mir Angst, mich ihm zu stellen.

Wie bei Zach.

Ich biss mir nervös auf die Unterlippe.

Was, wenn ich zu ihm gehen würde? Es war doch offensichtlich, dass Zach nicht immer dieser eingebildete Idiot war, den ich stets in ihn vermutet hatte.

Einfach schwimmen, Ivy. Einfach schwimmen, schwimmen, schwimmen.

Siennas Mantra kam wirklich an bei mir. Hatte diese *Guter Cop – böser Cop*-Nummer am Ende tatsächlich etwas gebracht?

Eine Minute später hatte ich mir eine Jeans und ein Shirt übergezogen und das Haus durch den Seitenausgang verlassen. Die Sonne war bereits untergegangen, als ich auf dem Bürgersteig stand und wie eine Verrückte zum Haus gegenüber schaute. Ein paar Jungs mähten den Rasen, vermutlich die Frischlinge.

»Einfach schwimmen, Ivy. So schwer kann es doch nicht sein«, redete ich mit mir selbst, bemerkte aber schon beim letzten Satz, wie ›schwer‹ das gerade für mich war. Zach war mir nicht egal und das machte mir eine Heidenangst.

Wieder ertönte Darth Vader in meiner Jeanstasche. Warum hatte ich das Handy nicht zu Hause gelassen?

»Nein, Dad. Das machst du mir jetzt nicht kaputt.«

Die Selbstgespräche wurden langsam unheimlich, deswegen lief ich los.

Mein Magen rumorte immer stärker, je näher ich dem Haus kam. Aber ich ignorierte das. Mein Magen und Zach würden in nächster Zeit keine Freunde werden. Aber wer brauchte schon gut funktionierende innere Organe, wenn man etwas völlig anderes miteinander tun konnte?

»Du driftest ab, Ivy. Konzentriere dich«, murmelte ich mir selbst zu und trat auf die Veranda.

»Was?«

Irgendein Typ stand vor mir, der dabei war, den Verandaboden zu schrubben.

Ich runzelte fragend die Stirn.

»Du hast was zu mir gesagt«, sagte er.

»Ne, habe ich nicht.«

Jetzt runzelte er die Stirn.

»Du hast da eine Stelle vergessen«, lenkte ich ihn ab, er reagierte, sah vor seine Füße und schon ging ich ins Haus.

Es roch wie immer in einer Männerhöhle. Nach Schweiß und zu viel Testosteron.

»Hi, Will«, grüßte ich ihn, als er an mir vorbeilaufen wollte. Er las in einem Buch, sah auf und wirkte ziemlich überrascht, mich zu sehen.

Willkommen im Club.

»Ivy ...« Er blickte nach oben, dann wieder zu mir. »Du willst zu Zach?«

Seine vorsichtige Frage klang merkwürdig, aber ich nickte einfach.

»Ist er da?«

Will brauchte ziemlich lang für seine Antwort. »Ist er.«

»Okay, und wo ist er?«

»Ist grad nach oben gegangen.«

»Okay, sein Zimmer ist welches?«

Wieder wartete Will ziemlich lang mit seiner Antwort.

»Großer Gott, Will! Würdest du mir bitte sagen, wo ich ihn finde? Mir ist schon übel genug! Du willst nicht, dass ich dir auf den Boden kotze, oder?«

»Erste Tür links«, sagte er leise.

»Danke«, antwortete ich erleichtert und nahm die Treppe.

Gut, wie würde ich anfangen?

Hi, Zach. Wie geht's dir? Ach ja, wir haben uns vor einer Stunde gesehen, also, ähm …

Hi Zach, ich wollte mit dir reden. Ach was, ich wollte über dich herfallen und …

Hi Zach, Bock auf Knutschen?

»Das hört sich absolut bescheuert an!«, redete ich fluchend vor mich hin und schon war ich die Stufen zur ersten Etage hochgelaufen.

Mein Blick fiel auf die erste Tür links und ich musste schlucken. Mehrmals schlucken.

»Einfach spontan sein, Ivy. Einfach … schwimmen.«

Früher hatte ich Siennas ständige *Disney*-Marathon-Wochenenden für absoluten Quatsch gehalten, aber dieses Mal half mir Dorie immens mit ihrem Gelaber.

Kaum zu glauben, wie Fische einem durchs Leben halfen!

Ich klopfte und traf kaum das Holz, so nervös war ich. Wenn er mich nicht hörte, dann würde man das hier sicherlich auch ein anderes Mal …

»Ach komm schon, Zach«, drang eine Stimme durch die Tür. Eine weibliche Stimme.

Und weil ich so naiv wie mein Vater war, öffnete ich die Tür.

Nicht abgeschlossen. Natürlich nicht.

Er stand vor dem Bett und küsste Kara. Kara, die nichts als ein Trikot trug. Selbstverständlich trug sie nichts!

Zach beendete den Kuss und bemerkte, dass sie nicht mehr allein waren.

Ich bitte um Verzeihung!

»Ivy?« Er klang verwirrt und überrascht.

Na, da bin ich wenigstens nicht allein!

»Sorry, ich habe mich an der Tür geirrt«, antwortete ich hastig und war dankbar, dass die Treppe hinunter so nah war.

»Warte! Scheiße noch mal, Ivy!«

Die Stufen unter mir verschwammen, aber ich versuchte mich darauf zu konzentrieren. Ich versuchte es wirklich, bis die letzte Stufe kam und ich stolperte.

Auf allen vieren landete ich auf dem Boden. Autsch!

»Ivy, geht es dir gut?«

Will half mir auf. Natürlich hatte er meinen Flug gesehen.

Und dann fiel mir auf, dass er mich ja nach oben geschickt hatte.

»Du!« Ich schubste ihn von mir. »Warum hast du mich nach oben ...«

»Ivy, alles okay? Hast du dir wehgetan?«, fragte Zach besorgt und musterte mich.

Will wirkte schuldbewusst, Zach gaffte mich immer noch an und schien Blut zu suchen oder so etwas.

Ja, und ich würde dich gerne bluten sehen, du verdammter Mistkerl!

»Ich muss los. Termine.«

In weniger als zwei Sekunden befand ich mich draußen und rannte von der Veranda.

»Boss«, murmelte der Frischling, der die Veranda immer noch schrubbte.

»Jetzt nicht!«, fuhr Zach ihn an.

Scheiße. Er folgte mir. Das konnte ich gerade überhaupt nicht gebrauchen!

Ich reagierte nicht auf seine Rufe und blickte einfach auf das gegenüberliegende Haus, das mir Schutz bieten würde. Musik – die Spice Girls – war zu hören, einige Mädels sangen mit.

»Scheiße, bist du schnell! Ivy, warte bitte!«

Ich schnaubte. Als ob er nur nett bitten müsste, damit ich mir seinen Schwachsinn anhörte.

Er holte mich ein und stellte sich mir auf dem Bürgersteig zu meinem Haus in den Weg.

»Es war nicht so, wie es aus...«

»Oh Gott, ehrlich jetzt?« Ich lachte sarkastisch auf. »Das ist dein erster Satz? Und lass mich raten, du denkst wirklich, ich höre mir das an, oder? Dass ich so dumm bin und mir deine Ausreden anhöre? Denkst du das wirklich?«

Zach hob beschwichtigend die Hände. In dem fahlen Licht sah er noch besser aus. Groß, stark und maskulin. Dann blickte ich auf seine Haare. Einige lagen wild durcheinander auf seinem Kopf, als wäre jemand mit den Händen hindurchgefahren. Pah, nicht irgendjemand, sondern Kara!

»Eine Menge Fragen, aber lass mich zu meiner Verteidigung ...«

»Verteidigung? Keine Sorge, Zach, du musst dich nicht verteidigen!«

Ich wollte mich an ihm vorbeidrängeln, aber Zach

war nun mal nervig, also stellte er sich mir wieder in den Weg.

»Hör auf, die Unnahbare zu spielen!«

»Lass mich vorbei!«

»Ivy, ich will mit dir reden ...«

»Falls du es nicht bemerkt hast, ich will das nicht!«

Zach seufzte frustriert auf und blickte in den Himmel. Das nutzte ich, um an ihm vorbeizuhuschen.

»Ivy, sie kam in mein Zimmer. Ich wusste nicht, dass sie es war. Ich dachte ...«

Mitten auf den Stufen der Veranda blieb ich stehen. Dass vor uns ein paar Mädels standen und genüsslich becherten, ignorierte ich.

»Will sollte sie aus dem Zimmer holen. Sie hätte längst nicht mehr da sein sollen!«

Schnaubend drehte ich mich zu ihm um.

»Und?«, fragte ich genervt nach.

»Und was?«, fragte er verwirrt.

»Und wen zum Teufel interessiert es, ob du Kara erwartet hast oder nicht? Ich meine, sie war in deinem Zimmer und du hast sie nicht rausgeschmissen.« Ich suchte das erste Mal provokativ seinen Blick. Er zögerte nicht, mich anzusehen. »Sie. War. Bei. Dir. Zach. Gefühlte Minuten, nachdem wir beide ...«

Nicht mal mehr aussprechen konnte ich es.

Zach wirkte ziemlich müde.

Klar. Habe noch Mitleid mit ihm. Der arme Kerl ist ja sooo müde! Karas Zunge muss wirklich ziemlich krass in seinem Mund gearbeitet haben!

»Oh Mann«, murmelte ich und hielt mir den Bauch. Er begann wieder zu grummeln.

»Ivy, ich …«

»Nein, Zach! Sei einfach still, okay? Es gibt nichts mehr zu sagen!«

Und warum stehe ich dann immer noch hier auf den Stufen? Ich müsste längst drin sein. Weg von ihm! Weg von diesem …

»Das war es jetzt also?«, fragte er wütend. »Du nimmst irgendetwas an, lässt es mich nicht erklären und …« Er zuckte mit der Schulter. »Tun wir dann so, als wäre nie etwas passiert?«

»Es ist nichts passiert, Zach!«, erklärte ich ihm, als würde ich es auch so meinen. Und um zu beweisen, wie gut ich doch lügen konnte, starrte ich ihn dabei herausfordernd an.

Aber leider stand vor mir kein 0815-Student, der sich schnell wieder abwimmeln ließ. Zach wirkte ziemlich angepisst.

»Das kannst du gut, oder? Leute abwimmeln.« Er kam auf mich zu, ohne mich aus den Augen zu lassen. »Männer abwimmeln.«

Männer abwimmeln?

Die Frage las er vermutlich direkt aus meinem Gesicht.

»Dates lenken ab und könnten dir gefährlich werden.«

»Hör auf«, flüsterte ich.

»Simon war es nicht. Deswegen hatte er auch eine Chance bei dir. Zumindest vorübergehend.«

»Zach, ich sagte ...«

Er stand zwei Stufen unter mir. Wir befanden uns jetzt auf Augenhöhe und doch fühlte es sich so an, als würde er mich gerade überragen.

»Zumindest fürs Bett!«

»Hör verdammt noch mal auf!«, brüllte ich völlig außer Kontrolle und schubste ihn. Er machte einen Satz von der Treppe und wirkte nicht groß von meiner Reaktion überrascht.

»Was ist hier los?« Sienna kam aus dem Haus gestürmt. Vermutlich hatten die Mädels hier auf der Veranda nach ihr gerufen. Sie trug jetzt ein Shirt über ihrem Bikini und wankte etwas.

Na toll. Diese verdammten Mojitos!

»Bitte, Sienna ...«, begann ich, wusste aber nicht wirklich, was ich sagen wollte.

»Das ist eine Sache zwischen Ivy und mir, Sienna«, sprach Zach plötzlich so sachlich, als hätte er mich gerade nicht wütend gemacht und ich ihn nicht geschubst.

Lange schaute sie mich an. Ihren Blick erwidern konnte ich allerdings nicht. Es war mir unendlich peinlich und es tat verdammt weh. Ja, es tat weh, dass ich geglaubt hatte, Zach wäre doch völlig anders.

»Ivy ist meine beste Freundin, somit geht mich das hier sehr wohl etwas an. Und soweit ich das sehe, fühlt sie sich jetzt gerade nicht wohl mit dir.«

Vor Erleichterung atmete ich tief aus. Dann stellte Sienna sich neben mich, Phoebe erschien an meiner anderen Seite.

Wie eine Mauer standen sie neben mir. Ich hätte gelächelt, wenn nicht Zach der Grund dafür gewesen wäre.

Zach begegnete meinem Blick, aber ich war die Erste, die nachgab und wegschaute.

»Gut, wie du meinst.«

Vier Worte, die mich hätten erleichtern sollen. Das taten sie aber nicht.

Ruckartig fuhr ich herum und lief hinein. Ich wollte weder mit irgendjemandem reden, noch zusehen, wie Zach wieder in sein Haus verschwand.

»Ivy?«, rief Phoebe noch, aber ich lief einfach nach oben in mein Zimmer.

So dankbar ich ihnen war, so wütend war ich gerade über mich selbst.

Darth Vader ertönte wieder aus meiner Hosentasche, als ich mich auf mein Bett stürzte. Und ich ließ es wieder klingeln.

Kapitel 22

HAST DU FREUNDE, BRAUCHST DU KEINE FEINDE MEHR

ZACH

Ich ignorierte Gus, der seit Stunden die Verandadielen säuberte. Ich ignorierte sogar die Türscharniere, die mit Sicherheit erzitterten, als ich die dazugehörige Tür mit voller Wucht zuschmiss. Wen ich allerdings nicht ignorieren konnte, war Will, der auf der ersten Treppenstufe saß und anscheinend auf mich gewartet hatte.

»Lass es mich ...«, begann er, aber da war ich schon auf ihn losgegangen.

Will wollte noch aufstehen und festen Halt suchen, aber da traf meine Faust schon sein Gesicht. Er stolperte, konnte sich aber noch retten, indem er sich an der Wand abstützte. Ein paar Tropfen Blut trafen den Boden, als er sich aufrichtete. Seine Nase schwoll sofort an.

Ich schüttelte die Hand, damit der Schmerz sich nicht ausdehnte.

»Bist du fertig?«, fragte Will viel zu ruhig.

»Schlag zurück, damit ich dir noch eine verpassen kann!«

Er kannte meine Prinzipien, deswegen tat er auch nichts dergleichen. Verdammtes Arschloch!

Wir waren längst ein Publikumsmagnet geworden, aber sollten sie gaffen. Mir ging das am Arsch vorbei!

»Sie hat dich wohl zum Teufel geschickt, vermute ich mal.«

»Du vermutest?«, fragte ich ungläubig. »Was hast du dir dabei gedacht?«

»Was ich mir dabei gedacht habe? Ich habe Kara nicht rauslaufen sehen, weil du sie weggeschickt hast, Zach! Also erklär mir mal, wieso du jetzt sauer auf mich bist?«

»Weil Kara sich an mich gedrückt hat, als ich ihr sagen wollte, sie solle gehen. Was glaubst du eigentlich? Dass ich dir erzähle, dass ich verrückt nach Ivy bin und mich dann mit Kara vergnüge?«

Seinem Gesichtsausdruck nach dachte er das wirklich. Na großartig!

»Also habt ihr nicht …«

»Herrgott noch mal, Will! Was ist denn los mit dir? Natürlich nicht. Sie wollte mich küssen, ich wollte es nicht und dann hat sie …«

Im Augenwinkel bekam ich eine Bewegung mit. Kara kam die Treppe herunter und lächelte wehmütig.

»Ich geh dann mal lieber«, sagte sie. Mittlerweile trug sie wieder ihre eigenen Klamotten.

Ich nickte, sagte aber nichts weiter dazu.

Jetzt bekam ich auch mit, wie viele Jungs es sich hier im Flur gemütlich gemacht hatten. Drüben im Aufenthaltsraum hatten alle aufgehört zu zocken oder zu trinken. Sie alle starrten uns an.

Als Kara hinausging und die Tür hinter sich schloss, brüllte ich: »Gibt es hier irgendetwas zu glotzen?«

Ohne zu zögern machten alle sich wieder auf den Weg, was auch immer zu tun.

»Echt, Zach, wenn das nächste Mal ein Mädchen in dein Zimmer will, dann ...«, begann Will, aber ich winkte ab und stieg die Treppe hoch.

»Lass stecken, Will.«

»Aber ...«

»Ivy will es gar nicht anders.«

Er würde es nicht verstehen. Ich verstand es ja auch nicht so wirklich, konnte es nur erahnen. Es musste an ihrem Dad liegen. An ihren Familienverhältnissen.

Auch meine Zimmertür musste leiden. Ich schmiss sie wütend zu und sorgte dafür, dass einer meiner Rugbypokale vom Regal flog.

»Scheiße ...«

Ich hob den Pokal auf, nur um kurz draufzustarren und ihn dann mit Karacho gegen die Wand zu werfen.

Was war nur los mit mir?

Ja, Ivy hatte mir ganz klar zu verstehen gegeben, was sie über mich dachte. Das war doch gut. So war diese Sache geklärt. Warum kotzte mich das dann so an?

Weil du gedacht hast, da ist was zwischen euch. Irgendetwas, das etwas bedeuten könnte.

Gequält schloss ich die Augen.

»Komm in die Realität zurück, du Vollidiot«, sagte ich zu mir selbst und sah dann auf mein Handy, das eine neue Nachricht ankündigte. Eine unbekannte Nummer. Schon wieder.

Lust auf Kino? Meld dich.
Angelina

Wer zum Teufel war Angelina?

Das alles wegen Ivy. Natürlich. Sie sorgte für die ständigen Nachrichten, die tausend Anrufe am Tag und die sich verändernden Blicke in letzter Zeit.

So gut wie jede Frau auf dem Campus schien darüber Bescheid zu wissen, dass ich laut Ivy auf »Freundinnensuche« war. Es kamen immer wieder Apple-Pies hier an. Auch wenn Will versuchte, diese direkt vor mir zu verstecken, bekam ich es dennoch mit.

Natürlich hätte ich mir eine neue Nummer besorgen können, aber dann hätte Ivy gewonnen.

Bis vor zehn Minuten war mir das alles egal. Jetzt sah die Sache völlig anders aus.

Ivy war schuld an dieser ganzen Scheiße! Und wer wusste schon, was Kara sich bei dieser Aktion gedacht hatte!

Vermutlich hätte sie sich ohne Ivys Ankündigung am schwarzen Brett und ihre Erzählungen niemals getraut, hier auf mein Zimmer zu kommen. Nur bekleidet mit meinem Trikot! Meinem Trikot!

Ich konnte es gar nicht verhindern, mir Ivy in meinem Trikot vorzustellen.

Scheiße!

Kapitel 23

MÖGE DER SCHWÄCHERE VERLIEREN

IVY

Als ich die Treppe hinunterkam, blickte mich Mitbewohnerin Nummer drei, der ich heute schon begegnet war, länger als üblich an. Wir standen direkt vor dem Esszimmer, in dem Sienna und Phoebe noch saßen.

»Ist irgendetwas?«, fragte ich genervt bei Jules nach.

Mitbewohnerin Nummer drei wollte eigentlich das Zimmer verlassen, aber sie blickte erst zu Sienna, die ihr einen warnenden Blick schenkte, nachdem sie ihre Sonnenbrille kurz heruntergeschoben hatte.

»Nö«, antwortete Jules so unbekümmert wie möglich und verzog sich dann.

Da stand ich nun. Phoebe kratzte ziemlich lang in ihrer Grapefruit herum. Sienna nippte an ihrem fragwürdig aussehenden Katerdrink.

»Na los, sagt es schon.« Seufzend setzte ich mich und wartete, aber die beiden sahen mich nur an. Zumindest konnte ich das bei Phoebe sehen. Sienna würde wohl dank der zig Mojitos gestern den ganzen Tag die Sonnenbrille tragen.

»Also.« Phoebe lehnte sich zurück und schenkte mir den schlimmsten Mitleidsblick, den es auf dieser Welt gab. Jeder kannte diesen Blick. Den *Es tut mir so leid, dass du verarscht wurdest, vielleicht sollten wir zusammen Schnulzen schauen und du heulst dich zwischen verrotzten Taschentüchern und zu viel Chili-Schokolade aus*-Blick. Und dann folgte der nächste Blick à la *Jepp, ich würde dir sogar deine heißgeliebte Chili-Schokolade zugestehen, nur damit du diesen miesen, betrügerischen und arroganten ...*

Ich driftete völlig ab.

»Wie geht es dir?«, fragte Phoebe.

»Bestens«, antwortete ich und griff mir eine Toastscheibe.

Sienna schnaubte. »Du hast zwanzig Sekunden für diese ausführliche Antwort gebraucht. Bewundernswert.«

»Mädels, ihr kennt mich doch.« Ich griff mir eine Scheibe Käse, ein paar Gurken und die Erdnussbutter. »Zach macht mich sauer und dann ist es auch schon wieder gut. Ich meine, es ist jetzt nicht so, dass er mir den Schlaf rauben würde oder so.«

»Oder so«, wiederholte Sienna und schien darüber kurz nachzudenken. Dann blickte sie zu Phoebe, die nur mit den Schultern zuckte.

Am liebsten hätte ich jetzt gegähnt, aber das wäre definitiv zu auffällig gewesen.

»Du weißt, dass du mit uns reden kannst, wenn du das willst«, schlug Phoebe vor.

Ich schnaubte. »Mir geht es ...«

»Bestens, das sagtest du schon.« Sienna seufzte und nahm einen großzügigen Schluck ihres selbstgemixten Katerdrinks. Dann stand sie auf und schob den Stuhl zurecht. »Wenn du reden willst oder kotzen musst, sag Bescheid.«

Sienna ließ uns zurück. Fragend sah ich ihr nach.

»Was meint sie denn ...«

Phoebe zeigte auf meinen Teller, der vollgestopft mit sehr merkwürdigen Dingen war. Auf der Scheibe Toast befanden sich Butter, Käse, Erdnussbutter, Oliven, Gurken und Marmelade. Wann hatte ich denn die Marmelade genommen?

***

Eine halbe Stunde später waren wir auf dem Weg zu unseren Vorlesungen. Es fehlte noch eine Querstraße, als ich in den Himmel blickte. Es war ein sonniger Tag. Ein fast zu schöner Tag ...

Und dann brummte mein Handy und das Martyrium begann.

Ich hoffte noch darauf, dass Dad irgendeine weitere Nachricht geschickt hatte, aber wie war das? Es war ein fast zu schöner Tag?

Kümmere dich um Ashley Woody und Sam Jiggins.

Wie erstarrt blieb ich stehen.

»Was ist los?«, fragte Phoebe und las die Nachricht mit. Sienna blieb auch kurz stehen, dann lief sie weiter, als hätte dieser miese Drecksack sich nicht wirklich getraut, was er sich nun mal getraut hatte ...

Ich sollte weiter seinen Lakaien spielen.

»Das kann er doch nicht machen, dieser ...«, begann ich langsam hochzufahren, aber Sienna kam mir zuvor.

»Das war vorauszusehen. Und? Was wirst du jetzt machen?«

»Was soll ich denn deiner Meinung nach machen? Er hat immer noch mein Video!«

»Tja, dann musst du wohl weiter seine Alibi-Prinzessin spielen. Was für ein Jammer.« Sienna machte sich nicht mal die Mühe, wenigstens ein bisschen Überzeugung in ihre Stimme zu legen. Sie lief einfach weiter mit ihrer bescheuerten Sonnenbrille und genoss ... keine Ahnung, vermutlich ihr Dasein oder so etwas.

»Was ist nur los mit ihr? Erst schmeißt sie mich Zach regelrecht vor die Füße, damit ich das Video nicht bekomme, und jetzt reagiert sie, als sollte ich dankbar sein, dass Zach mich erpresst.«

»Du kennst doch Sienna«, antwortete Phoebe. »Es ist Sienna.«

Ja, danke. Das erklärte alles.

»Was willst du jetzt machen?«

»Ich kann nichts machen. Er will Alibis, und die bekommt er auch.«

»Ich verstehe ihn nicht. Warum zum Teufel muss

er seine Exen alle auf dich loslassen?«, fragte Phoebe kopfschüttelnd.

»Danke, wenigstens Eine, die ...«

»Sam ist seine Ex, Ashley vermutlich nur eine, die ihn nervt«, stellte Sienna fest.

»Woher willst du das wissen?«, fragte Phoebe neugierig nach.

»Sam ist ihr Spitzname. Und ein Typ wie Zach würde nicht ...«

»Ja, schon verstanden«, fuhr ich ihr genervt dazwischen.

Sienna zuckte mit der Schulter, um so ihr *Mitgefühl* auszudrücken.

Aber das brauchte sie gar nicht.

»Oho. Was hast du vor?«, fragte Phoebe, die meinen entschlossenen Gesichtsausdruck sofort richtig einschätzte.

***

Phoebe und ich saßen in der Mensa und genossen unser Mittagessen. *Ich* genoss es. Phoebe biss einmal in ihr Sandwich und beobachtete mich dann.

»Dir schmecken die Fritten, oder?«

»Die sind der Hammer!« Grinsend stopfte ich mich weiter damit voll.

Sie schüttelte den Kopf, weil ich so mega fett dabei grinste, bis mir sogar eine Fritte aus dem Mund fiel.

»Du bist vollkommen bescheuert. Und ich wette, Zach wird sich das nicht gefallen lassen.«

»Was?«, fragte ich belustigt nach. »Dass ich absolut zuverlässige Alibis für ihn finde?«

»Du nennst sie zuverlässig, ich total eklig.«

Ich grinste weiter wie verrückt, während ich an Ashleys und Sams Gesichter zurückdachte.

»*Er hat mega große Probleme zu sitzen. Das wird Wochen dauern. Furunkel sind halt wirklich hartnäckig.*« Ashley wirkte sichtlich angewidert.

»*Herpes ... Hoch ansteckend. Nichts für Beziehungen. Ich sollte es dir eigentlich nicht sagen, aber du wirkst hin und weg und Zach ... na ja, er traut sich nicht wirklich, darüber zu reden. Was ich verstehen kann.*« Sam floh praktisch vor mir.

Mission erledigt.

»Hast du nicht erwähnt, dass Geschlechtskrankheiten tabu wären?«, fragte Phoebe neugierig nach.

»Jepp, aber ich bin doch nicht schuld, wenn sie nicht an das unproblematische Lippenherpes denkt, wenn ich ihr davon erzähle.«

Phoebe schüttelte lächelnd den Kopf. »Du bist verrückt. Aber auch verdammt clever.«

Ich schickte ihr dankend einen Luftkuss.

»Oh großer Gott, habt ihr es schon gehört?« Porter setzte sich zu uns und klaute mir direkt eine Fritte. *Nicht cool.*

»Was?«, fragte Phoebe nach.

»Ich sage nur Zach Morris und Herpes.« Porter wirkte mega belustigt, aber Phoebe nicht. Sie schaute mich nur mahnend an.

»Mmh. Ehrlich? Krass«, sagte ich und versuchte nicht zu schadenfroh zu sein. Echt nicht.

Porter musterte mich lang. »Was weißt du?«

»Nichts. Oder, Phoebs?«

Phoebe schüttelte gefühlt minutenlang den Kopf. »Nichts.«

Ich schenkte ihr den *Besser kannst du nicht lügen?*-Blick, aber sie zuckte nur entschuldigend mit der Schulter.

»Er hat dir die Gerüchte zu verdanken, oder?« Porter kratzte sich an seinem Dreitagebart. Er war auf eine süße Art attraktiv, aber nicht mein Typ. Zu blond. Zu viel Porter.

»Ich weiß nicht, was du meinst«, antwortete ich und trank einen langen Schluck Wasser. Einen sehr langen.

Kapitel 24

ÄRGER IM VERZUG

ZACH

Krachend flog die Tür an die Wand, ich stürmte ins Gebäude und drängte mich durch die Menge.

»Ähm, Zach?«

»Jetzt nicht, Will!«

Mein bester Freund folgte mir. »Ich glaube, das willst du aber hören. Ich …«

Stumm hielt ich ihm die Tube Salbe hin.

»Shit, also hast du es schon gehört.«

»Jepp, ich habe jetzt dreimal Herpessalbe zugesteckt bekommen.«

Vor Wut biss ich mir auf die Innenseite meiner Wange und öffnete die Tür zur Mensa. Drei ihrer Mitbewohnerinnen hatten mir erzählt, dass Ivy meistens zu dieser Zeit Pause in der Mensa machte.

»Und was hast du jetzt vor?«, fragte Will und griff sich die Tür.

»Was glaubst du wohl?« Ich hörte nur ein »Oh, Shit«, bevor ich mich in der Mensa umschaute.

Rechts von mir war sie nicht zu sehen.

»Vielleicht ist sie ja nicht hier und …«

»Versuch einfach, den verlogensten Gestank in diesem Raum auszumachen«, unterbrach ich ihn und scannte weiter die Mensa. »Und schon …« Sie saß links von uns mit Phoebe und einem Typen zusammen. »… hast du sie gefunden!«

»Wer ist der Kerl?«, fragte Will überrascht.

Ivy lachte über irgendetwas, das der Blonde von sich gab. Und was tat der Typ? Er starrte sie an.

»Er steht auf sie«, stellte selbst Will fest. Aber Ivy checkte das nicht, Sienna hatte so etwas schon erwähnt.

»Porter«, antwortete ich, ohne sie aus den Augen zu lassen.

Sienna berührte ihn an der Schulter und sagte irgendetwas zu ihm, das ihn auflachen ließ. Phoebe begann plötzlich auch mitzulachen.

»Warum lacht Phoebs denn jetzt?«, fragte Will genervt nach.

Seit wann nannte er sie Phoebs?

»Worüber lacht sie?«, fragte er mich jetzt aufgebrachter.

»Sehe ich so aus, als könnte ich Lippenlesen?«

»Ne, bei Herpes bestimmt nicht. Los, geh rüber.«

»Sag mal, willst du mir vielleicht irgendetwas im Bezug auf Phoebe sagen?«

Will räusperte sich und schien sich plötzlich ziemlich intensiv mit der Essenausgabe auf der anderen Seite zu beschäftigen.

Ich hätte Will ja weiter ausgefragt, aber da tat sich etwas bei Ivys Tisch. Oder eher jemand: Simon stand plötzlich neben ihr und stützte sich auf den Tisch, um sich ihr drohend zu nähern. Diesmal zögerte ich nicht, zu ihr zu gehen.

Dieser Porter war zwar bereits aufgestanden, aber er war nicht mal größer als Simon. Wenn es aufs Ganze ginge, wäre Porter ihm mit Sicherheit unterlegen.

»Was glaubst du eigentlich, wer du bist?«, hörte ich Simon zu Ivy sagen.

»Nett, Simon. Wirklich nett«, sagte Ivy und verschränkte die Arme vor der Brust. Heute trug sie die Haare zu einem Zopf. *Nicht, dass mich diese Information irgendwie weiterbringt.*

»Hör auf mit dem Sarkasmus, Ivy!« Er schlug tatsächlich einmal mit der Hand auf den Tisch und sie zuckte erschrocken zusammen.

»Spinnst du?« Porter drängte sich sofort zwischen den Tisch und ihn.

Und Ivy checkte es immer noch nicht? Der Typ war rettungslos in sie verknallt.

»Ach, jetzt haste dir sogar noch einen kleinen Beschützer angelacht. Wie witzig!«

»Simon!«, brüllte ich so laut, dass nicht nur er es mitbekam, sondern die halbe Mensa.

Er wirkte überrascht, mich zu sehen.

»Zach?«

Ich ignorierte Ivys Blick und konzentrierte mich ganz auf das aktuelle Problem. Simon.

»Was hast du hier zu suchen?«, fragte ich drauflos.

Simon fuhr sich durch sein Haar. Er wirkte müde und ungepflegt, aber das passierte nun mal mit Frischlingen, die aus der Verbindung verstoßen wurden. Sie wurden von jedem vehement gemieden. Wir hielten zwar den Grund für seinen Rauswurf geheim, aber das zählte auch nicht. Die Collegeregeln waren da gnadenlos.

»Ich wollte nur ...« Simon haderte mit sich, aber dann siegte wohl die Wut. »Sie ist schuld an meiner Lage und das wissen wir beide! Sie ist sogar bei mir eingebro...«

Mit vier Schritten stand ich direkt vor ihm. »Wenn du ganz genau nachdenkst, wissen wir alle hier, wer sich in diese Lage gebracht hat. Du allein, Simon«, sprach ich mit so ruhiger Stimme, dass die unterdrückte Wut trotzdem hörbar war.

Seine Nasenlöcher blähten sich vor Zorn auf. Mich interessierte das nicht die Bohne.

»Du lässt sie in Ruhe. Tust du das nicht, wird dir Schlimmeres widerfahren als die bloße Ausgrenzung. Verstanden?«

Er brauchte eine ganze Weile, bis er nickte. Simon warf noch kurz einen hasserfüllten Blick zu Ivy, dann verschwand er.

Mein erster Blick fiel auf Porter, der immer noch stand und mich voller Wut musterte. »Was sollte das? Warum hilfst du ihr?«, fragte er.

Na, der war wirklich mutig und dumm.

»Dummheit? Haben wir beide anscheinend eine

Menge von gepachtet«, antwortete ich genervt und blickte dann zu Ivy.

Unser erster Blickkontakt, seitdem sie mich vor ihrem Haus hatte auflaufen lassen. Es waren nicht mal ganz zwölf Stunden seitdem vergangen. Dennoch fühlte es sich wie eine Ewigkeit an.

»Danke, Zach«, bedankte Phoebe sich. Sie war aufgestanden und lächelte mich sanft an. Dann blickte sie zu Will und ihr Lächeln war dahin. »William.«

Mein Blick wanderte sofort zu Will, der sich seufzend durchs Haar fuhr. »William?«

»Frag einfach nicht. Frag nicht.«

Ich würde fragen. Er wusste es, ich wusste es. Aber nicht jetzt.

Mein Blick flog wieder zu Ivy. Sie saß noch an Ort und Stelle und schaute zu mir auf.

Der Trubel in der Mensa begann weiterzulaufen. Während des Dramas mit Simon hatten sie uns alle neugierig angeschaut, jetzt waren nur noch Ivy und ich hier. So fühlte es sich zumindest an.

Wenn wir uns nicht ausgerechnet mit hundert anderen Studenten den Raum teilen müssten, hätte ich ihr gerne noch einmal erklärt, wie das mit Kara gewesen war. Schon komisch. Vor fünf Minuten wollte ich ihr diese verdammte Herpessalbe vor die Füße werfen, die ich immer noch in der Hand hielt. Doch jetzt wollte ich etwas ganz anderes mit ihr machen …

Sienna brach den Moment, indem sie sich mit voll beladenem Tablett neben Ivy setzte.

»Wo warst du?«, fragte Ivy sie.

Sienna deutete auf ihr Tablett.

»Essen holen? Während Simon hier versucht ...«

»Ihr hattet doch alles unter Kontrolle, oder?«, fragte Sienna seelenruhig und biss in ihr Sandwich. Dabei zwinkerte sie mir zu.

Plötzlich schien sich ein Frosch in meinem Hals zu bilden. Ich räusperte mich und warf Ivy die Salbe zu. Reflexartig bekam sie diese gerade noch gefangen.

»Ich hab einen gut bei dir«, waren meine Worte dazu, dann zog ich weiter.

Eigentlich hatte ich geglaubt, sie mit dieser Alibi-Geschichte so lang nerven zu können, bis sie endlich zugab, wie bescheuert sie sich verhalten hatte, mir gestern Abend nicht einfach zugehört zu haben.

Aber natürlich funktionierte das nicht! Sie drehte mir Herpes an und jetzt war ich derjenige, der wieder den Kürzeren gezogen hatte.

Kapitel 25

DARF ICH BITTEN?

IVY

»Nein!«

»Und was ist, wenn wir wieder als *Kitty Kat* gehen?«, schlug Sienna gerade Phoebe vor.

Phoebe wirkte irritiert, ich entsetzt.

»Nein!«, rief ich noch einmal aus.

Wir saßen alle zusammen im Wohnzimmer und schauten uns irgendeinen Massakerfilm an. Laut Sienna war es zwar ein ›Highlight, das wir unbedingt sehen mussten‹, aber für Phoebe und mich war es einfach ein Massaker.

»Vielleicht finden wir etwas, was auch Ivy tragen möchte«, schlug Phoebe vorsichtig vor.

»Ja, klar. Ist ja nicht so, als hätte ich nicht schon zig Vorschläge gemacht«, sagte Sienna, schob sich einen Löffel Eisschokolade in den Mund und blickte konzentriert zum Fernseher.

Im Film wurde gerade jemand in zwei Teile gesägt. Wieder einmal. Phoebe starrte lieber auf ihr Handy, ich blickte schnell an die Decke.

»Entweder *Kitty Kat* oder *Playmate*. Was zum Teufel sollen das für Vorschläge sein?«, fragte ich.

»Heiße Vorschläge«, antwortete sie und schenkte mir ein breites Grinsen. Augenverdrehend griff ich mir die Schüssel Popcorn.

Jules kam ins Zimmer und setzte sich in den letzten freien Sessel. »Schon wieder Massaker?«, jammerte sie.

»Massaker? Das ist ein preisgekrönter Horrorthriller«, informierte Sienna sie.

»Der Film ist so was von durchschaubar. Sieh dir die Tussi an. Sie hat ihre Nippel gezeigt«, erklärte Jules sachlich.

»Und?«, fragte ich neugierig nach.

»Jede Tussi, die mehr als fünfzig Prozent ihres nackten Körpers zeigt, wird getötet. Das macht einen plotlosen Horrorfilm aus.«

Wir alle starrten gebannt auf den Fernseher, und schwupps war die Tussi mit einer Kettensäge zerstückelt worden.

»Reiner Zufall«, behauptete Sienna.

Phoebe, Jules und ich schmunzelten. Zufälle gab es nicht in Horrorfilmen.

»Apropos Zufälle«, begann Sienna und sofort setzte mein Magengrummeln wieder ein.

»Ich muss mal pinkeln«, sagte ich schnell und stand auf.

Zwei Meter hätte es noch gebraucht, dann wäre ich raus gewesen, aber ich kannte Sienna ja.

»Das ist ja schade. Immerhin sind die Kappa Alphas dieses Jahr mit ihrer Halloweenparty dran.«

Panisch drehte ich mich zu ihr um. »Das sind sie nicht!«

Sienna schenkte mir ihren *Süße, so wenig es mir leidtut, aber sie sind es auf jeden Fall*-Blick.

»Was läuft da eigentlich zwischen Zach und dir?«, fragte Jules neugierig nach.

Ich verdrehte die Augen.

»Ja, was läuft da eigentlich?«, wiederholte Sienna gespielt unwissend und nippte belustigt an ihrer Coke.

»Gar nichts. Es läuft absolut nichts zwischen Zach und mir.«

Alle drei Mädels starrten mich reglos an.

»Nichts läuft zwischen uns. Kein Funken, kein gar nichts.«

Eine ganze Weile sagte niemand etwas, bis Sienna selbstverständlich die Stille brach.

»Und jetzt sag es uns noch mal, aber bitte mit einer besseren schauspielerischen Leistung.«

Wieder blickten sie mich herausfordernd an. Und ich gab mich geschlagen.

»Ich muss pinkeln«, redete ich mich heraus und ging aus dem Wohnzimmer.

»Das war nicht besser!«, rief Sienna mir noch hinterher.

***

Es gab Momente in meinem Leben, da wusste ich nicht weiter. Ich zweifelte vieles an, kam kaum aus meinem Zimmer und hoffte nur noch auf das Beste.

Und es gab Momente wie heute Abend. Da konnte ich mich weder in mein Zimmer verkriechen, noch all diese Dinge anzweifeln.

Warum? Tja, weil Sienna sich tatsächlich meinen Zimmerschlüssel angeeignet hatte und mir damit drohte, den so oft nachmachen zu lassen, dass ich gar nicht mehr mitbekäme, mit wem sie es in meinem Bett treiben würde.

Warum ich das ernst nahm? Es war Sienna, zum Teufel!

»Passt es?«, rief Sienna mir vom Flur aus zu.

Ich stand vor meinem Spiegel und betrachtete mich.

»Wenn du mit *passend* meinst, dass ich kaum Luft bekomme, es überall zwickt und zu eng sitzt, dann ...«

»Perfekt«, rief sie so laut, dass es sicherlich alle im Haus mitbekamen.

Ich stand tatsächlich in einem Kleid aus dem 18. Jahrhundert hier herum. Der cremefarbene Stoff fühlte sich nicht unangenehm an und die vielen Rüschen und Schleifen waren auch nicht so hässlich, wie ich zu Anfang gedacht hatte. Aber da ich generell einfach keine Lust auf Halloween hatte, war ich auch einfach nicht froh über dieses Kostüm.

»Es ist verdammt schwer«, beschwerte ich mich weiter.

»Wer hübsch sein will, muss leiden. Noch nie davon gehört?«, fragte Sienna und kam ins Zimmer gelaufen.

Ich erstarrte. »Das ist kein Outfit des 18. Jahrhunderts!«, warf ich ihr vor.

Sienna trug ein sehr, sehr kurzes Dienstmädchen-kostüm.

»Gab es damals kein Personal?« Sie zwinkerte mir zu. »Du siehst gut aus.«

»Ist das ein aufgemalter Kussabdruck auf deinem Oberschenkel?«, fragte ich weiter.

»Cool, oder? Gibt dem Kostüm noch das gewisse Etwas.«

Sie schien begeistert, ich weniger. Phoebe schien meine Meinung zu teilen, denn als sie ins Zimmer kam, sah sie Sienna säuerlich an.

»Was hast du da an?«, fragte sie.

»Wow, Phoebs. Du ... hot!«

Auch wenn wir beide gerade Sienna am liebsten geköpft hätten, musste ich ihr recht geben.

Phoebe trug ein ausladendes, sandfarbenes Kleid, das ihr perfekt stand, und hatte ihre Haare hochge-steckt. Ich hatte meine einfach durch den Lockenstab gefegt und fertig. Was sollte ich mich noch aufbrezeln, wenn ich genau wusste, wohin uns der Abend führte?

Jedes Jahr war eines der Verbindungshäuser für den Grusel verantwortlich, dieses Mal waren es die Kap-pa-Jungs.

»Müssen wir da wirklich hin?«, fragte Phoebe nach. Sie war genauso wenig erpicht darauf wie ich.

»Wir müssen uns blicken lassen. Es sei denn, wir wollen weiterhin die Gerüchteküche brodeln lassen. Warum reden Zach und Ivy nicht mehr miteinander?«

»Wir reden miteinander!«, entgegnete ich, obwohl

das nicht stimmte. Seit der Mensageschichte hatten wir kein einziges Wort mehr miteinander gesprochen. Nicht mal mehr Nachrichten kamen von ihm. Er wollte keine Alibis mehr von mir.

Sienna sah mich mit hochgezogener Augenbraue an. »Es gibt ja nicht nur diese Gerüchte. Es heißt auch, dass ihr es miteinander getrieben habt, du abserviert wurdest und er dich absolut nicht mehr leiden kann.«

»Moment, ernsthaft?«, fragte ich verdattert.

Sienna zuckte mit der Schulter. »Jedenfalls kommt es besser an, wenn wir alle so tun, als wäre nichts. Kommt, wir wollen los.«

Leicht wankend folgte ich ihr. Phoebe war dicht hinter mir, hatte anfangs aber auch Probleme mit diesem schweren Kleid. Sienna stolzierte die Treppe hinunter, als wären die Stufen nur für sie gebaut worden.

»Damit eines klar ist: Zach hätte mir hinterhergeheult, weil *ich* mich von ihm getrennt hätte!«, klärte ich sie mal über das Offensichtliche auf.

»Natürlich.«

»Und selbstverständlich bin ich so cool und gehe da rüber, als wäre nie etwas passiert. Immerhin kann *ich* ihn nicht leiden!«

»Aber klar doch. Hey, Jules.«

Wir waren alle im Erdgeschoss angekommen und Sienna begrüßte eine komplett blau gefärbte Frau.

»Jules?«, fragte ich überrascht nach. Sie grinste. Ihre weißen Zähne waren ein krasser Kontrast zu diesem Ganzkörperblau.

»Klasse Kostüm«, sagte Phoebe begeistert.

»Was soll ich sagen? Ich liebe *Avatar*. Ihr seht aber auch toll aus. Wie könnt ihr in diesen Kleidern laufen?«

»Keine Ahnung«, gaben Phoebe und ich synchron von uns.

Gemeinsam machten wir uns auf den langen Weg über die Straße. Phoebe und Sienna waren vertieft in ein Gespräch, als Jules sich zu mir gesellte.

»Ist das auch kein Problem für dich?«, fragte sie.

»Das Kleid?« Ich schnaubte. »Werde es schon überleben.« *Oder langsam ersticken.* Dieses Korsett machte mich fertig.

»Ich meine das mit Zach. Jeder fragt sich, ob du klarkommst, da ihr ja Nachbarn seid und so.«

Ich war sprachlos. Dachte hier wirklich jeder, dass ich von Zach abserviert worden war?

»Kommt ihr jetzt mal?«, rief Sienna uns genervt zu. Sie stand bereits vor der Tür der Kappa-Jungs.

Überall war es geschmückt. Spinnennetze, irgendwelche Zombies, die herumliefen und erschrecken sollten, und dazu ertönte diese verdammt gruselige Filmmusik von Halloween.

»Wenn du reden willst, ich bin da«, redete mir der Na'vi gut zu.

Ich biss die Zähne aufeinander. *Jetzt bloß nicht durchdrehen. An Halloween tun das die meisten!*

»Passwort?«, fragte Dracula uns, der an der Tür stand und aufpasste, dass die Leute kontrolliert ins Haus gingen.

»Wie wäre es mit *Leck mich am Arsch und beweg dich zur Seite*?« Siennas zuckersüßer Tonfall war eine Drohung, aber der Frischling raffte es nicht.

»Ohne Passwort kann ich euch nicht reinlassen«, sagte Dracula und entblößte spitze Zähne.

»Bobby, komm. Lass sie vorbei«, rief Will, der zu uns gelaufen kam. Er trug einen Anzug und eine schwarze Sonnenbrille.

»Aber ohne Passwort kann ich …«

»Das war ein Witz. Und du hast ihn immer noch nicht verstanden. Wie viele seid ihr?«, fragte Will, musterte uns und erstarrte, als er erkannte, wer hineingehen wollte.

Sein Blick schoss erst zu Sienna, dann zu mir, um endgültig bei Phoebe zu verweilen. Und mit Verweilen meinte ich dieses ›Ich kann nicht wegsehen, weil sie so heiß ist‹. Comprende?

Und was tat Phoebe? Sie sah demonstrativ woanders hin.

Interessant.

»Wir sind zu viert«, verkündete Jules und beendete auch Wills Starren. Er bemerkte wohl, wie bekloppt es aussah, wenn Mr. Men in Black eine Lady aus dem 18. Jahrhundert anstarrte. Wobei … es war Halloween. Mich wunderte nichts mehr.

Nacheinander gingen wir durch die Tür. Bevor ich aber hineinlief, hielt Will mich auf. Er hatte die Sonnenbrille hochgeschoben.

»Hör mal, ich wollte mich entschuldigen wegen Kara und der ganzen Sache.«

Ich runzelte die Stirn. »Was?«

»Dass ich dich nach oben geschickt habe, obwohl ich wusste, dass er nicht allein war.«

Demonstrativ verschränkte ich die Arme vor der Brust. Die Bewegung war nicht einfach, aber kein Grund, ihn nicht einzuschüchtern. Das gelang mir ziemlich gut. Will fühlte sich sowieso nicht gerade wohl.

»Und warum hast du das getan?«

»Weil ich angenommen habe ... Also, ich dachte, ich würde ihm einen Gefallen tun. Ich habe mich geirrt. Das ist mir jetzt auch klar. Er mag dich, weißt du.«

Eigentlich hatte ich vor, Will stehen zu lassen und mich nicht mehr von ihm volllabern zu lassen. Aber seine letzten Worte ließen mich regelrecht zusammenzucken.

»Das tut er wirklich«, redete Will eindringlicher, als ob er mich überzeugen müsste. Was stimmte. Ich glaubte ihm kein einziges Wort.

»Ich muss rein.«

»Klar.«

Will wirkte weiterhin, als würde ihn etwas stören.

»Du solltest mal mit Phoebs reden, Will.«

Stirnrunzelnd sah er mich an. »Was weißt du?«

»Ich weiß leider überhaupt nichts. Aber jeder sieht, dass es etwas zwischen euch gibt. Was? Keine Ahnung, aber wenn man nicht miteinander redet, kann man es auch nicht aus der Welt schaffen.«

Er schnaubte. »Ich habe es versucht. Ehrlich. Aber ...

Was rede ich eigentlich ausgerechnet mit dir darüber? Zach und du scharwenzelt die ganze Zeit umeinander herum und jetzt willst du mir Tipps geben, wie Phoebs und ich ... Egal. Viel Spaß da drinnen.«

Damit war das Gespräch beendet und er floh regelrecht vor mir.

»Meine Güte, Ivy! Kommst du jetzt?«, rief Sienna genervt aus dem Haus.

Sie alle standen noch an der Treppe und warteten auf mich. Phoebe blickte mich zornig an.

»Vorsicht, Phoebs, ich könnte bei diesem netten Blick noch tot umfallen, wenn du es dir fest wünschst.«

Sie zuckte regelrecht zusammen. »Sorry, ich ...«

Ich winkte ab. Wenn jemand verstand, wie man sich wegen eines Typen fühlen konnte, dann ich.

Das Haus war komplett in Dunkelheit gehüllt, hier und da schrie irgendwer.

Als Erstes liefen wir durch den Aufenthaltsraum.

»Ich kann nichts sehen«, flüsterte Jules uns zu. Phoebe hatte sich hinter mich gestellt und hielt sich an meiner Taille fest. Sienna lief mit Jules voraus.

»Das ist der Sinn daran«, antwortete Sienna.

Plötzlich leuchtete eine Lampe direkt am Sofa auf und aus der Couch ragte urplötzlich ein Zombie, beziehungsweise der geschminkte Körper von Gus, einem Frischling. Und obwohl wir ihn sofort erkannten, schrien wir wie verrückt.

»Heilige Mutter Gottes«, murmelte Phoebe hinter mir.

»Gus, du Penner. Der war gut!«, lobte Sienna ihn.

Gus, der Teilzeit-Zombie für heute, grinste frech. »Danke, Süße. Wenn du willst, kannst du es dir direkt bei mir gemütlich machen.«

Ich verdrehte die Augen.

»Gus!«

Zachs Stimme kam so überraschend, dass wir wieder alle aufschrien.

Er stand auf der anderen Seite des Raumes neben der Treppe zur ersten Etage. Es war nicht zu erkennen, was er trug, so finster war es hier.

»Zach, du Arsch!«, fluchte Jules.

»Sorry, aber Gus weiß, dass die Gäste heute weder angesprochen noch angebaggert werden sollen.«

»Tschuldige, Boss«, flüsterte Gus und verschwand wieder ins Innere der Couch. Die Lampe erlosch und wir standen wieder in vollkommener Dunkelheit.

»Zach?«, fragte Jules nach, aber er reagierte nicht.

»Er ist weg. Komm, lauf weiter«, befahl Sienna und wir machten uns langsam weiter auf den Weg.

»Kann mal jemand diese blöde Musik ausstellen?«, fauchte Phoebe genervt.

»Was meinst du?«, fragte Sienna gespielt fröhlich. »Du kennst doch die Halloweenfilme.« Dann begann sie mitzusummen.

»Sienna!«, fuhr ich sie irgendwann an, weil sie aufhören sollte.

Sie lachte lauthals, dann liefen wir langsam die Treppe hoch.

Auf einmal begann die Treppe zu leuchten. Die Jungs hatten um das Geländer und an den Stufen Leuchtröhren verbaut, die immer wieder in Rot- und Blautönen flackerten.

»Habt ihr das gesehen?«, fragte Jules panisch.

»Was?«, fragte Phoebe hinter mir nervös nach.

»Nichts. Ich dachte … Nichts, da ist nichts.«

»Bevor du uns mitteilst, dass du *nichts* gesehen hast, erzähl es uns einfach nicht!«, meckerte ich sie an. Mein Herz schlug wie bekloppt in meiner Brust.

Anmerkung: Meine Brust schmerzte schon allein wegen des Korsetts, jetzt wegen der Panik keine Luft zu bekommen, war … beschissen. Ein beschissenes Gefühl. Ja, das war es!

»Ivy?« Phoebes unsichere Stimme hinter mir verunsicherte mich noch mehr, dennoch griff ich nach ihrer Hand.

»Komm, es ist nur ein Haus mit dämlichen Kappa-Jungs. Vergiss das nicht, Phoebs.«

Wir hatten die Treppe alle erklommen, als das Licht wieder ausging und ein anderes in einem der Zimmer eingeschaltet wurde.

»Oho«, murmelte Jules.

»Was?«, fragte ich genervt.

»Nichts.«

Sie blieb vor dem Zimmer stehen. So langsam entwickelte ich eine Abneigung gegen blaue Aliens.

Demonstrativ lief ich mit Phoebe nach vorne, öffnete die angelehnte Tür und blickte auf einen Typen, der auf dem Bett saß und Zeitung las.

»Das ist gruselig«, murmelte mir Phoebe zu.

Ich runzelte die Stirn. Sienna und Jules stellten sich neben uns und wir blickten angespannt auf die Szene, bis Sienna die Stille irgendwann brach.

»Ich glaube, das wird so ein Masturbations-Ding. Dabei will ich sicher nicht zu...«

Urplötzlich stach eine Klinge durch seinen Oberkörper und die Zeitung. Blut spritzte. Er schrie, wir schrien.

»Nein, das ist gruselig!«, rief ich Phoebe zu und wir rannten aus dem Zimmer.

Mein Herz schlug panisch, als ich mich an irgendeine Wand drückte. Scheißegal, wo ich mich gerade befand, aber ich brauchte Sicherheit. Man konnte über die Kappa-Jungs ja einiges sagen, aber das hier bekamen sie authentisch hin. Auch wenn ich hier oben eh nichts gesehen hätte, ließ ich meine Augen für einen Moment geschlossen. Ich atmete mehrmals tief ein und aus, bis ich bemerkte, wie die anderen bereits weiter durch den Flur schlichen.

Großartig.

Ich benötigte ein paar Schritte, bis ich Phoebes Kleidersaum mit den Füßen spürte. Sie schrie erschrocken auf, dann folgten Siennas und Jules' Schreie.

»Ich bin es nur!«

»Ivy!«, fuhr selbst Sienna mich wütend an.

Na, wer bekam da denn kalte Füße?

»Sorry.«

Sie öffneten eine neue Tür, in der auch nur eine

kleine Lampe eingeschaltet war. Es war das Badezimmer. Ich hielt mich im Hintergrund und beobachtete, wie Sienna den Vorhang der Duschwanne zur Seite schob.

Darin befand sich eine Menge Kunstblut. Sonst nichts. Der Hahn tropfte noch.

»Oh Gott. So viel Blut«, murmelte Phoebe erschrocken.

»Das ist doch kein echtes Blut«, erklärte Sienna. »Wie enttäuschend, ich dachte …«

Plötzlich schoss ein Kopf samt Oberkörper aus dem Wasser. Sienna flog praktisch auf die andere Seite des Zimmers, Phoebe und Jules krallten sich aneinander.

Ich aber zuckte zusammen, weil hinter mir irgendetwas war.

Dann spürte ich einen kalten Luftzug um meinen Hals herum.

»Du bist gekommen.«

Zach. Ich erstarrte. Er stand hinter mir. Direkt hinter mir.

Sein Körper sandte eine Wärme aus, die mich erschaudern ließ. Ein merkwürdiges Gefühl.

»Sienna hat mich gezwungen«, flüsterte ich zurück, während Sienna dem Schwimmer in der Wanne lautstark die Leviten las.

»Dich kann niemand zwingen, Ivy.«

Fünf kleine Worte. Fünf wahre Worte. Und diese Worte sprach er mit so einem festen Ton aus, dass ich lächelte. Er konnte es nicht sehen, deswegen tat ich es, ohne zu zögern.

Plötzlich spürte ich seine Hände an meinen Hüften.

»Also, warum bist du wirklich hier?«

Sienna warf gerade irgendetwas nach dem Schwimmer in der Badewanne. Es sah aus wie Toilettenpapier.

»Komm mal runter, Zach. Hier dreht sich nicht alles nur um dich.«

Ein Schauer überkam mich, als ich seinen heißen Atem an meinem Nacken spürte.

»Wenn ich eines von dir gelernt habe, Ivy, dann dass du niemals etwas tust, was du nicht willst. Ich kann dich nicht zwingen, das habe ich dir schon gesagt. Aber ich glaube ...« Zach wartete vermutlich absichtlich mit seiner Erwiderung. Das machte mich verrückt und total neugierig, dann wurde sein Druck auf meiner Hüfte stärker. »... das brauche ich gar nicht.«

Ich wollte etwas erwidern, aber dazu kam ich nicht. Seine Hände und die Wärme, die er mitgebracht hatte, verschwanden so schnell, dass es mich sofort störte.

Verdammt! Das hier sollte doch völlig anders laufen!

Kapitel 26

GANZ ODER GAR NICHT

ZACH

Ich war nicht wirklich verwundert, als die Truppe mit Ivy rüberkam. Ich hatte sie zufällig vom Fenster aus gesehen. Also, man stand ja meistens eine halbe Stunde davor, um sich die Gegend anzusehen.

Scheiße! Es war wirklich aussichtslos. Seit Wochen ging ich ihr aus dem Weg und seit Wochen ging sie mir nicht aus dem Kopf. Das hatte etwas zu bedeuten, auch mir war das klar.

»Boss ...«

Bobby kam ins Zimmer, ohne anzuklopfen. Ich sagte dazu nichts.

»Was?«, fragte ich genervt, ohne den Blick vom Fenster zu nehmen.

Ivy trug ein verdammt ... pompöses Kleid und ich konnte mir vorstellen, wer sie dazu gedrängt hatte. Trotzdem sah sie heiß darin aus. Eine wohlerzogene Lady, selbst ich musste über diesen Gedanken grinsen. Ivy und wohlerzogen, das war doch ...

»Boss?« Bobby stand jetzt vor mir und sah mich abwartend an.

Ach ja, da war noch etwas ...

»Was ist denn jetzt schon wieder?«

»Die Finger sind weg. Für die Sache in der Küche.«

»Wir haben eine ganze Tüte voller Finger gekauft!«

»Ja, aber sie sind weg. Ich glaube, sie sind geklaut worden.«

»Wer zum Teufel klaut zwanzig verpackte Finger aus Gummi?«

Bobby zuckte mit der Schulter. »Keine Ahnung, Boss.«

»Wir hatten erst gestern die Diskussion darüber, dass ich nicht *Boss* bin, sondern Zach. Einfach nur Zach.«

»Alles klar, Boss.«

Hörte er mir überhaupt mal zu? Seufzend schüttelte ich den Kopf. »Nimm Karotten.«

»Was?«

»Karotten. Du schälst sie in Form und dann sehen sie genauso aus wie Finger. Verstanden?«

»Ja, Boss.«

Bobby salutierte tatsächlich noch und machte sich auf den Weg.

***

Zehn Minuten später hatte ich meine Gelegenheit. Obwohl ich eigentlich nach keiner gesucht hatte ... wusste ich, dass ich sie wenigstens kurz berühren musste. Ich wollte sehen, ob es immer noch da war.

Sie stand abseits von der Truppe, die Flynn die Hölle heiß machte, weil er die überraschende Badewannenleiche spielte.

»Du bist gekommen«, flüsterte ich ihr zu und roch ihren ganz eigenen Geruch von Frische und ... Schokolade. Ich grinste, weil mich dieser bekannte Duft wohl für immer an Ivy erinnern würde.

»Sienna hat mich gezwungen«, antwortete sie genervt.

Ich musste einfach schmunzeln.

»Dich kann niemand zwingen, Ivy«, stellte ich das Offensichtliche fest. Wenn sie wirklich nicht gewollt hätte, wäre sie nicht hier.

Meine Hände waren schneller als der Kopf. Ich berührte sie um die Hüfte und spürte, wie sie zusammenzuckte. Da ich keinen Schlag ins Gesicht bekam, war Ivys Reaktion keine, die meine Alarmglocken läuten ließen. Nein, es stachelte mich an, weiterzumachen.

»Also, warum bist du dann hier?«, fragte ich weiter nach. Ich wollte unbedingt eine Antwort von ihr.

»Komm mal runter, Zach. Hier dreht sich nicht alles nur um dich«, antwortete sie viel weniger genervt. Eher so, als wäre sie außer Atem.

Mein Schmunzeln verwandelte sich in der Dunkelheit zu einem Lächeln.

Dann beugte ich mich weiter vor.

»Wenn ich eines von dir gelernt habe, Ivy, dann dass du niemals etwas tust, was du nicht willst. Ich kann dich nicht zwingen, das habe ich dir schon gesagt. Aber ich glaube ...« Am liebsten hätte ich sie noch näher an mich rangedrückt. »... das brauche ich gar nicht.«

Der Tumult im Badezimmer wurde weniger, also zog ich mich zurück. Die anderen sollten mich nicht bemerken.

Da ich mich nun mal hier auskannte, fand ich schnell den Weg aus dem Haus. Eine andere Gruppe wartete bereits auf ihren Einlass.

»Hi Zach, du siehst gut aus«, grüßte mich die Eiskönigin in der Gruppe, während ich stur nickte. Keine Ahnung, wer das jetzt schon wieder war. Ich bekam zwar weiterhin eindeutige Nachrichten, aber ich ignorierte sie.

Eigentlich hatte ich keinen großen Plan, was ich jetzt machen sollte. Nur mein Instinkt zog mich zum Hinterausgang, an dem die Gruselrunde durch unser Haus endete.

Hier hinten befand sich niemand, damit die Stimmung genauso düster blieb wie in den Zimmern. Ich lehnte mich an das Nachbarhaus, beobachtete den Ausgang und genoss die kühle Nachtluft, als tatsächlich Ivy herauskam. Allein. Die Runde war also noch nicht zu Ende, aber sie hatte den Ausgang bereits gesucht. Interessant ...

Sie stand nur wenige Meter von mir entfernt, sah mich aber nicht, weil sie in den Himmel starrte. Ivy kam gar nicht mehr auf die Idee, sich umzusehen. Dann musste ich eben den ersten Schritt machen.

»Interessantes Kostüm.«

Sie zuckte zusammen und fuhr herum. Mein

Mitleid hielt sich in Grenzen, weil sie mich genauso interessiert begutachtete.

Ich schmunzelte. »Jepp, vor dir steht ein Prinz. Eigentlich wollte ich mich wie jedes Jahr nicht verkleiden, aber deine Freundin ist sehr ... stur.«

»Sienna«, erklärte Ivy.

Sie trug ein Ballkleid, ich einen Frack. Wenn das mal kein Zufall war.

»Wenn ich nicht als Prinz gegangen wäre, hätte sie nicht dafür gesorgt, dass du kommst.« Ich legte den Kopf schief. »Sie mag mich anscheinend.«

Ivy schnaubte. »Wer tut das nicht?«

»Wie meinen?«, fragte ich nach.

»Jeder mag dich, Zach. Deswegen denken auch alle, *du* hättest *mich* abserviert!«

Ich runzelte die Stirn.

»Jetzt tu doch nicht so! Ich bin für alle diejenige, die ihr Mitleid verdient hat. Jules möchte, dass ich zu ihr gehe, wenn ich *reden* möchte. Selbst Sienna meint, mich erpressen zu müssen, damit ich mich in dieses Kleid presse und mich dir stelle!«

»Interessante Beschreibung«, antwortete ich und ging langsam auf sie zu.

»Warum?«, fragte sie unsicher und raffte die Röcke, als würde sie flüchten wollen.

»Du musst dich mir stellen? Wieso?«

»Wieso?«, fragte sie nervös nach.

»Ja, eine ganz einfache Frage, Ivy. Wieso denkst du, du müsstest dich mir stellen?«

Sie öffnete den Mund, aber es kam kein einziges Wort heraus. Die Unsicherheit und Nervosität waren ihr so was von anzusehen.

»Weil ... na ja, du ... ich, wir ...«

»Jetzt hast du bald alle Personalpronomen durch«, stellte ich belustigt fest. »Du kannst auch ganz einfach sagen, dass du nervös bist, weil ...«

»Bilde dir ja nichts ein! Ich bin nicht nervös, weil du mir ständig zu nahe kommst.« Sie machte ein paar Schritte zur Seite.

Ich grinste. »Ich mache dich also nervös? Moment, was heißt das, ich würde dir ständig zu nahe kommen?«, fragte ich überrascht nach. »Du fühlst dich belästigt?«

»Das habe ich nicht so gemeint. Ich meine ...« Sie hielt sich den Bauch. »Dieses Korsett macht mich noch wahnsinnig.«

Automatisch fiel mein Blick auf ihren Ausschnitt, den eben dieses Korsett hervorrief.

»Sieh mich nicht so an, Zach.«

»Wie sehe ich dich denn an?«, fragte ich nach, ohne sie aus den Augen zu lassen.

»*So* eben«, antwortete sie und blickte lieber zu Boden als in mein Gesicht.

»Du hast Angst«, stellte ich fest.

»Ich habe vor gar nichts Angst, okay?«, fuhr sie mich an und blickte mir trotzig ins Gesicht.

So langsam ergab alles einen Sinn.

»Du brauchst mir nichts zu beweisen«, sagte ich. »Hast du mit deinem Dad gesprochen?«

Irgendetwas regte sich in ihrem Gesicht. Eine Erinnerung, dass ich es auch wusste, vermutlich.

»Das geht dich nichts an. Ich ...« Sie fuhr sich übers Gesicht, ihre Hand zitterte. »Ich muss los.«

»Wenn du meinst«, antwortete ich, als sie auch schon an mir vorbeilief. »Aber es zu leugnen, bringt dir gar nichts.«

»Was weißt du denn schon?«, fragte sie gereizt und drehte sich noch mal zu mir um. »Du hast meinen Dad einmal gesehen und verurteilst ihn!«

»Ich verurteile ihn nicht, Ivy«, erklärte ich ihr sanft. »Ich dachte ...«

»Was dachtest du? Dass du Kara haben und mit mir dasselbe Spiel spielen kannst?«

Wenn sie nicht so wütend und gekränkt geklungen hätte, hätte ich gedacht, sie würde nur das Thema wechseln wollen.

»Du gibst Kara viel zu viel Raum, wenn man bedenkt, dass sie bei mir nicht mal ins Bett gekommen ist.«

»Ah, wohin ist sie denn dann gekommen?«

»Das war bildlich gemeint, verdammt noch mal! Bildlich, Ivy. Sie war in meinem Zimmer, weil Will sie reingelassen hat. Will wiederum sollte sie rauswerfen, weil ich kein Mädchen in meinem Zimmer haben wollte. Aber Will dachte, er würde mir damit einen Gefallen tun.«

»Einen Gefallen?«, fragte sie leise nach, ohne mich aus den Augen zu lassen.

»Er macht sich Sorgen, dass du mir nicht guttun könntest«, antwortete ich ehrlich und berührte mit Daumen und Zeigefinger ihr Kinn. So konnte sie sich nicht einfach wieder abwenden.

»Ich?«, flüsterte sie überrascht.

Schmunzelnd nickte ich, während mich diese schokobraunen Augen noch verrückt machten. Mittlerweile war mir bewusst, dass es ein Geschenk war, wenn Ivy Brenneman einen so offen anschaute. Das war keine Selbstverständlichkeit. Es war ein Geschenk.

Plötzlich ertönte lautes Lachen hinter uns und ich reagierte instinktiv. Ivy würde es nicht gefallen, wenn uns jemand so sah, womöglich würde sie wieder vor mir flüchten. Deswegen drängte ich sie zurück, bis sie zwischen den Büschen und an der Hauswand stand.

»Was? Zach ...«

»Ich sorge nur für Privatsphäre«, fuhr ich dazwischen und musste mich an sie drücken, damit sie ... Keine Ahnung, die Ausrede würde mir schon noch einfallen.

Die Truppe, die so laut war, lief an uns vorbei, ohne uns zu entdecken.

Ich war so dicht an sie gedrängt, dass ich ihren heißen Atem an meinem Hals spürte. Meine Hände waren automatisch auf ihren Hüften gelandet.

»Zach?«

»Mmh?«

»Was tust du?«, fragte sie und legte die Hände auf meine Brust.

»Was tust du?«, fragte ich sie wiederum.

Sie blickte auf ihre Hände, die sich kein Stück vom Fleck bewegten.

»Keine Ahnung.«

Ivy spürte mit Sicherheit, wie schnell mein Herz schlug. Und doch sagte sie nichts dazu, als sie mir wieder in die Augen schaute. Ein fragender Ausdruck erschien auf ihrem Gesicht, der sich schnell legte und dann … küsste sie mich.

Bevor ich reagieren konnte, riss sie sich los von mir und sah mich panisch an.

»Oh Gott, nein! Nein, nein, nein! Das wollte ich nicht. Wirklich, Zach. Ich wollte eigentlich …«

Obwohl es mich kränken sollte, schmunzelte ich. Denn ihr war die Verwirrung über ihre Initiative anzusehen.

»Lach mich nicht aus!«

»Ich lach dich nicht aus.«

»Und warum grinst du dann so?«

»Willst du das wirklich wissen?«, fragte ich neugierig nach und ihr Blick wirkte zögerlicher, als würde sie die Antwort darauf tatsächlich nicht wissen wollen.

»Du bist merkwürdig, Zachery Morris«, sagte sie.

Mein Schmunzeln verblasste. Ich blickte sie konzentriert an.

Sie legte den Kopf schief, als würde sie tiefer sehen als sonst jemand.

»Irgendetwas hast du an dir, dass die Menschen dir einfach nicht böse sein können.«

»Die Menschen? Oder du, Ivy?«, fragte ich und wieder entstand dieses Knistern zwischen uns.

Sie kam mir langsam entgegen, aber ich beschloss, die Distanz schneller zu überbrücken. Ich zog sie zu mir, küsste sie und drängte sie fester an die Wand. Ivy zögerte nicht. Sie küsste zurück, und wie sie das tat.

Ihr Stöhnen vermischte sich mit meinem. Sie griff nach meinem Nacken und ich hob sie instinktiv hoch, aber irgendwie … hatte ich ihr Gewicht unterschätzt.

Die Überraschung war so groß, dass ich zu wanken begann.

»Scheiße, bist du schwer«, keuchte ich.

»Das ist das Kleid. Zaaach!«

Ich flog rückwärts auf den Boden und sie mit diesem krank schweren Kleid auf mich drauf.

»Zach? Alles okay?«

»Nein, es ist alles dunkel«, beschwerte ich mich stöhnend und hob die Hände, um den Stoff ihres Kleides von meinem Gesicht zu heben. Ich lag wortwörtlich unter ihren Röcken.

»So eine Stellung sollte normalerweise schmerzfrei sein«, sagte ich und blickte zu Ivy, die immer noch auf mir lag. Nur diesmal lächelte sie.

»Wie haben die Leute das vor 300 Jahren gemacht?«, fragte sie.

»Keine Ahnung, aber ich fange an, sie zu bewundern.«

Wir blickten einander immer noch an, und plötzlich rückte sie ihren Po in eine bestimmte Richtung. Ich stöhnte.

»Ivy«, beschwerte ich mich. Wirklich. Das war die pure Folter.

»Mmh?«, fragte sie so unschuldig nach, dass ich es ihr fast abgekauft hätte.

»Wir befinden uns hier zwischen Büschen an meiner Hauswand und du liegst auf mir drauf«, erklärte ich ihr warnend. »Wenn du also nicht sofort …«

Ivy pfiff auf meine Anweisung. Sie drückte sich noch fester an mich.

Ich keuchte und dann spürte ich ihre Lippen auf meinen. Sie saß auf mir und küsste mich. Folter. Absolute Folter. Sie kam noch näher, drückte mich auf den Boden, bis …

»Oh Gott!«, keuchte sie und entzog sich mir. »Ich krieg … keine Luft«, redete sie weiter völlig außer Atem.

Ich grinste. »Da kann ich dich verstehen.«

»Zach, verdammt. Ich kriege keine Luft!«, wiederholte sie verzweifelt.

Ich runzelte die Stirn. »Ivy?«

Und da sah ich die Panik in ihren Augen.

»Oh, Shit. Okay.« Ich blickte auf ihr Korsett und alles ergab Sinn. »Warte, ich befreie dich! Warte …«

Die erste Lage des Stoffs war noch einfach durchzureißen, aber das Korsett?

»Mir wird übel …«, murmelte sie und ich reagierte einfach nur noch. Schnell fummelte ich in meiner Tasche herum und griff mein Taschenmesser.

»Ein Messer?«, fragte sie ungläubig.

»So oft, wie die Jungs sich an ein Bett fesseln lassen, hilft nun mal einfaches Werkzeug. Frag lieber nicht.«

Sie blieb stumm und wirkte eher amüsiert, als ich ihr Korsett aufschnitt.

Mit drei Schnitten war der Druck von ihrer Lunge genommen und sie holte tief Atem.

»Alles wieder okay?«

Seufzend lehnte sie ihre Stirn an meine Schulter. Da saßen wir nun. Sie auf meinem Schoß zwischen Blättern und Zweigen.

»Danke«, flüsterte sie, dann hob sie den Kopf und schaute mich an. Und wie sie mich ansah.

»Ivy ...«, raunte ich und wieder sollte es eine Warnung sein, aber es klang verdammt noch mal nicht danach. Es klang verzweifelt und bedürftig.

Ihre Lippen zitterten, das erkannte ich noch. Aber da sie sich nicht zurückzog, sondern sich noch an mich drückte, war alles dahin.

Ich küsste sie.

Scheiß auf meine Bedürftigkeit. Ich war es gerne, wenn ich Ivy deswegen bekam. Ich presste sie an mich, küsste sie wie verrückt und sie erwiderte jeden einzelnen Versuch, sie praktisch aufzufressen.

Aber da schaltete sich mein Kopf wieder ein. Das hier war Ivy und sie sollte nicht in einem Gebüsch hocken und ...

»Warte, Ivy. Nicht hier«, murmelte ich zwischen ihren und meinen Küssen.

»Oh doch, und wie!«, forderte sie mich heraus und drückte mich tatsächlich zu Boden.

»Ivy!« Ich wollte ihre Hände greifen und es ihr erklären, aber natürlich war sie schneller als ich.

Meine Auffassungsgabe war nicht gerade die beste.

Kein Wunder. Mein ganzes Blut befand sich momentan zwischen meinen Beinen.

»Zach ...« Sie sah mir tief in die Augen. »Ich ... habe so gut wie keine Erfahrung.«

Mir blieb der Mund offen stehen, weil ich vieles erwartete, aber nicht diesen Satz.

»Aber ich will sie machen.«

Was sie genau sagen wollte, war, dass sie die Erfahrung mit mir machen wollte.

»Heilige Scheiße«, flüsterte ich. Sie wollte mich. Ich wollte sie. Es wäre eigentlich das Normalste der Welt, *es* zu tun.

»Oh Gott. Du ... du willst mich nicht!«

»Was?«

Sie stand auf und drückte ihr Korsett zu, obwohl nicht viel zu sehen war. »Das ist wieder so typisch für mich! Erst Simon und jetzt du. Was bin ich nur für eine ...«

Obwohl ich mich vor gefühlt fünf Sekunden noch hart wie ein Stein gefühlt hatte, sprang ich ohne zu zögern auf.

»Zach!« Ivy wollte mich wegdrücken, aber da der süße Versuch einfach nur süß blieb, griff ich mir ihre zarten Hände und drückte sie über ihrem Kopf an die Wand.

»Nein, jetzt hörst du mir mal zu!«

Sie blieb tatsächlich still und beobachtete mich genaustens. Irgendwann runzelte sie die Stirn.

»Sorry, ich bin überrascht, dass du tatsächlich mal nicht dazwischen quatschst.«

»Ich …«

»Ja, du!«, fiel ich ihr ins Wort und schaute auf ihre Lippen. »Du hast keine Ahnung, wie sehr ich es hasse, dass Simon so etwas Kostbares wie dich bekommen hat.« Meine rechte Hand hielt ihre Arme oben, aber meine linke musste einfach über ihre Unterlippe streichen. »Und dann denke ich ständig nur daran, wie es wäre, wenn ich der Kerl sein dürfte, der dir … mehr von allem geben könnte.«

Selbst in dieser Dunkelheit spürte ich ihren Blick auf mir. Ihren Atem auf meinen Lippen. Meine Haut brannte förmlich, weil sie so unter Spannung stand.

»Und ich will dir nichts anderes als das geben«, flüsterte sie und meine Welt stand sofort Kopf.

Es gab zig Frauen, vermutlich Hunderte, die mir genau dies hier ohne zu zögern schenken würden. Und vor einer ganzen Weile hätte ich fast jedes Angebot angenommen. Außer von Ivy. Hier zögerte ich. Ich zögerte, weil der Grund, es zu tun, ein völlig anderer war.

»Bist du dir sicher?«, fragte ich nach und drückte ihr Kinn hoch, damit sie mir direkt in die Augen sah. »Es ist wichtig, dass du weißt, dass das hier nicht so ist, wie du es vielleicht erwartest.«

Sie runzelte die Stirn, weil sie mir nicht folgen konnte. Natürlich nicht. Ivy hielt in dieser Sache nicht viel von mir.

»Ganz oder gar nicht. Das ist die Devise für dich und mich.«

Ivy lächelte, als sie begriff, wie ernst es mir hiermit war.

Dann drückte sie mir einen stürmischen Kuss auf die Lippen und die Sache begann völlig aus dem Ruder zu laufen.

Ihre Hände waren überall, meine hielten sich auch nicht davon ab, ihren Körper zu erkunden. Ich küsste ihren Hals und versuchte mit viel Mühe und Not, all diesen verdammten Stoff hochzuziehen.

»Dieses Kleid bringt mich noch um«, murmelte ich an ihrem Hals und Ivy schenkte mir ein Kichern, das bis in meine Wirbelsäule schoss. Ernsthaft. Ihr Lachen machte irgendetwas mit mir. Was, würde ich wohl noch herausfinden müssen. Und die Freude darüber war grenzenlos. Ich würde wirklich …

Wieder unterbrach lautes Glächter meine Gedanken.

Ivy erstarrte und ich atmete ruhig an ihrem Hals aus. Zumindest versuchte ich das. Sie roch einfach so unglaublich gut.

»Ich muss schon sagen, das war bisher das beste Gruselhaus!«, hörten wir Phoebe sagen.

»Wo ist eigentlich Ivy abgeblieben?«

Das musste der blaue Schlumpf gesagt haben, denn Sienna antwortete daraufhin: »Ist doch egal. Ich fand es echt klasse, dass sie sogar ein Buffet aufgebaut haben.«

»Ich glaube nicht, dass die Karotten zum Buffet gehörten«, schlussfolgerte Phoebe richtig.

»Na, als Snack sind die echt nicht übel. Selbst mit dem Tomatenketchup drauf. Also, kommt ihr mit zur Party der Omegas? Ich brauche auf den Schrecken erst mal Alkohol!«

Keines der Mädels verneinte und irgendwann waren ihre Stimmen nicht mehr zu hören.

»Gott sei Dank. Sie sind weg«, flüsterte Ivy erleichtert.

Ich blickte sie an.

»Ganz oder gar nicht?«, fragte ich noch einmal nach und hielt vor Anspannung den Atem an.

Kapitel 27

GANZI

IVY

Wir schlichen rüber zu meinem Haus, weil ich mir sicher war, dass niemand da war. Die Mädels liebten alle Halloween und würden sich heute Abend nicht bei uns verkriechen.

Und ich hatte recht. Als Zach und ich die Treppe zu meinem Zimmer hochliefen, wirkte das Haus wie ausgestorben.

Obwohl ich hier wohnte, zog er mich mit sich, als könnte ich es mir noch anders überlegen, wenn er mich nicht schnellstmöglich in mein Zimmer brachte. Nur würde das nicht passieren. Ich war mir absolut sicher, dass ich das hier mit ihm wollte. Schon als er mich mit diesem unverschämt attraktiven Blick angesehen hatte, war es um mich geschehen gewesen.

Zachs Küsse fühlten sich nicht nur gut an, sie waren richtig. So etwas hatte ich noch nie gefühlt und ich hatte es so satt, mir ständig wie auf Sparflamme vorzukommen. Ich wollte Feuer. Echtes Feuer. Und Zach würde es mir geben.

Ohne auch nur ein Wort zu verlieren, schob er mich in mein Zimmer und schloss die Tür hinter uns.

»Okay, da wären wir«, begann ich vor Nervosität zu reden. »Ähm ... was willst du trinken?« Ich runzelte die Stirn. »Ich habe gar nichts hier.«

Zach drehte sich zu mir um und lehnte sich lässig an die Tür. »Ich will nichts trinken.«

Vier Worte, die er so ernst ausgesprochen hatte, dass ich mich nervös räuspern musste. In seiner Stimme lag so viel Versprechen, dass ich eine Gänsehaut bekam.

»Du musst nicht nervös sein, Ivy.«

Ich schnaubte. »Klar, du hast das auch schon unzählige Male gemacht, Mister! Ich hingegen ...«

»Du hingegen ...«, fuhr er mir dazwischen und kam langsam auf mich zu. »... warst dir nie sicher und hast dir Zeit gelassen.«

Es war gut, dass er Simon nicht noch mal erwähnte. Der mit absoluter Sicherheit der falsche Typ fürs erste Mal gewesen war. Das bewies das Video und das bewies einfach alles andere.

»Sieh dich an.« Zach berührte mein geöffnetes Korsett. Das hatte ich ganz vergessen. »Du bist wunderschön und ...«

Ich küsste ihn. Stürmisch drängte ich mich an ihn, er erwiderte den Kuss und drängte mich zum Bett. Zwischen meinen Beinen pochte es. Es fühlte sich an, als würde etwas fehlen. Zach fehlte. Der Gedanke war plötzlich da und instinktiv drückte ich mich enger an ihn.

»Du musst dieses Kleid loswerden«, murmelte Zach und mit drei Handgriffen war ich raus aus diesem dicken Stoff. Sofort machte sich Erleichterung in mir breit. Nie wieder Korsetts und Ballkleider, schwor ich mir.

Ich trug nur noch meinen Slip, als Zach die Überreste des Kleides zur Seite warf. Er lag so dicht an mir, dass die Scham über meine Nacktheit gar nicht erst hervorkommen konnte.

Zach begann meine Brust zu drücken, streichelte die Brustwarze und küsste sich dorthin einen Pfad.

»Oh Gott«, flüsterte ich und fühlte, wie mein ganzer Körper heiß wurde. Wirklich. Ich verbrannte wortwörtlich vor Verlangen.

Und Sienna und ich haben uns immer über diese schnulzigen Liebesromane lustig gemacht, die genau das als Grundlage ihrer Story haben. Ab sofort nehme ich alles zurück. Genau so fühlt sich das an!

Er strich über meinen Bauch, der sich sofort zusammenzog, und dann schob er die Finger in meinen Slip.

»Oh Gott«, stöhnte ich.

»So was von bereit für mich«, murmelte er mir ins Ohr.

»Ja! Ja, das bin ich«, antwortete ich, während er begann mich zwischen meinen Beinen zu massieren. Zach wusste ganz genau, wie gut er das konnte, und ich reagierte genauso fasziniert davon und klammerte mich wie eine Ertrinkende an ihn.

»Zach, bitte hör nicht auf! Bitte!« Ich flehte ihn an

und es war mir gerade so was von scheißegal, wie das rüberkam. Ich rieb mich wie verrückt an seinen Körper, der sich stahlhart über mir anfühlte.

»Werde ich nicht«, flüsterte er mir angestrengt zu und schob einen Finger in mich. Er massierte, fingerte, massierte wieder und ich war im Begriff ihn aufzufressen. Wirklich. Ich stand kurz davor.

»Zach, Gott, ja!«, rief ich aus und wurde immer ungezügelter.

»Ivy«, hauchte er ehrfürchtig, während ein Nebel von Lust und keine Ahnung was noch mich umhüllte.

Er küsste mich hart, als ich *es* spürte. Ich war nah dran an meinem Orgasmus und er ließ meine Lippen einfach nicht mehr los, als er eine weitere Bewegung mit seinem Finger machte und ich mich verkrampfte.

»Jaaa!«, schrie ich lauthals heraus.

»Oh, Fuck«, murmelte er neben mir und dann war alles vorbei.

Er war zwar nicht mehr mit seinen Fingern beschäftigt, aber er nahm die Hand auch nicht aus meinem Slip.

Ich fühlte mich zufrieden und irgendwie völlig erschlagen. Obwohl ich gar nicht viel gemacht hatte. *Oh Gott, was, wenn er enttäuscht ist?*

Zachs Kopf ruhte an meiner Halsbeuge. »Das war nicht so geplant«, murmelte er.

Ich kniff die Augen zusammen. Wenn ich ihn nicht sehen konnte, wäre er vielleicht einfach nicht da? *Naiver Gedanke.*

»Scheiße, Ivy, es tut mir leid.«

Verwirrt sah ich ihn an. »Was meinst du?«

Er grinste, als unsere Blicke sich trafen. »Ich schwöre, das ist mir vorher noch nie passiert.«

»Was denn?«

Zach räusperte sich und sah an sich herunter. »Ich ... ähm ... hast du Taschentücher?«

Ich verstand es immer noch nicht. Zach deutete mit dem Kopf drängender hinunter, und da verstand ich es plötzlich.

»Nein!«, entfuhr es mir ungläubig.

»Ivy!«, warnte er mich, weil er genau wusste, was als Nächstes kommen würde.

Doch es war zu spät. Ich begann lauthals zu lachen.

»Das darf doch nicht wahr sein«, sagte er noch, aber das änderte nichts daran, dass ich es einfach so klasse fand.

***

Vielleicht würde ich mich irgendwann fragen, ob ich es nicht doch bereuen würde. Aber warum? Zach kannte meine größten Geheimnisse. Dads Geheimnis. Auch wenn er davon überzeugt war, mich ständig danach fragen zu müssen, wollte ich ihn. Was war denn daran so falsch?

Gar nichts.

Zach hatte sich sauber gemacht, weil ich ihn dazu gebracht hatte, vorzeitig in seiner Hose zu kommen. *Ich* war dafür verantwortlich! Auch wenn es mega kindisch war, empfand ich Stolz. Verrückt, oder?

Gut, dass niemand meine Gedanken hörte.

Jedenfalls lagen wir jetzt in meinem Bett. Ich hatte mir ein Shirt angezogen, Zach trug nur seine Boxershorts. Er hatte gefragt, ob er bleiben sollte und ich bejahte es. So einfach war es. Ich zweifelte nichts an.

Ganz oder gar nicht, hatte Zach gesagt. Ich wollte alles.

»Ich hätte das nie gedacht«, begann ich.

»Was?«, fragte er, ohne mich aus den Augen zu lassen.

»Dass wir beide ...«

»Du bist die Sture von uns beiden, Ivy.«

»Danke für das Kompliment«, gab ich spitz von mir und spürte dann wieder seinen Finger an meinem Kinn. Er rieb leicht über die Stelle.

»Ich würde dich nicht anders wollen.«

Unsere Blicke hielten einander fest, als ich meinen ganzen Mut zusammennahm.

»Schlaf mit mir, Zach.«

Ich wartete gar nicht auf seine Antwort, ich küsste ihn einfach.

»Bitte«, flüsterte ich ihm zu.

»Du brauchst niemals zu bitten.« Er nahm mich in den Arm, küsste mich zügellos, bis wir irgendwann völlig außer Atem waren.

»Ich brauche ein ...«

»Schublade«, sagte ich sofort.

Er zog die Schublade meines Nachttisches auf und fragte nicht, warum ich Kondome besaß. Es fehlte sowieso nur eins in der Packung. *Jetzt zwei.*

Seit Simon nahm ich zusätzlich auch die Pille. Er hatte es mir grundsätzlich vermiest, nur einfach zu verhüten. Doppelt hält bekanntlich besser!

»Komm her«, flüsterte er.

Mein Puls, der sich seit Zachs Auftauchen in seinem Haus gar nicht mehr beruhigen wollte, war deutlich in meinem Körper zu spüren. Tausend Schmetterlinge tanzten in meinem Bauch, auch wenn es sich anfühlte, als wäre mir übel.

Zach küsste mich und streichelte mich, aber ich wollte dieses Mal führen. Also drückte ich ihn von mir, drehte mich und setzte mich auf ihn.

Seine Augen wurden tellergroß vor Überraschung. Es gefiel mir, dass ich ihn überhaupt überraschen konnte.

»So willst du es also?«, fragte er fast schon ehrfürchtig nach.

Ich nickte. »Ich will dich.«

»Verflucht, Ivy. Sag das nicht, sonst ist das hier wieder viel zu schnell vorbei!«

Er hielt noch die Kondompackung fest. Ich riss sie auf, aber bevor ich etwas tun konnte, zog er mich zu sich herunter und küsste mich.

Zachs Lippen fühlten sich so gut an, dass ich sie am liebsten für immer auf mir spüren wollte.

»Hintern hoch«, flüsterte er mir plötzlich zu.

Ich runzelte die Stirn, tat es aber, und dann spürte ich Zach an meinen Eingang. Er hatte sich das Kondom schon selbst übergezogen.

Ohne zu zögern, ließ ich mich auf ihn fallen. Wortwörtlich fallen.

»Ivy, Scheiße!«, fluchte er und schoss mit dem Oberkörper hoch.

»Was?«, fragte ich panisch nach. Hatte ich ihm was gebrochen?

»Nichts«, antwortete er mit rauer Stimme und drückte mich an sich. »Aber beweg dich nicht zu schnell.«

»Nicht bewegen?«, fragte ich angestrengt nach. »Aber ich will mich bewegen.«

Der Druck in mir wuchs und wenn ich nicht bald …

Ich spürte sein Keuchen an meinem Schlüsselbein, als ich mich bewegte, obwohl er es nicht wollte.

»Nenn mich egoistisch, Zach. Aber ich muss …«, flüsterte ich angestrengt.

Zach hielt zwar immer noch meine Arme fest, aber er ließ mich machen.

Als er dann auch noch einen meiner Nippel in den Mund nahm und daran saugte, bewegte ich mich instinktiv schneller auf ihm.

»Gott, ich fühl mich wie ein dämlicher Schuljunge«, flüsterte er und saugte weiter an meiner Brustwarze. »Aber solange ich dein Schuljunge bin, ist mir das scheißegal.«

Ich lächelte in mich hinein und bewegte mich

immer schneller. Der Druck in mir nahm zu. Wie sehr ich das hier brauchte, wurde mir mit Zach erst bewusst.

»Zach!«, rief ich aus, weil ich meinen annähernden Orgasmus spürte.

»Fuck!«, fluchte er, drückte fester meine Arme und begann plötzlich von sich aus, mich zu vögeln. *Oh Gott. Und wie er mich vögelte!*

Zach stieß kraftvoll zu, das Klatschen unserer Körper war laut, aber so sexy, dass der Orgasmus mich viel schneller überkam als gedacht.

»Oh Gott, ja!«, rief ich aus und brach auf ihm zusammen.

Zwei Stöße später – ich nahm an, es waren zwei, aber zählen konnte ich eh nicht mehr wirklich – kam auch er.

Kapitel 28

GAR NICHT!

ZACH

Der nächste Morgen kam schneller als erwartet.

»Du kletterst aus dem Fenster! Die Eiche davor wird dich bestimmt halten. Ah, oder du schleichst dich raus, wenn wir bei der Vorlesung sind! Wobei das auch riskant wäre. Du solltest jetzt springen!«

Ivys meinte das absolut ernst. Aber ich nicht. Die ›Eiche‹ war im Grunde ein vielleicht zwei Meter hoher Nadelbaum.

Sie zog sich gerade ein nichtssagendes Top über, aber mittlerweile wusste ich, was sich drunter befand. Das machte aus dem Top so etwas wie den Heiligen Gral. Es betonte ihre Brüste und …

»Zach?« Sie schnipste vor meinem Gesicht herum. »Bist du noch da?«

»Jepp«, antwortete ich und war nicht gewillt, an der Situation irgendetwas zu ändern. »Kommst du jetzt? Ich brauche dringend was zu essen.«

Ivy blickte mich an, als wäre ich nicht ganz dicht. »Du kannst da nicht runtergehen!«

»Warum nicht?«

»Hast du mir die letzten zehn Minuten nicht zugehört?«

»Als du dich angezogen hast? Sorry, da habe ich auf etwas anderes geachtet.«

»Zach, ehrlich! Du wirst da nicht runtergehen!«

Ich verdrehte die Augen und öffnete die Zimmertür.

»Wehe, du betrittst den Flur!«, rief sie mir hinterher.

Ein, zwei Mädels reckten die Köpfe aus ihren Zimmern und beobachteten die Szene interessiert.

»Wehe, du betrittst die Treppe!«

Ich lief bereits die Stufen hinunter.

»Wehe, du ...«

Seufzend blieb ich mitten auf der Treppe stehen und drehte mich um. Ivy wäre fast in mich hineingelaufen.

»Du kannst dich weigern oder es akzeptieren, Ivy. Ich werde sicher nicht an einer *Eiche* runterklettern, die ein Botaniker sicherlich nicht als solche benennen würde. Also entweder ich breche mir sämtliche Gliedmaßen, damit man mich nicht sieht, oder du reißt dich zusammen, wir frühstücken mit deinen Mitbewohnerinnen und bringen es hinter uns.«

Ivy kaute unschlüssig auf ihrer Unterlippe herum. »Wie schlimm wäre denn Option eins für dich?«

Kopfschüttelnd grinste ich und ergriff ihre Hände, um sie mit meinen zu verschränken. »Warum finde ich das heiß, wenn du mir ein paar Knochen brechen willst?«

Ivy zuckte mit der Schulter.

»Guten Morgen!«, rief Sienna von unten.

Wir beide zuckten zusammen und Ivy verkrampfte sich sofort neben mir.

»Morgen«, murmelte Ivy.

Sienna hob die Kaffeekanne, lächelte und sagte so bedeutungsschwer wie nur möglich: »Jemand Kaffee?« Dann verschwand sie zurück ins Esszimmer und Ivy fuhr sich nervös durch ihr Gesicht.

»Na toll. Sie hat dich gesehen!«

»Süße, sie wusste schon vorher, dass ich hier bin. Da hätte der Sprung von der Tanne auch nichts geholfen.« *Es würde nur höllisch weh tun!*

»Woher willst du das wissen? Wir ...«

Als wir ins Esszimmer kamen, starrten uns vier Mädels an. Drei davon identifizierte ich als Phoebe, Sienna und Jules. Wobei Jules mit ihren blauen Haaren wirklich hervorstach. Das vierte Mädchen war mir gänzlich unbekannt.

»Morgen«, murmelte Ivy, starrte auf den Boden und setzte sich neben Phoebe. Ich nahm den Stuhl direkt daneben.

»Guten Morgen«, trällerten sie alle wie einstudiert.

»Mädels«, begrüßte ich sie.

»Sprich sie nicht an«, murmelte Ivy und nahm sich eine Scheibe Toast.

»Ich soll sie nicht ansprechen?«, fragte ich flüsternd zurück. »Soll ich sie ignorieren und so tun als wären wir allein, oder was?«

»Ja, das sollst du!«, entgegnete sie tatsächlich und begegnete meinem Blick.

Schokobraune Augen, die mich trotziger gar nicht ansehen könnten.

Scheiße, find ich das heiß!

»Oh Gott, ist das süß. Seht euch diese Blicke an!«, sagte Jules verträumt.

»Sie streiten sich«, behauptete Phoebe sachlich.

»Phoebs, das nennt man Vorspiel«, erklärte Sienna ihr.

Ivy räusperte sich und wandte sich wieder dem Frühstück zu. Der Tisch war reichlich gedeckt. Der Wahnsinn!

»Aber wir wissen ja seit letzter Nacht, dass es nicht beim Vorspiel geblieben ist.«

Siennas Bemerkung war wohl zu viel. Ivy klatschte energisch das Messer auf ihren Teller.

»Okay, los. Hau raus!«, sagte Ivy zu ihr.

Sienna goss sich gerade Kaffee ein. »Was soll ich raushauen?«

Sie alle sahen Ivy fragend an, die jetzt auf mich zeigte, als wäre ich eine Attraktion oder so etwas.

»Zach ist hier!«

»Ja, das sehen wir«, antwortete Sienna gedehnt. Sie hörte sich auch an, als zweifelte sie an Ivys geistigem Zustand.

»Er hat bei mir übernachtet«, fuhr Ivy fort.

Sienna nickte. »Ja, das haben wir gehört.«

»Ha!«, rief Ivy aus.

»Ha?«, fragte Sienna nach und sah die anderen Mädels an.

»Sieh mich nicht so an, ich bin nur hier, weil es witzig ist«, antwortete das vierte Mädchen, dessen Namen ich nicht kannte, und biss in seine Birne.

»Na los, sag es schon! Du hast es doch gewusst, dass ich mit Zach so weit gehen würde.«

Ich hob den Finger, um mich ins Gespräch einzubringen. Aber keine Chance!

»Du glaubst, das hätte ich gesagt?«, fragte Sienna seufzend nach.

»Natürlich!«

Sienna tupfte sich viel zu lange den Mund mit einer Serviette ab. »Du brauchst dringend mehr Sex.«

»Ich arbeite daran«, antwortete ich ihr und Ivy schenkte mir einen bösen Blick.

»Da wollte ich einmal nett sein und dann passt es dir auch nicht.« Sienna seufzte. »Gut. Dann eben nicht.«

»Dann eben nicht?«, fragte ich vorsichtig nach, weil sie alle plötzlich ziemlich still am Tisch wurden.

»Das nächste Mal, wenn ihr es unbedingt an der Wand treiben wollt, tut es bitte an der, die nicht an mein Zimmer grenzt.«

Ivy schnappte nach Luft und schaute mich dann an. Sie dachte sicher ebenfalls an diesen Moment …

Ivy lag in meinem Arm, während ich sie an die nächste Wand drückte.

»Zach? Was hast du vor?«, fragte sie.

»Was glaubst du wohl?« Dann drang ich so langsam wie möglich in sie ein. Das schönste Gefühl ever.

Ivy stöhnte und kam mir entgegen, als ich mich

schneller bewegte. Ihr Hintern klatschte an die Wand, ihr Lachen hallte durch den Raum ...

»Siehst du! Ich habe dir gesagt, dass sie uns nicht in Ruhe lassen wird.« Ivys Vorwurf war niedlich. Ihre Sturheit kannte keine Grenzen, genauso wie ihr Schamgefühl.

»Ach Ivy, das mit Zach und dir war doch längst überfällig«, erklärte Sienna ihr, als würde sie mit einem Kleinkind reden.

Ich zog die Augenbraue in die Höhe. Ach wirklich?

Phoebe schien der gleichen Meinung zu sein, wenn man ihr Nicken betrachtete. Jules schlürfte die Müslischüssel aus.

»So, wie du ihn immer angesehen hast, war uns das ziemlich schnell klar.«

Ich grinste und legte meinen Arm auf Ivys Stuhllehne ab. »Ich mag deine Mädels.«

»Natürlich. Denn jetzt steh ich wie die verknallte Ivy da, die dir ständig hinterhergestarrt hat.«

Mein Grinsen wurde immer strahlender. »Verknallt, ja?«

Ivy erkannte ihren Fehler, plusterte ihre Wangen auf und steckte sich eine Weintraube in den Mund. Danach kaute sie ziemlich lang darauf herum und starrte stur aus dem Fenster.

Ihr dunkelblondes Haar strahlte durch die Sonnenstrahlen, die durchs Fenster fielen. Ivy hatte sich das Haar zu einem lockeren Knoten hochgesteckt. Ihr sturer Blick fiel auf ihren Toast, den sie noch nicht angerührt hatte. Selbst nach diesem Wahnsinnskleid – das zwar schön anzusehen, aber nervig zum rummachen war – hatte Ivy noch nie schöner als jetzt ausgesehen.

»Und er sieht dich genauso an«, hörte ich Sienna sagen.

Sie alle blickten mich an, während ich Ivy immer noch verträumt anstarrte.

Ivys Augen funkelten, aber der Zauber war schnell verschwunden, als jemand ins Zimmer kam.

»Porter? Guten Morgen«, grüßte Ivy ihn. »Bevor du …«

»Das könnte schwierig werden«, flüsterte Sienna.

Porters Blick lag erst auf Ivy, aber dann bekam er wohl mit, wer neben ihr saß. Ich.

»Was zum Teufel macht der denn hier?«

»Porter!« Ivy stand auf, wusste aber nicht so recht, was sie sagen sollte. »Hör zu, es ist nicht … Also …«

Porter zählte schnell eins und eins zusammen, vor allem weil ich noch nicht Ivys Lehne losgelassen hatte.

»Ist das dein Ernst? Du lässt dich von ihm ficken?«, brüllte er herum.

»Hey!«, mischte ich mich jetzt ein und stand auf. So hatte er nicht mit ihr zu reden.

»Was? Gefällt es dir nicht, dass ich ihr sage, wie groß der Verschleiß bei dir ist?« Porter schnaubte und deutete anklagend auf mich. »Es ist nur ein Fick! Alles andere bildet sich Ivy doch ein!«

»Okay, das reicht.« Ich schob den Stuhl zurück und wollte auf ihn zugehen, aber plötzlich stand Ivy vor mir und hielt mich zurück.

»Nicht, Zach! Bitte.«

Ich sah zu ihr hinunter. Ivy flehte mich praktisch an, nichts Unüberlegtes zu tun.

Krachend flog die Haustür zu.

»Mist!« Ivy raufte sich die Haare, fuhr herum und rannte ihm nach.

»Sie sind nur befreundet«, sagte Phoebe.

Sienna schnaubte. »Ivy denkt das, aber nicht Porter.«

Ich knallte die Hände auf den Tisch und starrte wütend vor mich hin.

»Jules, du hast doch noch diesen Anti-Stressball oben in deinem Zimmer, oder?«, fragte Sienna – warum auch immer.

»Kommt sofort!« Jules rannte praktisch aus dem Zimmer.

»Ivy, ich liebe dich!«, hörten wir alle Porter von draußen rufen. Das reichte mir aber mal so was von.

»Moooment! Was hast du vor?«, fragte Sienna panisch, als ich auf die Tür zulief.

»Na, was wohl? Porter klarmachen, dass er seine Finger bei sich behalten muss!«

»Ja gut, ich verstehe dich. Aber du musst ihn auch verstehen.«

Ich runzelte die Stirn. »Was?«

»Es ist längst überfällig«, antwortete sie und seufzte. »Ivy hat das mit Porter nie begriffen. Sie sieht in ihm den Freund, der er nie für sie sein wollte. Die beiden müssen sich aussprechen.«

Das klang logisch. Das Problem war nur: in Bezug auf Ivy war bei mir gar nichts mehr logisch.

Frustriert fuhr ich mir übers Gesicht.

»Zach.« Siennas Warnung, es nicht zu tun, lag klar in der Luft. Aber ich war zu unvernünftig, als dass ich darauf tatsächlich hören würde.

Ich ließ Sienna stehen.

KAPITEL 29

WAHRHEITEN SCHMERZEN

IVY

Porter war im Begriff zu gehen, aber das konnte ich so nicht stehen lassen.

»Jetzt warte doch mal!«, rief ich ihm nach, rannte die Stufen hinunter und zu ihm.

Er drehte sich um und funkelte mich wütend an. »Zach Morris? Ivy, was denkst du dir dabei?«

Wie ich ihn kannte, kam er sofort auf den Punkt.

»Es ist nicht so ...« Ich schloss die Augen, um mich kurz zu sammeln. Die letzten Stunden waren wie eine Art Traum verlaufen und irgendetwas in mir war noch nicht bereit, mich allem jetzt zu stellen. Vor allem nicht Porter und seiner Wut über meinen Verrat.

Denn ich hatte ihn verraten. Das war ihm anzusehen.

»Es tut mir leid, Porter. Wirklich. Aber Zach ist nicht ... Er hat Seiten an sich, die nicht zu dem Bild passen, das wir uns seit einem Jahr über ihn bilden.«

»Seiten? Wovon redest du, Ivy? Es ist Zach Morris.

Er hat mir Jessy genommen. Er hat dir deine Freundin genommen! Hast du das alles schon vergessen?«

»Nein!«, antwortete ich aufbrausend, weil es mich so nervte, dass er das ständig erwähnen musste. »Aber Jessy war erwachsen. Sie wusste, was sie tat, als sie sich für Zach entschied. Und sie ging, weil sie das so wollte. Im Grunde war es ziemlich feige von ihr, einfach abzuhauen. Aber es war die einfachste Lösung. So musste sie dir keine Rechenschaft ablegen und konnte auch Zach und mir aus dem Weg gehen!«

Porter starrte mich an. »So denkst du also über die Sache? Alles ist Jessys Schuld und Zach hat überhaupt nichts damit zu tun?«

»Nein, das denke ich nicht. Aber wenn ich es mal neutral betrachte, gehören immer zwei dazu, wenn sie beschließen, miteinander ins Bett zu gehen. Jessy hat etwas angenommen, das Zach ihr nie versprochen hat.«

Die Erkenntnis darüber, wie ich über Zach und Jessy und seine anderen Affären dachte, überraschte mich. War ich wirklich nicht mehr wütend darauf, dass meine Freundin seinetwegen abgehauen war?

»Zach ist ein Aufreißer, Ivy!«

»Das weiß ich!«

»Und warum schläfst du dann mit ihm?«, brüllte er wütend.

»Weil ich ...«, brüllte ich zurück, unterbrach aber sofort meine Antwort.

Porters Augen wurden tellergroß vor Überraschung. »Dein Ernst?«

Mir stockte der Atem. Oh Gott, ich hätte es fast laut ausgerufen.

Porter raufte sich die Haare und lief hin und her, bis er plötzlich stehen blieb und mich anblickte. »Ivy, ich liebe dich!«

Der Schock über sein Geständnis war groß. Ich erstarrte, während er mich kopfschüttelnd betrachtete.

»Du wusstest es nicht? Ivy, ich ...« Er kam einen Schritt auf mich zu. »Du warst es, die immer für mich da war, wenn es mir schlecht ging. Du hast zugehört und ... und ich dachte, du hättest auch ...«

»Ich hatte keine Ahnung«, flüsterte ich, aber das stimmte nicht ganz. Eine kleine Stimme in meinem Kopf hatte es vermutlich immer gewusst. Aber ich wollte es nicht wahrhaben.

Bevor ich einen weiteren Gedanken daran verschwenden konnte, was Porter wollte und was ich wollte und was ich fühlte – küsste er mich. Er presste seine Lippen auf meine, zog mich an sich, und ich war viel zu perplex, um mich zu wehren. Aber der Kuss dauerte nicht lang, denn schon stolperte Porter zurück.

»Küss sie noch einmal und ...« Zach beendete den Satz nicht und baute sich drohend vor mir auf.

Porter schnaubte. »Du machst mir keine Angst, Zach. Aber überlege dir genau, ob du einer Frau wie Ivy würdig bist!«

»Das hast nicht du zu entscheiden, sondern sie!«

Porters Blick suchte meinen.

»Porter, es ...«

Er ignorierte mich, drehte sich schnaubend um und ging davon.

Frustriert rieb ich mir über die Stirn.

»Alles okay?«

Zachs Frage brachte das Fass zum Überlaufen.

»Warum bist du rausgekommen?«

Perplex sah er mich an. »Wieso ich rausgekommen bin? Er hat dich geküsst!«

»Ja, aber ich hatte alles unter Kontrolle«, behauptete ich stur.

»Unter Kontrolle? Ivy, er hat dich geküsst!«, wiederholte er, als wäre ich zu beschränkt, um es zu begreifen.

»Ja, und danach hätte ich ihm gesagt …«

»Danach? Es ist offensichtlich, dass er mehr von dir will als du von ihm. Ist doch so, oder?«

Ich schluckte schwer und nickte. »Porter ist mein Freund und …«

»Dein Freund, der dich ins Bett kriegen will!«

»Aber er hat vorher nie etwas versucht.«

»Weil es nie einen Grund gab, es zu tun. Simon hat er offensichtlich nicht als Konkurrenz gesehen. Wir wissen beide, warum.« Seufzend fuhr er sich durch sein Haar, das noch ungekämmt war. Vor ein paar Stunden hatte ich mich an diesem Haar festgehalten.

»Was willst du damit sagen?«, fragte ich gereizt nach.

»Komm schon, Ivy. Wir wissen beide, warum du Simon an dich rangelassen hast!«

Einen Augenblick schaute ich ihn starr an. War es jetzt so weit? Kamen die Themen auf, die ich nicht aussprechen wollte? Die der Grund waren, warum es so kompliziert zwischen uns war?

»Okay, Ivy. Pass auf, wir …«

Zach wollte nach meiner Hand greifen, aber ich rückte von ihm ab.

»Sind wir jetzt wieder da, wo wir angefangen haben? Echt jetzt?«, fragte Zach gereizt.

Ich verschränkte die Arme vor der Brust. Wovor ich mich damit schützen wollte, begriff ich erst, als Zach es bereits angesprochen hatte.

»Was glaubst du eigentlich, das du da machst, Ivy? Du kannst dich nicht davor schützen, dass jemand hinter deine Fassade schaut. Ich sehe sie, und es gefällt mir nicht, dass du dir wegen deines Dads …«

Es war wie ein Reflex. Ein Reflex, den ich sofort bereute.

Ich gab ihm eine schallende Ohrfeige und Zach stand vor mir und ließ es geschehen. Er hielt die Augen kurz geschlossen, als müsste er selbst realisieren, was gerade passiert war. Meine Hand kribbelte. Sie kribbelte, weil ich ihn geschlagen hatte …

»Okay, das reicht jetzt!«, rief plötzlich Sienna. Sie kam die Treppenstufen heruntergelaufen und stellte sich zu uns, aber wir ließen uns nicht aus den Augen. Zach las sicher die Reue in meinen Augen, aber er reagierte einfach nicht.

Von Sekunde zu Sekunde fühlte ich mich unwohler.

Du musst dich entschuldigen, Ivy. Mach schon!

»Glaubst du wirklich, sie wissen nicht, was los ist?«

Zachs Frage brachte mich völlig aus der Fassung. Er zeigte aufs Haus, ohne mich aus den Augen zu lassen.

»Deine Freundinnen wissen mehr, als du denkst, Ivy. Und bevor du so viel Energie darein legst, allen vorzuspielen, bei dir wäre alles in Ordnung, verwende diese Kraft lieber dazu, mal genauer hinzusehen. Sie wissen es!«

Mein Blick glitt zur Veranda.

Phoebe stand mit Jules davor, ein paar Mädels hatten sich am Fenster versammelt und schauten zu uns, und als mein Blick zu Sienna glitt, die neben mir stand, erstarrte ich.

In ihrem Blick lag so viel Mitgefühl, dass ich am liebsten sofort davongerannt wäre. Sienna wusste es. Sie wusste, dass mein Dad ein Alkoholiker war. Sie wusste, dass ich es nicht hinbekam, ihn zum Aufhören zu bringen. Sie wusste, dass ich nicht in Ordnung war. Ganz und gar nicht in Ordnung!

»Wir hätten es dir gesagt, wenn du es zugelassen hättest. Das schwöre ich dir, Ivy«, begann Sienna zu erklären.

Ich schluckte. Mein Hals fühlte sich total trocken an und mein Puls schoss in die Höhe.

»Ivy, ich wollte ganz sicher nicht, dass ...« Zach wollte wieder meine Hand nehmen, aber erneut machte ich mich ruckartig von ihm los.

»Du wolltest was nicht, Zach? Klär mich auf! Mich nicht verletzen? Was geht dich mein Leben an?«, fuhr ich ihn an und machte eine große Handbewegung.

»Weil du einmal nicht das Arschloch warst, das ich seit Jahren kenne, denkst du jetzt, du kannst es dir erlauben, über mein Leben zu richten? Was weißt du schon? Du weißt gar nichts über mich oder meinen Dad!«

Die Worte sollten verletzen und das taten sie auch. Zachs Miene verdüsterte sich von Wort zu Wort und wurde auch nicht heller, als Will hinter ihm erschien.

»Wir sollten das hier erst mal beenden«, stellte sein bester Freund fest und beäugte uns, als würden wir gleich einen dritten Weltkrieg anzetteln.

»Beenden? Ein passenderes Wort gibt es wohl nicht«, rief ich schnaubend.

»So willst du es, Ivy?«, fragte Zach zornig nach.

»Was ich will, hast du mir doch gerade genommen!«, schrie ich ihn an und er verstand sofort, was ich damit meinte.

»Ich wollte ganz sicher nicht ...« Er schloss die Augen, sprach nicht mehr weiter, fuhr sich müde durch sein wirres Haar und schüttelte dann den Kopf.

»Zach, komm. Wir sollten erst einmal rübergehen und ...«

»Wann ich rübergehe und wann nicht, entscheide noch immer ich!«

Will und Zach fochten ein Blickduell miteinander aus, aber mir was das im Grunde egal. Zumindest sollte es mir egal sein.

Er wandte sich wieder mir zu, der Blick so intensiv, dass meine Knie zu zittern begannen. »Das, was da zwischen uns ist, ist nichts, was man ignorieren sollte oder was man ignorieren kann!«

»Ach nein? Wie hat es denn angefangen, Zach? Du hast ein Sexvideo von mir und meinem Ex in die Finger bekommen und erpresst mich seit Wochen damit. Möchtest du die Geschichte unseren Enkeln erzählen, oder soll ich?«, fragte ich spöttisch. Jetzt hatte mich die Wut gänzlich in Besitz genommen. Zach war zu weit gegangen, als er meinen Dad erwähnt und mir offenbart hatte, dass ich in einer Seifenblase gelebt hatte. Und ich würde das so nicht auf mir sitzen lassen.

»Scheiß auf das Video!«, fauchte Zach.

»Das bin *ich* in diesem Video, Zach! Wie könnte ich ...«

»Er hat es gelöscht!«

Irritiert sah ich zu Will.

»Das Video hat er gelöscht. Es existiert nicht mehr«, redete er weiter auf mich ein.

Mein Blick schoss zu Zach, der ziemlich zerknirscht aussah.

»Wow, euer Ernst?«, fragte Sienna jetzt geschockt nach.

»Wann?«, fragte ich tonlos.

Zach schaute erst überall hin, schien in Gedanken versunken, bis er dann endlich wieder zu mir sah.

»Wann hast du es gelöscht?«, wiederholte ich meine Frage. Ich ahnte es. Ich ahnte es sofort.

»Noch am selben Abend, als ich es erhalten habe.«

Mein Mund stand geschockt offen.

»Moment ... Du hattest gar kein Video von Ivy und Simon?«, stellte Sienna verwirrt die Frage, die längst beantwortet wurde.

»Und trotzdem sollte ich dir die Alibis beschaffen?«, fragte ich fassungslos nach.

»So war das nicht geplant. Das musst du mir glauben!« Jetzt schob Zach sich an Will vorbei und sah mich an. »Du hast mir ständig in den Ohren gelegen, dass ich Herzen erobern und brechen würde. Ich ... ich wollte dir eine Lektion erteilen und ich habe ...« Er stockte, fuhr sich durchs Haar und gab ein wütendes Geräusch von sich. »Ich habe dich unterschätzt.«

Lange blickte er mich an, als müsste er nicht mehr weitersprechen. Sein intensiver Blick lag auf mir und verursachte ein nervöses Flattern in meiner Bauchgegend.

Plötzlich wurde die Stille von meinem Handy unterbrochen. Es spielte Darth Vader und nach Zachs Gesichtsausdruck zu schließen wusste er ganz genau, wer anrief.

»Willst du nicht rangehen?«

»Nein!«, antwortete ich viel zu schnell.

»Du musst ...«

Jetzt fing er schon wieder an. Abwehrend hob ich die Hände, während Darth Vader weiter vor sich hinkeuchte. »Das ist ganz allein meine Sache! Und du hast dir das Recht verwirkt, überhaupt noch irgendetwas dazu zu sagen!«, erklärte ich, drehte mich um und lief zurück ins Haus.

Kapitel 30

WER AUF RISIKO SETZT ...

ZACH

»Bist du völlig verrückt geworden?«, fuhr Sienna mich an, sobald Ivy im Haus verschwunden war. »Musstest du ihr gleich jeden Scheiß, den du verzapft hast, erzählen?«

Ich schnaubte. »Was hätte ich denn machen sollen? Das Video stand zwischen uns. Hätte ich es ihr ewig verheimlichen sollen? Wobei ... ihr hättet das natürlich getan! Redet ihr eigentlich irgendwann mal über die ernsten Dinge im Leben? Irgendwann, Sienna?«

Sie wirkte einen Moment wie vor dem Kopf gestoßen. Dann schüttelte sie seufzend den Kopf. »So funktioniert das bei uns nicht. Ivy will nicht darüber reden und ich werde nicht ...«

»Natürlich wirst du nicht! Sie hat angenommen, ihre Geheimnisse würden nur ihr gehören! Jetzt weiß sie, dass es nie so war. Wenn du immer noch nicht einsiehst, dass es an der Zeit war, dass sie sich endlich öffnet ... Dann weiß ich es auch nicht!«

»Moment mal, Freundchen! Du hast uns alle glauben lassen, dass du etwas Brisantes gegen Ivy in der Hand hast!«

»Und du hast es unterstützt, also tu nicht so, als würde es dich ernsthaft stören, dass diese ganze Sache auf einer Lüge basiert!«, fuhr ich sie an und ein Ruck ging durch sie hindurch.

»Aber es ist eine Lüge, Zach. Eine Lüge, mit der Ivy nicht zurechtkommt!«

Darauf konnte ich nichts erwidern. Sienna hatte nämlich recht. Ich hatte Ivy angelogen und es ihr wochenlang nicht gesagt.

Instinktiv glitt mein Blick hoch zu ihrem Fenster.

Das war nicht so geplant gewesen. Ich wollte ihr alles in Ruhe sagen. Ohne Zuschauer. Ohne Druck. Ohne ... Fluchtmöglichkeiten.

»Geh, Zach.«

Siennas Stimme brachte mich dazu, wieder zu ihr zu sehen.

»Wenn du sie ein bisschen kennst, weißt du, dass ich recht habe.«

Hatte sie.

Sienna wartete nicht auf meine Antwort. Sie drehte sich um und lief zum Haus zurück. Phoebe wartete immer noch, die restlichen Mädels waren wieder im Haus.

»Lass uns rübergehen«, murmelte Will. Ich hatte ihn fast schon vergessen.

Ich wandte mich ihm zu, aber er hob schon abwehrend die Hände.

»Wehe! Du weißt, dass das längst überfällig war!«

»Sicher war es das! Aber es ihr hier, vor all den Leuten zu sagen, war sicherlich nicht die bessere Variante!«, erklärte ich ihm und so wie Will mich anschaute, wurde ihm das auch so langsam klar. Leider zu spät.

»Sie wird sich wieder einkriegen«, versicherte Will mir. Aber ich war mir da alles andere als sicher.

»So wie Phoebe und du, ja?«, hakte ich sarkastisch nach und stieg die Veranda unseres Hauses hoch. Keine Ahnung, was da zwischen den beiden abging, aber dass *etwas* abging, konnte jeder sehen.

»Also, das ist komplizierter.«

»Ach ja? Hast du sie mit einem Sexvideo erpresst, das gar nicht mehr existiert? Oder mischst du dich ständig in ihre Probleme ein, obwohl sie das nicht will? Vielleicht hast du dich auch fast mit ihrem besten Freund geprügelt, weil der ihr an die Wäsche will und sie nicht kapieren möchte, dass das unwiderruflich zum Bruch mit ihm führt? Und nicht zu vergessen, dass ich auch so meine kleinen Geheimnisse habe und sie davon absolut keine Ahnung hat! Also, wie sieht das mit Phoebe und dir so aus?«

Bei jedem weiteren Satz wirkte Will nachdenklicher.

»Okay, wenn du das *so* sagst, dann klingt es bei Ivy und dir wirklich ...«

»Jepp, klingt es und ist es«, ergänzte ich verzweifelt und ging hinein.

Aber ich hatte noch Hoffnung.

Heute würde ich Ivy in Ruhe lassen. Morgen sah das

schon wieder anders aus. Ab morgen gab es für sie keine Ruhe vor mir!

***

ZWEI WOCHEN SPÄTER

»Sie ist nicht da«, war Siennas erster Satz, als sie mich vor der Tür stehen sah. Ich stand angelehnt davor, weil ich genau diese Antwort erwartet hatte. Sie versuchte nicht mal zu verstecken, wie wenig Lust sie hatte, mich anzulügen.

»Und sie nimmt tatsächlich an, dass ich dir das abkaufe?«, fragte ich seufzend nach. So langsam war meine Geduld am Ende.

»Ivy gibt Anordnungen und ich mache ausnahmsweise, was sie will, ansonsten würde sie gar nicht mehr mit uns reden. Und glaub mir, mir gefällt dieser Zustand auch nicht«, murmelte Sienna und ich glaubte ihr sofort.

»Okay, und was jetzt? Wir lassen sie in Ruhe und hoffen das Beste?«, fragte ich gereizt und verschränkte die Arme vor der Brust. »Sie geht mir auf dem gesamten Campus aus dem Weg!«

»Ich weiß«, seufzte sie und wirkte ziemlich hilflos. Wie wir alle.

»Wie gehts ihr?«, fragte ich Sienna trotzdem, weil ich es einfach wissen musste.

»Zach«, sprach sie meinen Namen so warnend aus, als würde ich dann aufhören nachzufragen.

»Nach der ersten Woche habe ich mir abends eingeredet, ich könnte sie vergessen. Aber es funktioniert nicht.« Ich musste grinsen, weil das tatsächlich mir passiert war. »Sie hat mich am Haken und ich weiß nicht, wie ich ...«

»Wir wissen es selbst nicht«, warf Sienna ein. »Sie redet nicht mit uns und als wir es mal versucht haben, war sie so schnell wieder verschwunden, dass ich noch mit der Topfpflanze weitergeredet habe. Sie ist so verdammt schnell, wenn sie bemerkt, dass wir reden wollen. Unglaublich!«

Ich nickte, weil mir Ivys Fluchtinstinkte bekannt waren.

»Sie braucht Zeit, Zach.«

Zeit. Wie ich dieses Wort mittlerweile hasste.

Es war einfach, am Anfang zu sagen, dass man Geduld zeigen wollte. Aber wenn erst einmal zwei Wochen ohne einen Funken Kontakt vorbeigezogen waren, sah das wieder ganz anders aus.

Deswegen biss ich mir auf die Zunge und nickte. Sonst wäre ich hochgestürmt und hätte sie so lange geküsst, bis sie freiwillig zugab, was wir beide haben könnten, wenn sie endlich nachgeben würde.

Aber ich hatte mir die Sturste von allen ausgesucht.

***

Am Abend feierten die Jungs mit einer Party das nahende Wochenende. Sonst war es mir total egal, wenn sie feierten. Heute nicht. Meine Geduld war am Ende.

Usher dröhnte durch die Räume. Es war bereits viel los, während ich an der Bar saß und meinen vollen Drink anstarrte.

»Was zum Teufel tust du da?«

Will hatte mich schneller gefunden, als ich gedacht hätte.

»Ich sitze an der Bar«, antwortete ich sachlich und starrte ihn weiter an.

Bourbon. Guter, alter Bourbon.

»Ach, du sitzt hier nur so herum, ja? Und was zum Teufel soll der Drink vor deiner Nase?«

»Ich find's witzig.«

»Witzig? Oh ja. Darf ich mitlachen?«

Ich ignorierte seinen Sarkasmus.

»Zwei Dinge, die ich unbedingt haben möchte, aber nicht bekommen kann. Das finde ich ...« Ich blickte gedankenverloren an die Decke. »... witzig.«

Will setzte sich neben mich. »Die Frage, die du dir nach zwei Wochen stellen solltest, ist folgende: Ist es nur eines der beiden Dinge ...« Er zeigte auf meinen Drink. »... das nicht gut für dich ist? Oder sind es doch beide?«

»Hey, ihr zwei!«

Neben uns stand plötzlich Jennifer Banks und lächelte uns an, als hätte es nie einen Simon, zu viel Alkohol und eine Predigt von uns beiden gegeben.

Will und ich nickten nur.

»Du, Zach? Wie wäre es, wenn wir beide ...« Sie malte tatsächlich Kreise auf meinem Oberarm.

Will schüttelte nur den Kopf, mischte sich aber nicht weiter ein. Wie immer. Er überließ es mir, mich abzulenken, wenn ich es brauchte. Das tat er immer.

Aber belangloses Rummachen lenkte mich nicht mehr ab. Schon lange nicht mehr.

»Sorry Jenny, heute nicht«, murmelte ich und schob den Drink etwas von mir weg.

»Ach, komm schon. Du bist viel zu nett, um es dir anders zu überlegen.«

Ihr Satz ließ mich aufhorchen.

Zu nett? *Zu nett?*

Jetzt begutachtete ich sie genauer. Sie trug Shorts und ein enges Shirt, das zu viel Ausschnitt zeigte, als dass es unbeabsichtigt so aussehen könnte. Jenny wollte jemanden abschleppen. Und ich wäre ein Idiot, wenn ich nicht checken würde, dass sie mich wollte. Sie biss sich kokett auf die Unterlippe, als sie mein Starren bemerkte.

»Ich würde lieber meinen linken Arm verlieren, als dir zu folgen, Jenny. Also vergiss es.«

»Wer braucht schon den linken Arm?«, fragte sie grinsend und griff über mich, um sich Nüsse aus einer Schale zu greifen. Dabei streifte sie mit ihrem Busen meinen Unterarm. Provozierend schaute sie mich an, und das brachte das Fass zum Überlaufen.

»Was verdammt noch mal ist los mit dir?«, fragte ich gereizt.

Ihr war die Verblüffung über meine Reaktion sofort anzusehen.

»Kein Interesse ist nun mal kein Interesse. Raff das endlich!«

»Ach, und deswegen musst du jetzt das Arschloch raushängen lassen?«, zickte sie gekränkt herum.

Ich stand auf und konnte es wieder mal nicht fassen. War ich zu nett, passte es Ivy nicht. War ich zu fies, passte es auch nicht.

»Zach, überleg bitte ...«

Ich ignorierte Wills Stimme. Warum machte ich das dann überhaupt? Warum hielt ich mich seit zwei Wochen zurück und entsagte ... ja, einfach allem? Ivy war offensichtlich nicht mal daran interessiert, mit mir zu reden oder meine Nachrichten zu beantworten. Sie wollte mich nicht.

Für meine nächste Tat würde ich gerne einen Promillewert von 2,0 als Grund angeben. Aber ich zog Jenny an mich und drückte ihr einen festen Kuss auf den Mund, ohne darüber nachzudenken. Ich wollte ... den Frust loswerden. Ivy wollte mich nicht, aber ich wollte sie so verdammt sehr! Und ich konnte sie nicht haben. Ich ... war so ein verdammter Idiot.

Denn Wills Stimme hätte ich nicht ignorieren sollen. Er mischte sich immer nur ein, wenn er sich Sorgen machte oder mir Stress ersparen wollte.

Es war der leidenschaftsloseste Kuss, den ich jemals verteilt hatte, und doch grinste Jenny, als ich sie losließ.

»Das war ...«, begann sie.

»Die dümmste Idee, die du je hattest«, kommentierte Will meine Kurzschlussreaktion.

Ich blickte ihn an und erkannte, dass hinter ihm jemand stand. Die Person war kleiner als Will und hatte die schönsten Augen, die mich niemals so angepisst angeschaut hatten wie jetzt.

Der Schock in Ivys Gesicht war grenzenlos. Ihr Mund war vor Überraschung geöffnet. Dann besann sie sich, drehte sich um und drückte sich zwischen den ganzen Partygästen hindurch. Nur weg von mir.

Kapitel 31

INSTINKT

IVY

»Geh bitte einfach an dein Handy, wenn ich das nächste Mal anrufe. Tust du das für mich? Ich bin völlig allein. Mary macht mich noch wahnsinnig! Ich brauche jemanden, der mich kennt und mir vertraut. Meld dich, Kleines. Ich vermisse dich und ...«

Die Mailbox brach die Nachricht ab, weil sie mal wieder zu lang gewesen war.

Seufzend legte ich mein Handy auf dem Bett ab.

Kein einziges Wort kam seit Wochen über Dads Lippen, wenn es darum ging, seinen Rückfall Thema werden zu lassen. Wie immer fühlte er sich allein und wollte es nicht mehr sein. Irgendwie verständlich und dann wieder nicht. Denn mir ging es gerade genauso.

»Falls es dich interessiert, und deinem melancholischen Gesichtsausdruck nach interessiert es dich ...« Sienna hatte nicht angeklopft und war wie üblich einfach in mein Zimmer getreten.

»Ich habe wirklich keine Lust«, begann ich seufzend und streckte mich auf meinem Bett aus.

»... erzähle ich dir gern, dass Zach wieder gegangen ist.«

»Er war hier?«, fragte ich überrascht und setzte mich auf.

»Jahaaa«, dehnte sie ihre Antwort aus. »Wie jeden Tag. Und wie jeden Tag habe ich ihn weggeschickt. Also ...« Sie setzte sich an den Rand des Bettes. »Wann wirst du ihm die Tür öffnen?«

»Sienna und Metaphern? Wow. Bin beeindruckt«, sagte ich grinsend und lehnte mich mit dem Rücken an die Wand.

»Jepp, trotzdem merke ich es, wenn man versucht, vom Thema abzulenken.«

Ich seufzte und tippte lieber mit den Fingern auf meiner Decke herum.

»Ivy?«

»Mmh?« Ich sah sie nicht an.

»Du gehst nicht nur Zach seit Wochen aus dem Weg.«

»Ich gehe ihm nicht ...«

»Du gehst ihm aus dem Weg!«, sprach Sienna dazwischen. »Hier lässt du dich verleugnen und auf dem Campus läufst du einfach weiter, wenn er dich anspricht. Wie lange soll das noch so gehen?«

»Keine Ahnung, bis er endlich aufgibt?«, antwortete ich so unbekümmert wie nur möglich.

Einen langen Moment spürte ich ihren Blick auf mir ruhen.

»Und was ist mit uns?«

Ich schaute auf.

»Du gehst auch uns aus dem Weg, Ivy. Ich kann das verstehen. Du hast immer alles mit dir allein ausgemacht, aber ...«

»Aber was? Zach hätte es gar nicht erst ansprechen sollen«, murrte ich und stand vom Bett auf.

»Sicher? Man kann über Zach sagen, was man will, aber er hat recht mit dem, was er zu dir gesagt hat.«

Ich verdrehte die Augen, während ich an meinen Schrank ging und meinen Jogginganzug herausholte.

»Wir reden nicht. Nicht so, wie wir es vermutlich sollten. Phoebs und ich hätten dir sagen müssen, dass wir das mit deinem Dad wissen.«

»Sienna«, seufzte ich und drückte mir auf die müden Augenlider.

»Du hast nie darüber geredet, wenn du deinen Dad besucht hast. Und seien wir mal ehrlich, du hast ihn oft besucht. Öfter, als wir unsere Familien besuchen.«

»Sienna«, warnte ich sie noch einmal.

»Du weinst. Nachts. Wenn du denkst, dich hört keiner. Du weinst, weil dein Dad es nicht auf die Reihe bekommt, Ivy. Aber du bist nicht dafür verantwortlich, dass er trinkt.«

»Ja, weil du so gut weißt, wie es ist, einen Dad zu haben, oder? Weiß deiner überhaupt, dass du existierst?«, feuerte ich ihr vor die Füße und bereute es sofort wieder.

Siennas Blick wurde kühl. Scheiße.

»Es tut mir leid, Sienna. Ich wollte nicht ...«

»Doch, du wolltest. Und du hast mir wehgetan.« Sie stand auf. »Ich weiß, warum du das tust. Wenn man verletzt wird, verletzt man selbst, sobald jemand kommt und sich in diese ganze Sache einmischt.« Sie lief zur Tür und öffnete sie.

»Sienna, bitte ...«

»Weißt du ...« Sienna drehte sich zu mir um. »Du kennst das Problem mit meinen Eltern. Wenn ich Bock hätte drüber zu reden, würde ich das tun. Aber bei dir hängt schon so lang eine imaginäre rote Lampe über dem Kopf mit dem Schriftzug *Ich platze bald, wenn nicht jemand kommt und sie ausstellt,* dass ich es einfach nicht verstehe. Ja, Phoebs und ich sind anscheinend nicht die Richtigen, um dir zu helfen, aber Zach ist es. Er hat die Lampe gesehen und hat sich getraut, die Probleme anzusprechen. Er will dir nur helfen. Mehr ist es nicht. Keiner wird dich dafür verurteilen. Aber weißt du, wofür ich dich verurteile? Dafür, dass du es nicht einmal versuchst.«

Ich rührte mich nicht, während ihre Worte durch die Luft waberten und ihre Wirkung entfalteten.

»Vielleicht kommst du nachher runter zum Essen. Phoebs würde sich bestimmt auch freuen.«

Sie wandte sich wieder um, da hatte ich mich aber bereits entschieden.

»Ist sie denn da? Ich meine ... Phoebs? Ich könnte ihr Auto gebrauchen. Meins ist noch nicht wieder repariert.«

Sienna schenkte mir ein müdes Lächeln. »Ist sie.«

***

»Und du bist dir absolut sicher?« Phoebs fragte jetzt zum dritten Mal nach.

»Hör auf, sie zu nerven. Wir sitzen doch hier vor ihrem Haus, oder?«, fragte Sienna genervt nach und begutachtete sich im Rückspiegel.

»Ja, aber wir sitzen hier schon ein paar Minuten. Vielleicht hat sie es sich doch anders überlegt.«

Phoebs war die ganze Strecke nach Maysville gefahren. Sienna war mitgekommen und ich durfte nichts dazu sagen, dass sie mich zu meinem Dad begleiten wollten.

Insgeheim war ich ihnen mega dankbar, dass sie mitgekommen waren. Die zweistündige Fahrt war schon nervenaufreibend genug, aber wie wäre es erst, wenn ich auf Dad traf?

»Ivy? Sicher, dass du das noch machen willst?«, fragte Sienna vorsichtig nach.

Ich nickte, aber dieses Mal stieg ich tatsächlich aus.

»Wir warten dann hier«, rief Phoebs aus dem Auto.

Wieder nickte ich, blickte durchs Fenster und lächelte.

»Danke.«

Das Lächeln wurde von beiden sofort aufmunternd erwidert.

Es war unfassbar schwierig, die Stufen zum Haus hochzusteigen. Die Tür zu öffnen ebenfalls.

»Hallo?«, rief ich durchs Haus.

»Ivy?« Dads Stimme kam aus dem Wohnzimmer.

Mein Puls pochte harsch durch meine Adern. Ich war nervös. So verdammt nervös.

Dad saß auf dem Sofa und der Fernseher lief. Er schaute irgendeine Quizsendung. Ich suchte den Raum sofort nach Bierflaschen ab, aber ich fand keine.

»Du bist es!«

Dad sah müde aus und er hatte abgenommen. Stark abgenommen.

Er wollte aufstehen, aber ich hob die Hand, damit er es nicht tat.

»Was ist los?«, fragte er verwundert. »Jetzt sag nicht, dass Mary dich angerufen und dir irgendeinen Mist erzählt hat. Ich sage dir, deine Tante macht mich noch fertig. Jeden Tag taucht sie hier auf und nimmt das halbe Haus auseinander. Weißt du, wie es hier immer aussieht, wenn sie fertig ist?«

»Ich kann es mir vorstellen«, murmelte ich und setzte mich in den alten Sessel, ihm direkt gegenüber. Dad besaß mehrere clevere Verstecke für den Alkohol. Ich würde hier genauso sämtliche Ecken auseinandernehmen.

»Als du noch an dein Handy gegangen bist und mich besucht hast, hätte sie sich das niemals erlaubt.«

Dads Vorwurf wunderte mich nicht.

»Aber jetzt bist du ja hier. Jetzt wird alles wieder gut. Mary kann zu Hause bleiben und du kümmerst dich wieder ...«

Alles, was er noch zu sagen hatte, ging unter. Ich blickte zum Kaminsims, auf dem immer noch dieselben Bilder standen. Drei Bilder. Drei Bilder, die weder Mom noch Dad zeigten. Drei Bilder, die so viel aussagten, dass mir Zachs Worte wieder einfielen.

Dad hatte in der Dusche gesessen, völlig blau von dem Rotz, den er wieder mal getrunken hatte.

Ein Alkoholiker lernt nicht daraus, wenn ständig jemand seine Kotze aufwischt, Ivy. Du wischst seine Fehler weg. Wie soll er dann kapieren, dass er überhaupt Fehler macht?

Und jetzt saß ich hier und hörte mir wieder an, wie einfach doch alles war, wenn ich hier bei ihm war.

»Dad, ich bin nicht hier, weil ich mich um dich kümmern möchte.«

»Möchtest du nicht? Hast du nur Essen vorbeigebracht?«, fragte er unschuldig.

Fassungslos lehnte ich mich zurück. »Ich bin selbst schuld, oder?«

»Woran, Kleines?«

»Ich habe all die Jahre nichts anderes getan, als für dich da zu sein. Und dabei habe ich völlig vergessen, dass nicht *ich* die Erwachsene von uns beiden sein sollte.«

»Wovon sprichst du?«

Ich begegnete seinem verwirrten Blick. »Willst du wirklich wissen, wovon ich spreche?«

Er runzelte die Stirn. »Ivy, so kenne ich dich gar nicht!«

»Ja, weil ich immer so naiv war und dachte, dass meine Probleme nicht deine sind. Aber weißt du was?« Ich stand auf. »Meine Probleme sind deine Probleme. Denn du löst sie aus, Dad. Du löst sie aus!« Meine Stimme wurde immer brüchiger, aber ich versuchte,

Haltung zu bewahren, weil einfach noch nicht genug gesagt worden war.

Ich blickte ihm direkt in sein weiterhin verwirrtes Gesicht. Er hatte es immer noch nicht begriffen.

»Hast du überhaupt eine Ahnung, wie geschockt ich war, als du wieder angefangen hast zu trinken? Weißt du das, Dad?«

»Ivy, ich habe dir doch gesagt, dass ...«

»Gesagt hast du vieles, Dad. Komm nach Hause, Ivy. Ich brauche dich. Ohne dich geht es nicht. All das hat mich jahrelang dazu gebracht, das zu tun, was du willst. Aber weißt du, wer als Einzige daraus Konsequenzen gezogen hat? Ich, Dad. Deine 20-jährige Tochter hatte jeden einzelnen Tag Angst davor, dass du wieder trinkst. Immerhin bin ich die Einzige, die dir dabei helfen kann. So versuchst du es mir jedenfalls immer einzureden. Und Glückwunsch, das hast du immer geschafft. Ich habe dir geglaubt.«

Kopfschüttelnd ging ich zum Kaminsims. Das erste Bild zeigte mich mit vier, wie ich die Geburtstagskerzen auf der Torte ausblies. Auf dem anderen war ich gerade sechs und lächelte in die Kamera. Und dann blickte ich auf das letzte Bild, auf dem ich bereits 13 Jahre alt war.

»Kannst du dich noch daran erinnern, wie ich in der dritten Klasse auf einmal fast zwei Köpfe gewachsen bin? Alle nannten mich in der Zeit *Big Ivy*. Tante Mary meinte, ich würde noch über zwei Meter groß werden. Sie irrte sich – Gott sei dank –, aber kannst du dich noch an diese Zeit erinnern?«

»Weiß ich nicht«, murmelte er genervt. »Das ist auch nicht wichtig. Es ist lang her.«

»Mir ist es wichtig, Dad. Aber warum sollte dich das interessieren? Immerhin war das die Zeit, in der Mom abgehauen ist. Die Trauerzeit, in der du angefangen hast zu saufen!«

»Ivy!«, fuhr er mich wütend an.

Ich fuhr herum und funkelte ihn an. »Was? Spreche ich das an, was du so gerne vertuschen willst? Ist dir eigentlich klar, dass ich mich an alles erinnere? Der Mensch, der immer für dich da war, weiß alles, Dad! Alles, was je passiert ist.«

»Ivy«, seufzte er müde.

»Ich war da, als du jede Nacht betrunken zurückgekommen bist. Ich habe den Boden gewischt, wenn du Alkohol oder noch Unangenehmeres über den Boden verteilt hast! Und ich war es, die dich ständig gebeten hat, damit aufzuhören!«

»Hör auf, das weiß ich alles!«

»Ach, wirklich? Dann musst du dich auch daran erinnern, dass du erst begriffen hast, dass du etwas ändern musst, als du fast deinen Arm verloren hast. Du warst zu betrunken, um die Maschine zu bedienen! Du hast keine Ahnung, wie es sich anfühlt, wenn man jahrelang auf seinen eigenen Dad einredet, er sich aber nicht ändert! Für deine Tochter konntest du es einfach nicht tun!«

Mein Blick schoss wieder zu den drei Bildern, die mir das ganze Ausmaß meiner Kindheit aufzeigten.

»Du hast immer nur Mom hinterhergetrauert. Die Zeit nach ihr gibt es für dich einfach nicht. Irgendwann hast du deine tägliche Dosis Sprit gehabt, damit du irgendwie am Leben teilnehmen konntest. Aber auch nur gerade so viel, dass andere kaum Verdacht schöpften. Warum auch nicht? Ich hatte ja auch ständig dafür gesorgt, dass niemand etwas herausfand. Aber ich kann das nicht mehr. Ich ...« Ich wandte mich zu ihm um. »Wegen dir, Dad, kann ich mich auf keinen Mann einlassen. Nicht, wenn ich merke, er könnte mich verletzen.«

Dad sagte nichts, er sah mich einfach nur an.

»Du trauerst immer noch Mom hinterher. Einer Frau, die dir das Herz gebrochen hat. Das tut mir leid, aber es ist kein Grund, deine Tochter zu vernachlässigen. Das ist kein Grund, dass ich für uns beide die Erwachsene spielen muss.«

»Aber das habe ich doch nicht von dir verlangt!«, antwortete er geschockt.

Ich wollte etwas erwidern, aber da kam mir jemand zuvor.

»Entschuldigung, aber das ist leider nicht richtig, Sir«, erklärte Sienna, die mit Phoebe im Flur stand.

Ich war überrascht sie zu sehen, sagte aber nichts.

»Ivy stand immer unter Strom. Anfangs wussten wir nicht, was es war. Aber als sie immer wieder mal ohne Vorwarnung zu Ihnen fuhr und danach tagelang kaum ansprechbar war, wussten wir, dass etwas nicht stimmte«, setzte Phoebe fort.

»Wir haben Ihre Anrufe an Ivy oft mitgehört. Sie haben sich nicht an die Nachtruhe gehalten und die Wände bei uns sind ziemlich dünn. Ich würde mich echt entschuldigen, weil wir gelauscht haben, aber ich tu es nicht. Es war uns wichtig, zu wissen, was los war, damit wir auch damit umgehen können.« Sienna zuckte mit der Schulter. »Sie hat sich ständig verantwortlich gefühlt, sich niemandem anvertraut und jetzt hat sie einen Typen vergrault, der echt super heiß ist und das nur, weil sie selbst Komplexe hat und ...«

Phoebe tippte ihr auf die Schulter.

»Was? Ist doch so! Sie hat Selbstzweifel, weil das mit ihm und ihrer Mom nicht geklappt hat. Er ist am Ende, sieh in dir doch mal an! Wann war er das letzte Mal unter der Dusche? Es riecht hier nach totem Hund und wir wissen beide, dass Ivy nie einen erwähnt hat.« Sienna blickte zu Dad. »Sie sehen mindestens zehn Jahre älter aus, als Sie eigentlich sind! Ist das Ihr Leben? Wollen Sie die nächsten zwanzig Jahre so weitermachen? Denn so wie ich das sehe und sicherlich auch Dutzende Mediziner in Kentucky, werden Sie davon höchstens zehn erleben. Zehn Jahre allein, in dieser Bruchbude und mit dem Geruch von totem Hund. Eine wunderbare Zukunft, finden Sie nicht auch?«

Mit jedem Wort schien sich Dad unwohler zu fühlen.

»Ich versuche es ja. Ehrlich. Ich habe seit Wochen kein Tropfen angerührt ... und von welchem Typen spricht deine Freundin eigentlich, Ivy?«

Mein Stolz hielt sich in Grenzen, aber ein kleiner Teil von mir beruhigte sich, dass er tatsächlich bisher nichts angerührt hatte. Tante Mary war hartnäckig, das wusste ich.

»Was ist mit der Klinik, die ich Tante Mary empfohlen habe?«, fragte ich nach und ignorierte seine Frage nach Zach.

»Hab den Namen vergessen«, antwortete er genervt.

Mich wunderte seine Antwort nicht, deswegen zog ich die Broschüre, die Zach mir damals gegeben hatte, aus meiner Tasche und legte sie auf den Tisch. »Tante Mary hat auch ein Leben, Dad. Es mag ihr gefallen, dich herumzukommandieren, aber sie hat Kinder und einen Ehemann. Sie kann nicht immer deinen Aufpasser spielen.«

»Ich weiß«, antwortete er leise.

»Dann nimm dir bitte diese Broschüre zu Herzen, Dad. Du brauchst professionelle Hilfe.«

»Was soll ich damit? Ich schaffe das! Oder traust du mir das nicht zu?«

»Nein, tue ich nicht, Dad«, erklärte ich ihm und hielt seinem Blick stand.

Er wirkte überrascht, dass ich so ehrlich antwortete.

»Willst du fahren, Ivy?«, fragte Sienna mich.

Ich nickte und ging auf sie zu.

»Das war es jetzt? Du lässt mich wieder allein?«

Wutentbrannt drehte ich mich um. »Hast du nur irgendetwas von dem verstanden, was ich dir gesagt habe?«

»Ja, aber …«

»Aber was? Dad, du trauerst einer Frau nach, die sich seit 13 Jahren einen Scheiß um uns schert! Ich habe mich damit abgefunden, dass meine Mutter kein Thema mehr ist. Sie lebt ihr Leben weiter, wann fängst du endlich damit an?«

Er öffnete den Mund, aber fand womöglich nicht die richtigen Worte. Was sollte er auch sagen? Alles, was von ihm kam, war sturer Schwachsinn.

Damit hätte sich wohl geklärt, woher mein sturer Kopf kam.

Phoebe und Sienna liefen bereits zur Haustür, als ich noch etwas loswerden musste. Etwas, das mich dazu brachte, einen wichtigen Schritt für mich zu machen.

»Und dieser echt heiße Typ, von dem Sienna sprach … Er war hier, als du deinen Rückfall gehabt hast. Er hat dich in die Dusche gestellt und mir geholfen, klarer zu sehen. Und obwohl ich ihm immer wieder Dinge an den Kopf geworfen habe, für die er nur zum Teil etwas konnte, hat er mir nie das Gefühl gegeben, nur zweite Wahl zu sein. Nicht so wie du, Dad.«

»Du bist keine zweite Wahl, Ivy«, rief er mir panisch hinterher.

»Dann beweis es mir«, antwortete ich und folgte meinen Freundinnen hinaus.

Als ich wieder ins Freie kam, konnte ich beruhigter Luft holen.

»Alles okay?«, fragte Phoebe besorgt.

»Jetzt schon.«

»Das hast du gut gemacht«, lobte Sienna mich.

Ich lächelte. »Ohne euch hätte ich es nie getan.«

Phoebe und Sienna sahen sich kurz an und tauschten sich nur mit Blicken aus. Ich kannte das bereits.

»Du weißt, dass es da noch einen gibt, der dir geholfen hat, dich deinem Dad zu stellen.«

Zach.

Ich nickte, weil es nicht mehr zu leugnen war und ich es einfach nicht mehr leugnen wollte.

Wir setzten uns ins Auto. Ich nach hinten, Phoebe fuhr und Sienna war Beifahrerin.

»Nun, weil die Wände dünn sind und ich natürlich lausche, wenn ich etwas Interessantes höre ...«, begann Sienna und entlockte Phoebe und mir ein Grinsen. »Heute Abend steigt wieder eine Fete bei den Kappa Alphas. Und ich gehe davon aus, dass deren Chef auch dabei sein wird.«

»Es ist immer wieder erstaunlich, wie du Dinge so nett durch die Blume äußern kannst«, stellte ich fest und sah dabei zu, wie die Häuser an uns vorbeizogen.

»Ja, oder?« Sienna lachte auf und wirkte ziemlich stolz auf sich.

»Danke euch beiden. Ich hätte euch früher erzählen müssen, was los ist«, murmelte ich nach einer Weile.

»Ach was, wir verstehen das«, erwiderte Phoebe, die konzentriert auf die Straße schaute.

»Ich verzeihe dir«, sagte Sienna, als hätte sie Phoebes Antwort nicht gehört.

»Sienna!«

»Was? Es ist ja so! Wir haben öfter mal von einer Flinte oder so etwas geträumt, wenn Ivy mal wieder rumgezickt hat.«

»Gott sei Dank habe ich den Schlüssel zum Gewehrschrank versteckt«, sagte Phoebe seufzend.

»Ha! Ich wusste, dass du ihn genommen hast!«, rief Sienna.

»Wer weiß, was du sonst noch damit anstellst«, murmelte Phoebe.

»Ich könnte dir damit auch helfen. Erst schieß ich Zach ein Bein weg, wobei Ivy mich gerade so angepisst anschaut, dass eine Versöhnung der beiden nur noch reine Formsache sein wird, aber wenn du möchtest, könnte ich Will auch einen oder zwei Finger wegpusten.«

Phoebe seufzte. »Du würdest niemals so gut zielen, dass ihm Finger fehlen. Eher schießt du ihm den Oberarm oder so etwas weg.«

Phoebes nüchterne Antwort war nicht befriedigend für uns.

»Na ja, und wenn es so wäre? Würdest du ihm eher einen abgeschossenen Oberarm oder ein paar Finger gönnen?«

»Du weißt schon, dass ich einen Sommerkurs über Verhaltensstrategien belegt habe, ja?«, fragte Phoebe belustigt nach.

»Oh, komm schon! Irgendetwas ist doch da zwischen Will und dir. Das sieht ein Blinder. Siehst du, Ivy ist auch neugierig!«

Ich ignorierte mal die Spitze gegen mich und wartete gespannt auf Phoebes Antwort.

»Leute ...« Sie seufzte. »Heute geht es um Ivy. Nicht um Will, mich oder deine schlechten Schussfertigkeiten.«

Sienna schnaubte, weil sie nicht weiterkam.

»Zach hat das Sexvideo nicht lang gehabt«, dachte ich laut nach, um das Thema zu wechseln.

»Irgendwie süß von ihm, es direkt zu löschen. Er hätte es auch behalten können«, meinte Phoebe.

»Ich weiß.«

»Aber trotzdem ist er ein Trottel. Er hat es dir wochenlang nicht gesagt!«, erinnerte Sienna.

Ich nickte. Das war auch mein Problem. Zach hatte es mir einfach nicht gesagt.

»Ich meine, es ist ja nicht so, dass du trotzdem versucht hast, ihm diese Erpressung so schwer wie möglich zu machen. Wir alle wissen ja, wie gerne du backst«, stellte Sienna belustigt fest.

»Sehr witzig.«

»Es ist witzig, ja«, antwortete Sienna und lachte lauthals. Selbst Phoebe bekam sich kaum noch ein. Und ich musste ihr recht geben. Auch wenn Zach es mir nicht gesagt hatte, war ich nicht gerade willig, ihm die Erpressung leichtzumachen. Er wäre einmal fast erstickt.

Vermutlich hatte sie es nicht bewusst getan, aber Sienna gab mir einen weiteren Anstoß, Zach besser zu verstehen.

***

Das Haus der Kappa Alphas war bereits voll mit Leuten, als wir das Auto abstellten und sofort rübergingen.

»Ich schau mal links!«, rief Phoebe uns zu und verschwand in der Menge. Sienna folgte mir rechts durchs Haus.

Der Bass der Boxen war laut und übertönte so ziemlich alles andere. Als wir weitergingen, wurde die Musik immer leiser. Eine Wohltat für die Ohren.

»Sieh mal!« Sienna zeigte zur Bar.

Will und Zach saßen dort. Jennifer Banks stand direkt neben ihm.

»Was will sie denn hier?«, fragte ich wütend.

»Warte ab, bevor du wieder irgendetwas annimmst, das sicherlich ganz anders ist.«

Ich hörte auf Sienna und schaute mir die Szene weiter an.

»Was verdammt noch mal ist los mit dir?«, hörten wir Zach wütend rufen.

Jenny hatte offensichtlich nicht mit seiner Reaktion gerechnet. Sie wirkte geschockt.

»Kein Interesse ist nun mal kein Interesse. Raff das endlich!«

»Ach, und deswegen musst du jetzt das Arschloch raushängen lassen?«, fragte sie ihn gereizt.

Ich konnte das Grinsen nicht zurückhalten. Er hatte sie abblitzen lassen. Und zwar nicht nett und freundlich. Nein! Zach hatte ihr klar und deutlich gesagt, dass er darauf keinen Bock hatte. Am liebsten hätte ich Sienna umarmt, aber dann stand Zach plötzlich auf.

»Zach, überleg bitte ...«, sagte Will noch, aber da hatte Zach Jenny schon gepackt und ... küsste sie.

»Ach du Scheiße!«, rief Sienna. Auch Will bemerkte sie, drehte sich zu uns um und wirkte überrascht.

Natürlich! Wer hatte uns denn auch erwartet?

Zach ließ von Jenny ab, während sie dieses verträumte Glitzern in den Augen hatte. Wer kannte das nicht, wenn Zach Morris einen küsste? Die Verbitterung über diese Tatsache kam schnell und mit Wucht.

»Das war ...«, begann Jenny, aber sie fand wohl nicht die richtigen Worte.

»Die dümmste Idee, die du je hattest«, erklärte Will seufzend.

Zach blickte an ihm vorbei, aber ich war schon voll im Fluchtmodus.

»Ivy!«, rief Sienna mir zu. Ich ignorierte sie, drückte mich panisch durch die Menschenmenge und rannte raus in die Kälte. Vorhin hatte ich gar nicht bemerkt, wie kühl es geworden war, weil ich so nervös gewesen war, auf Zach zu treffen. Ich hatte mir schon überlegt, wie ich auf ihn zugehen könnte. Vielleicht mit einem *Hey, ich wollte mit dir reden. Es tut mir leid, du hast recht. Ich war völlig ...*

Kopfschüttelnd kam ich auf der anderen Straßenseite an und suchte meinen Haustürschlüssel.

»Wo bist du, verdammt noch mal?«, fluchte ich und kramte in meiner Jeanstasche herum.

»Zwei Wochen, Ivy!«, rief mir Zach plötzlich zu.

Eilig stieg ich die Treppe hoch. Ich wollte mich nicht mehr erniedrigen lassen.

»Du hast mich zwei Wochen lang halb verrückt gemacht und ausgerechnet ...«

Seine Stimme kam näher, also drehte ich mich wütend um.

»Ausgerechnet dann, wenn du deine Zunge in Jennifer Banks' Hals gesteckt hast, komm ich dir in die Quere. Schon verstanden!«, fuhr ich ihn an.

Zachs Wut war ihm anzusehen. Irgendwie war das ziemlich merkwürdig, wenn man bedachte, wer hier gerade wen geküsst hatte.

»Das war eine verdammte Kurzschlussreaktion, da stand der Bourbon und Jenny hat genervt, obwohl ich das erste Mal wirklich ziemlich unhöflich war. Und was soll das überhaupt mit der Zunge? Ich habe ihr keinen Kuss mit Zunge gegeben!«

»Oh, das beruhigt mich aber. Danke, Zach. Danke, dass ich ab sofort keine Albträume mehr von deiner und ihrer Zunge bekomme, sondern nur von ihren Titten an deiner Brust. Nicht zu vergessen, ihren Lippen auf deinen und ihrem scharfen Blick!«

Zach schnaubte und kam näher. »Das ist nicht witzig, Ivy!«

»Hörst du mich lachen?«, fragte ich giftig nach und drehte mich um, weil ich den Schlüssel endlich gefunden hatte.

Aber bevor ich ihn ins Schloss drücken konnte, hatte Zach ihn mir aus der Hand gerissen.

»Du verstehst das nicht«, sagte er jetzt etwas ruhiger.

»Nein! *Du* verstehst es nicht!« Ich riss den Schlüssel

aus seiner Hand. »Dad hat mir so viel genommen und ich dachte wirklich, dass du es mir wiedergeben könntest. Immerhin hast du Dinge gesagt, die niemand je zu mir gesagt hat! Aber was bedeutet das alles, wenn du dir gleich die Nächste suchst? Vielleicht bedeutet es dir nichts, doch mir bedeutet es alles!«

Zachs schuldiger Blick brachte das Fass zum Überlaufen.

Ich schubste ihn von mir, schloss die Tür auf und stieß sie zu.

Mein Kopf ruhte an der Tür, während die Tränen ihren Weg fanden.

»Scheiße!«

Kapitel 32

Meine Stirn lag an ihrer Haustür, die sie gerade vor meiner Nase geschlossen hatte.

»Du hast keine Ahnung, was du mit mir machst«, flüsterte ich, obwohl sie es nicht hören konnte.

»Ich denke, das weiß sie tatsächlich nicht«, antwortete stattdessen eine andere Stimme sarkastisch.

Sienna. Natürlich war sie ihrer Freundin gefolgt.

»Komm, möchtest du noch nachtreten?«, fragte ich und drehte mich zu ihr um.

»Du liegst schon praktisch am Boden, Zach.«

»Nett«, kommentierte ich und ging die Stufen hinunter an ihr vorbei.

»Du hast den Bourbon nicht angerührt!«

Ich blieb stehen und wandte mich zu ihr um.

»Das ist merkwürdig, denn ich dachte, nur betrunkene Idioten würden so dumm sein, Jenny meiner Freundin Ivy vorzuziehen.«

»Sienna, ich ...«

322

»Und dann ist mir eine noch seltsamere Sache aufgefallen. Wann hast du jemals Bourbon getrunken? Ich erinnere mich kaum noch daran. Du hast eine lange Zeit nichts getrunken«, schlussfolgerte sie nachdenklich, aber vollkommen richtig.

Seufzend fuhr ich mir durchs Haar. »Du beobachtest zu viel.«

»Ich nehme das mal als Kompliment. Also, wie lange schon nicht?«

Normalerweise würde ich mich jetzt umdrehen und sie ignorieren. Aber Ivy hatte mich sentimental gemacht. Schon wieder.

»Ein Jahr und sechzehn Tage.«

Einen langen Augenblick sah sie mich einfach an. »Sie macht dasselbe durch, weißt du. Nur ist es ihr Dad.«

Wieder fuhr ich mir nervös durchs Haar. »Noch so etwas kann sie gerade nicht gebrauchen«, antwortete ich und sprach somit zum ersten Mal das aus, was mir solches Kopfzerbrechen bereitete.

Die ganze Zeit wollte ich sie zwingen, über ihren Dad nachzudenken und es vielleicht auch mal auszusprechen. Aber sie tat es nicht. Und im Grunde war ich froh darüber. Denn solange sie nicht bereit war, sich der Alkoholsucht ihres Dads zu stellen, müsste ich nicht von mir erzählen. Das klang zumindest in der Theorie gut, aber Sienna machte mir einen kräftigen Strich durch die Rechnung.

»Wir waren vorhin bei ihrem Dad.«

Überrascht sah ich sie an.

»Sie hat ihm ordentlich die Leviten gelesen. Mann, ich war nie stolzer auf sie als in diesem Moment.«

»Sie war bei ihrem Dad?«, fragte ich perplex.

»Oh ja! Und direkt danach wollte sie zu dir, und du …«

Ich hatte Jenny geküsst, weil ich nicht damit umgehen konnte, dass Ivy auf Abstand gegangen war.

»Verfickte Scheiße!«, fluchte ich und zog verzweifelt an meinen Haaren. »Das kann doch nicht wahr sein!«

»Du und Jenny? Doch, anscheinend ist es das!«, schnaubte Sienna.

»Es ist nicht so, wie du …«

»Mir musst du nichts erklären, Zach. Erkläre es ihr!«

Es ihr erklären?

»Oh nein! Du wirst jetzt nicht …«

Ich stürmte wieder die Treppe hoch, ignorierte Sienna und riss die Haustür auf.

»… da reingehen.«

»*Ivy!*«, brüllte ich durchs Haus, aber es kam keine Antwort. Zwei Mädels schauten um die Ecke und schienen verwirrt. Tja, da waren sie nicht die Einzigen!

»Was?«, brüllte sie tatsächlich zurück. Ich hörte eine Tür, dann erschien sie oben am Treppengeländer.

»Du kommst jetzt runter, damit ich es dir erklären kann!«

Sie verdrehte die Augen. »Ach, du willst es mir erklären? Brauchst du nicht. Ich habe in Bio aufgepasst. Mir ist bewusst, was Jenny und du getan habt!«

»Es ist nicht so ... Bitte. Würdest du es mich bitte erklären lassen?«

»Nein!«

Ich verlor die Geduld. Jetzt versuchte ich es nett und es passte ihr auch nicht.

»Vielleicht solltest du es ein anderes Mal versuchen?«, schlug Sienna vor, die mittlerweile auch ins Haus gekommen war.

»Nein. Ich warte nicht länger. Würdest du meine nächste Tat bitte ignorieren, wenn das möglich wäre?«

Sienna zögerte, schließlich nickte sie aber.

»Gut.«

»Was wird das?«, fragte Ivy stirnrunzelnd, als ich die ersten Stufen hochgelaufen kam.

»Du kommst jetzt mit mir. Du musst es endlich begreifen.«

»Was? Ganz sicher ...«

Das letzte Wort blieb ihr im Halse stecken, denn mit einem kräftigen Ruck hatte ich sie über die Schulter geworfen und stolzierte bereits wieder nach unten.

»Lass mich runter! Bist du jetzt total irre geworden? *Zach! Ich meine das ernst!*«

»Du hast eine Stunde. Danach ruf ich die Cops«, erklärte Sienna mir.

Ich nickte.

»Das kann nicht dein Ernst sein! Sienna, das kannst du mir nicht antun! Nein! *Lass mich los, du verfluchtes Arsch...*«

»A-ha. Wir wollen nichts sagen, das wir später bereuen könnten, oder?«, fragte ich sie tadelnd.

»Oh, lass mich runter und ich werde dir so eine verpassen, dass ...«

Ivy fluchte so lang und ausgiebig weiter, dass ich es irgendwann einfach ignorierte. Ich lief über die Straße und beachtete die Leute nicht, die uns verwundert nachsahen.

»Könnt ihr mir nicht mal helfen? Was steht ihr denn so bescheuert herum? *Das ist eine Entführung, seht ihr das denn nicht?*«, schrie Ivy außer sich.

»Oh ja, von Zach wollen wir auch mal entführt werden!«, rief irgendeine Studentin von unserem Verbindungshaus aus zu uns rüber.

»*Dann nimm du ihn doch!*«, brüllte Ivy, dann öffnete ich die Beifahrertür meines Autos und setzte sie hinein. Sie begann sofort sich zu wehren, aber ich schmiss nur die Tür zu. *Ein Hoch auf die Kindersicherung!*

Ich nickte Will zu, damit er verstand, dass alles in Ordnung war, und stieg dann auf der Fahrerseite ein.

»Du öffnest sofort diese Tür!«, waren Ivys erste Worte.

Ohne etwas zu erwidern, startete ich den Motor und fuhr aus der Einfahrt.

»Zach! Lass mich raus!«

Mitten auf der Straße blieb ich stehen und blickte sie an. Ivy hielt trotzig die Arme vor der Brust verschränkt und legte so viel Hass in ihren Blick, dass ich ihrer Bitte fast nachgekommen wäre. Aber nur fast.

»Es wird nicht lang dauern und Sienna weiß, dass du bei mir bist. Dir wird nichts passieren.«

»Oh ja, und wie sie dich umbringen wird, wenn mir was passiert!«

»Ich weiß«, murmelte ich und fuhr weiter.

Die Fahrt dauerte keine fünf Minuten, aber mit Ivy im Auto fühlten sie sich wie tausend Jahre an. Als ich sie zu ihrem Dad gefahren hatte, war die Stille nicht bedrückend gewesen. Jetzt standen zig Dinge zwischen uns.

Ich parkte vor dem Gemeindezentrum und zog den Schlüssel aus der Zündung.

»Wo sind wir hier? Zach? Wo sind wir?«

»Es ist schon nach zehn. Aber manchmal dauern die Treffen einfach länger.«

»Treffen?«

Dass Ivy Fragen hatte, war mir klar. Aber ich war nicht bereit, sie hier im Auto zwischen Tür und Angel zu beantworten.

»Sienna hat mir gesagt, dass du bei deinem Dad gewesen bist«, sagte ich und drehte mich zu ihr.

Sie presste stur die Lippen aufeinander. Ich seufzte. Natürlich wollte sie mir nichts mehr darüber sagen. Deswegen musste ich jetzt einfach mal handeln.

»Wenn du wirklich wissen willst, was los ist, komm rein. Wenn du aber meinst, dass du und ich einfach nicht zusammenpassen, bleib sitzen. So lange brauche ich nicht.«

Einen Moment blickte ich sie einfach an. Prägte mir ihre süßen Gesichtszüge ein, den sturen Zug auf ihrer Stirn und die schokoladenbraunen Augen, die mich von Anfang an zu ihr gezogen hatten.

Dann ließ ich sie allein und lief zum Gemeindezentrum.

In diesem Augenblick schlug mein Herz wie verrückt. Was, wenn sie nicht kam? Was, wenn das alles hier umsonst gewesen war?

Kapitel 33

EIN JAHR UND SECHZEHN TAGE

IVY

»Was denkt der sich eigentlich? Schleift mich irgendwo hin und meint, ich würde ihm folgen wie ein Hündchen. Pah! Davon träumt er doch!«, rief ich in die Stille des Autos.

Jetzt saß ich tatsächlich hier in seinem Wagen und wartete. Aber worauf wartete ich?

Die Luft war kühl, aber ich hatte nicht mal eine Jacke. Zach hatte mich einfach mitgeschleift, obwohl ich nur Jeans, Shirt und meine Glücksbärchenpantoffeln trug. Unglaublich!

Mein Blick glitt zum Gebäude. Es wirkte wie ein Gemeindezentrum oder so etwas, in dieser Gegend war ich noch nie gewesen. Von hier aus war der Schriftzug auf dem Schild, das circa dreißig Meter entfernt von mir stand, nicht zu lesen.

Wenn du wirklich wissen willst, was los ist, komm rein. Wenn du aber meinst, dass du und ich einfach nicht zusammenpassen, bleib sitzen.

Das mit uns war längst vorbei. Es war absolut und mit tiefer Überzeugung vorbei!

Und dennoch siegte meine Neugier. Ich wollte wissen, was Zach damit gemeint hatte.

Ich stieg also aus, um ihm zu folgen. Mein Körper zitterte, weil es so bitterkalt geworden war.

Bibbernd lief ich hinein.

Es war wirklich ein Gemeindezentrum. Überall klebten Plakate, Zitate und schöne Bilder von Veranstaltungen. In einem der vielen Räume brannte Licht.

»Es tut mir leid, Leute. Ich habe mich lang nicht mehr blicken lassen.«

Zachs Stimme ließ mich sofort aufhorchen.

So geschützt wie möglich stand ich am Türrahmen und betrachtete den Stuhlkreis mit mindestens zwanzig Menschen darin. Zach stand als Einziger.

»Es ist in Ordnung, Zach. Wenn es denn gute Nachrichten sind, die du uns mitteilen möchtest«, antwortete ein bärtiger Mann mittleren Alters, der ihm direkt gegenübersaß.

»Ein Jahr und sechzehn Tage bin ich jetzt alt«, war daraufhin Zachs kryptische Antwort.

Jeder im Raum begann zu klatschen, ich verstand nur Bahnhof.

»Glückwunsch, mein Junge! Das ist eine unglaubliche Reise, die du gemacht hast. Wir sind stolz auf dich.« Der bärtige Mann stand auf und klopfte ihm auf die Schulter. »Ich bin ehrlich. Ich hatte gehofft, dass du kommen würdest, um dir deine Münze abzuholen.«

Münze?

Er überreichte Zach diese eben genannte Münze und flüsterte ihm noch etwas zu. Zach jedoch wirkte leicht nervös, als hätte er damit nicht gerechnet.

Wieder klatschten alle Beifall.

»Trage sie immer bei dir. Du weißt, wie wichtig sie ist.«

Zach nickte, und der Raum kam langsam wieder zur Ruhe. Er fuhr sich durchs Haar, blickte immer wieder zu Boden, setzte sich aber nicht.

»Es war ein hartes Jahr. Ein Jahr, das ich so nicht mehr erleben möchte. Zumindest sollte ich das sagen, oder? Aber mittlerweile stimmt das nicht mehr, denn … vor der Tür, in meinem Auto, sitzt ein Mädchen.«

Einer der Männer pfiff, als wäre das etwas Anzügliches. Pah. Wenn sie wüssten …

»Sie hasst mich. Heute Abend habe ich es nämlich so richtig vermasselt. Als ich vor einem Jahr hergekommen bin, habe ich mich auch gehasst. Mein bester Freund hat mich hergebracht und mich aufgefordert, mich meiner größten Angst zu stellen. Ihr kennt Will alle. Ich musste begreifen, was er längst begriffen hatte. Ich … bin Alkoholiker.«

Ich erstarrte.

»Ein Jahr lang habe ich mich von dem Zeug ferngehalten. Drogen waren genauso tabu, sie verleiten mich nur zu meinem größten Problem. Aber ich bin jung und auf dem College, also wollte ich mir zumindest die Frauen nicht nehmen lassen.« Er hob die Schultern.

»Sie waren eine gute Ablenkung von diesem ständigen Durst. Tagtäglich bin ich mit diesem Verlangen aufgewacht, es wurde zu meinem Gegner. Einem Gegner, dem ich irgendwann unterliegen würde, so dachte ich es zumindest. Was habe ich auch schon? Meine Eltern sind seit zehn Jahren tot, Geschwister habe ich keine. Wenn Will nicht gewesen wäre, hätte ich wieder angefangen. Aber das war ja mein Problem: Ich habe es nicht mal für mich getan. Das war dieses ganze verdammte Jahr klar. Ich habe es getan, um Will nicht zu enttäuschen. Er sollte mich nach irgendeiner Party nicht mehr aus irgendeinem Bett ziehen müssen, während ich den Abend längst vergessen hatte. Er sollte sich nicht schämen müssen, weil ich zu schwach war. Mein Stolz hat mir geholfen, trocken zu bleiben.«

»Und das ist jetzt anders?«, fragte der bärtige Mann nach.

»Ja. Jetzt will ich es für sie sein.«

Mein Mund war staubtrocken, als ich direkt hinter der Tür zu Boden rutschte.

»Sie sitzt in meinem Auto, weil ich sie hergeschleift habe. Sie sollte begreifen, dass ich kein Collegejunge bin, der weiß, was er tut. Ich weiß es nämlich echt nicht. Erst recht nicht, seit sie sich in meinem Kopf eingenistet hat und da nicht mehr raus möchte. Vor zwei Monaten noch, da ... da habe ich in den Tag hineingelebt. Ich war freundlich zu jedem, der mir über den Weg gelaufen ist, weil ... nun, weil es eine Zeit gegeben hat, in der ich alles andere als nett war. Aber ich habe erst durch sie bemerkt, dass mir das nicht weiterhelfen wird. Warum auch? Ich habe mit Frauen geschlafen, war nett zu ihnen und sie haben nicht verstanden, dass ich nichts Ernstes möchte. Ich war selbst schuld, wenn sich plötzlich Hunderte Mädels über meine Handynummer freuten, die ans schwarze Brett geheftet wurde.«

Ich presste die Lippen aufeinander, um nicht laut lachen zu müssen.

»Sie hat unzählige Kuchen für mich backen lassen, obwohl ich hochallergisch darauf reagiere ... Es hätte mich nicht wundern sollen, und doch hat es das, als sie mich darauf aufmerksam gemacht hat, dass ich viel zu nett zu allen war. Sie hat mir die Augen geöffnet. Auch trockene Alkoholiker dürfen schlechte Laune haben. Sie dürfen sich beschweren, wenn sie gestalkt werden ... Und sie sollten sich nicht wundern, dass sie eben dieses Mädchen verletzen, wenn sie andere küssen, nur weil die Frustration so groß war.«

Ich biss mir auf die Unterlippe. Der Kuss mit Jennifer Banks. Dieser verdammte Kuss ...

»Ich bin heute nicht nur hier, weil ich meine Münze abholen wollte. Heute habe ich nach einem Jahr und sechzehn Tagen das erste Mal Bourbon an der Bar bestellt. Er stand vor mir, weil sie nicht mit mir reden wollte. Ich habe zwei Wochen darauf gewartet und gehofft, dass sie mich endlich anhören würde. Dass ich eine Chance bekomme, ihr alles zu erklären. Ich wollte, dass sie begreift, warum ich sie so gut verstehe. Warum ich möchte, dass ihre Probleme auch meine sein können. Und dann waren diese zwei Wochen vergangen, sie hat weiterhin nicht mit mir geredet und der Bourbon stand direkt vor mir ... Dann tauchte dieses Mädchen auf. Sie war hübsch, aber ich wollte sie nicht. Ich wollte diesen Bourbon nicht, ich wollte dieses Mädchen nicht ... Und doch habe ich sie geküsst. Es war nicht mal ein guter Kuss, es war eher der Kuss, der mich vor über einem Jahr immer wieder in die falsche Richtung gelenkt hat. In eine selbstzerstörerische Richtung, in die ich nie wieder hineingesogen werden wollte.«

Ich winkelte meine Beine an, legte die Arme darauf und hörte weiter zu. Dabei lehnte ich mich zur Seite und schielte in den Raum.

»Und dann erfuhr ich, dass das Mädchen, das seit zwei Wochen kein einziges Wort mehr mit mir geredet hat, ihren Mut zusammengenommen und sich ihren Problemen gestellt hat. Sie war heute so weit, dass sie mit mir reden wollte. Und dann habe ich es trotzdem vermasselt.«

»Sie ist jetzt gerade draußen in deinem Wagen?«, fragte irgendjemand aus dem Raum.

»Nee, sie sitzt da hinten und hört dir die ganze Zeit zu«, rief ein anderer Kerl und deutete auf mich.

Oh, Shit. Ich wäre am liebsten im Boden versunken vor Scham.

Aus dem Raum war nichts zu hören. Der Typ, der mich verraten hatte, grinste vor sich hin.

»Süße Kleine, Zach«, waren die Worte des Typen, als

ich aufstand und die Fluchtmöglichkeiten überdachte. Einen Schlüssel für seinen Wagen besaß ich nicht. Geld hatte ich auch keines. Verflixt!

Ich holte einmal tief Luft, dann machte ich mich auf, um in den Raum zu gehen. Ich musterte die Männer und Frauen in dem Stuhlkreis, dann sah ich zu Zach.

Zach Morris. Der Rugby-Star und Frauenschwarm war ein Süchtiger. Ein trockener Alkoholiker.

»Warum zum Teufel hast du mir nichts gesagt?«

Alle Blicke waren jetzt auf Zach gerichtet, der sich keinen Zentimeter bewegt hatte.

»Wie hätte ich es denn sagen sollen?«, fragte er leise.

»Keine Ahnung. Wie wäre es mit: *Dein Dad liegt in der Dusche und versucht, wieder nüchtern zu werden. Bei mir klappt es meistens auch ganz gut.* So was hätte schon sehr geholfen!«

Zach seufzte. »Toll, zwei Süchtige. Das wäre *die* Lösung für dich gewesen, oder? Du hast schon genug mit deinem Dad zu tun gehabt, da wollte ich nicht auch noch ...«

»Mein Dad ist ab sofort nicht mehr mein Problem! Und du hast mir geholfen, das klarer zu sehen! Du hättest es mir einfach sagen sollen.«

»Du wärst trotzdem davongelaufen!«

»Weil du Jennifer Banks geküsst hast!«

»Ja, weil ich dachte, dass ich dich verloren hätte!«, rief er und lief aus dem Kreis auf mich zu.

»Und dann hängst du dich an die Erstbeste?« Ich schnaubte.

»Nein, sie hat mich angemacht und sie wollte ich auch gar nicht küssen. Ich wollte ...«

»Was wolltest du?«

»Dich!« Er blieb wenige Meter vor mir stehen und sah mich konzentriert an. »Ich wollte nur dich, Ivy.«

Einen langen Moment hörte ich einfach meinem schnellen Herz beim Schlagen zu.

»Wenn ich mich einmal kurz einmischen darf«, unterbrach ihn der bärtige Mann und hob die Hand wie in der Schule.

»Karl, jetzt nicht«, seufzte Zach genervt.

»Das muss ich aber loswerden, weil wir ja alle wissen, dass du nicht viel von meinen Aussagen hältst.«

Ich bemerkte, wie einige im Stuhlkreis nickten.

»Wir Süchtigen, dazu zähle ich auch, obwohl ich seit über zwanzig Jahren nicht mehr trinke, sehen in uns nur das Schlechteste. Und so, wie ich Zach kenne, würde er nie zugeben, dass dieser Glaube ihn dazu getrieben hat, diese Jennifer zu küssen. Er weiß, es war falsch, er weiß, dass er es nicht wollte ...«

»Und doch hat er es getan, weil er über sich so schlecht denkt?«, beendete ich für Karl den Satz.

Karl nickte. »Ganz genau.«

»Karl, hör auf, ihr ...«

»Ich glaube, Karl rettet dir gerade den Hintern, Mister«, mischte ich mich ein. Zach funkelte mich wütend an, aber das war mir gerade gleichgültig. Ich blickte zu Karl.

»Zach sieht sich als personifizierten Teufel«, fuhr der

Bärtige fort. »So kann man es, glaube ich, am besten erklären. Wir alle haben uns schon so gefühlt. Sobald etwas nicht läuft, sobald er bemerkt, dass er etwas falsch gemacht hat, zieht es ihn runter. Er stand kurz davor, wieder zu trinken. Nach über einem Jahr. Zach wusste ganz genau, dass dieser Drink alles vernichten kann, wofür er dieses Jahr gearbeitet hat, und dann taucht da noch ein Mädchen auf, das er nicht will. Er will den Drink nicht. Er will das Mädchen nicht. Aber das, was er will, bekommt er auch nicht.« Karl zeigte auf mich, damit ich es bloß nicht vergaß. »Frust, Trauer, etwas Unvorhergesehenes ist für Süchtige jedes Mal eine große Versuchung. Er hat es selbst gesagt. Er hatte dem Alkohol und den Drogen abgeschworen, aber dem Sex nicht. Ungezwungener Sex half ihm, seinen Durst kurzzeitig zu stillen.«

Warum sprach er das jetzt nur aus? Ich wollte nicht daran denken, wie oft und wie viele Male er Ablenkung gesucht hatte. Zach kratzte sich auch sichtlich unglücklich den Kopf.

»Und da er Sie heute nicht sprechen konnte, erneut, stand er zwischen dem Drink und der Frau.«

»So war es nicht, okay! Ich wollte Jenny nicht küssen. Ich wollte sie nicht. Aber ich habe es getan und in dem Augenblick bereut, als ich sie losgelassen habe«, erklärte Zach hitzig. »Gut, vielleicht sehe ich ab und zu schwarz.« Sein wütender Blick fuhr kurz zu Karl, der nur die Augen verdrehte. »Ich habe vielen Leuten wehgetan. Einschließlich Porter. Ich weiß, dass ich vieles nicht mehr gutmachen kann, Ivy. Ich habe gelernt, es irgendwie zu akzeptieren. Aber heute wurde mir bewusst, dass ich nicht akzeptieren kann und es auch nie können würde, wenn du mich abschreiben würdest. Wenn ich es nüchtern vermasselt habe, dann … Was hätte das noch für einen Sinn, es weiter nüchtern zu versuchen? Das war mein erster Gedanke, als dieser verfluchte Bourbon vor mir stand. Das ging mir durch den Sinn, als ich Jenny trotzdem geküsst habe. Vor einem Jahr wäre ich mit ihr auf mein Zimmer gegangen. Vor zwei Monaten wäre ich mit ihr auf mein Zimmer gegangen. Aber heute? Heute nicht, und das lag einzig an dir.«

»Zach …«

»Nein, warte!«, unterbrach er mich sofort. »Versteh mich nicht falsch. Ich will nicht, dass du denkst, ich würde nur deinetwegen nicht trinken. Das wäre nicht die richtige Einstellung, das weiß ich. Ein kleiner Teil von mir will für dich trocken sein, ganz ehrlich. Aber der größte Teil möchte trocken, gesund und klar im Kopf sein, um dir das zu geben, das du längst verdient hast.«

»Und was ist das?«, fragte ich leise nach.

Er war auf mich zugekommen und ließ mich mit seinem so vertrauten Blick nicht aus den Augen.

»Jemand, der dich abends küsst, bevor wir zusammen einschlafen, und morgens anlächelt, sobald du die Augen öffnest.«

Ein paar verträumte »Ahhhs« und »Ohhhs« waren zu hören, während ich wie bescheuert grinste.

»Das ist wirklich eine tolle Entschuldigung, Junge«, erklärte Karl.

Zach nahm meine Hände und verschränkte sie mit seinen.

»Warten Sie nur ab, bis er sich für die Erpressung entschuldigt«, murmelte ich lächelnd.

»Ivy ...«, seufzte Zach.

»Erpressung?«, fragten jetzt alle überrascht nach.

Kapitel 34

ZEITEN DES FRIEDENS. ODER?

IVY

»Es tut mir leid«, waren meine ersten Worte, als Zach in die Einfahrt zu meinem Haus gefahren war. »Wirklich. Ich hätte nicht ...«

»Es ist in Ordnung, Ivy.«

»Echt? Karl wirkte etwas wütend.«

Zach lachte sarkastisch auf. »Warum sollte er das auch nicht sein? Ich habe dich mit einem Sexvideo erpresst, obwohl ich es gefühlt nur fünf Minuten hatte! Letzteres ist wohl auch der einzige Grund, warum ich ohne einen blauen Fleck aus der Sache herausgekommen bin.«

»Es tut mir wirklich ...«

»Hör auf, du brauchst dich nicht mehr zu entschuldigen«, sagte er absolut ernst.

Dann entstand eine unangenehme Stille zwischen uns. Die Party bei den Kappa Alphas fand jetzt nur noch drinnen stand.

»Danke, dass du mich mitgenommen hast«, brach ich dann die Stille.

»Echt?«, fragte er unsicher nach. »Ich wollte dir endlich die Wahrheit sagen, aber … ich bin mir nicht sicher, ob du mir nachkommen würdest. Bei dir weiß man ja nie.«

»Ich hätte nie im Leben mit dieser Offenbarung gerechnet, aber … es ist nicht schlimm. Ich meine, es … es ergibt Sinn. Es erklärt dein Verhalten, also das von damals und von heute«, gab ich ehrlich zurück und lächelte. Ich lächelte einfach, so richtig glücklich.

Zach beugte sich vor, aber dann lenkte uns ein Klopfen am Beifahrerfenster ab. Sienna grinste uns zufrieden an.

»Stalker«, murmelte er genervt vor sich hin.

»Na, wen haben wir denn hier? Mr. Smith hat seine Mrs. Smith zurückbekommen.«

»Wolltest du nicht irgendwohin, Sienna? Vorzugsweise sehr weit von uns weg?«, fragte Zach, bevor ich das kommentieren konnte.

»Du guckst dir definitiv zu viel von deiner Freundin ab.« Sienna lehnte sich an das Fenster. »Ist sie doch, oder? Ihr habt schon drüber geredet?«

»Das würden wir ja gern, nur leider stört uns hier noch eine gewisse Dame, die am liebsten reinkriechen würde, um uns zu belauschen«, erklärte ich mit zuckersüßer Stimme.

»Dame? Ich?« Sienna schnaubte, als wäre das die einzige Beleidigung gewesen. »So, ich werd mal rübergehen. Es heißt, der Wackelpudding wurde rausgeholt.« Sienna zuckte anzüglich mit den Augenbrauen und verließ uns dann. »Tut nichts, was ich tun würde. Sonst habe ich wirklich zu viel Einfluss auf dich, Ivy!«, rief sie dann noch lachend.

»Wackelpudding? Shit, ich habe Will doch gesagt, er sollte die restlichen Jungs nicht mehr an den Vorrat ranlassen«, fluchte Zach neben mir.

Ich musste schmunzeln.

»Ich kann mich noch gut an die letzte Wackelpuddingschlacht erinnern. Will musste sich übergeben. Davon gibt's noch echt witzige Fotos, die wir ...« Ich spürte Zachs fragenden Blick. »Die selbstverständlich längst gelöscht sind!«, ruderte ich schnell zurück.

»Ich werde es mir merken, wenn Will mir das nächste Mal dumm kommt«, meinte Zach grinsend.

Ich zuckte beiläufig mit der Schulter. »Ich weiß nicht, was du meinst.«

»Du kannst wirklich schlecht lügen«, stellte er belustigt fest.

»Schlecht lügen? Entschuldige mal, es glauben immer noch alle, ich wäre über eins siebzig groß. Also wenn du das ...«

Zach ergriff meine Hand und zog mich zu sich.

»Und du kannst noch viel süßer aussehen, wenn du wütend bist. Wenn es nicht so verdammt ungesund für unsere Beziehung wäre, würde ich dich ständig wütend machen. Nur um dann Versöhnung mit dir zu feiern«, flüsterte er mir zu und küsste mich.

Der Kuss versprach alles, was sich ein Mädchen auf dem College nur erträumen konnte.

Zach sprach von ›unserer Beziehung‹. Er hatte Sienna auch nicht widersprochen. Oh großer Gott.

»Warte!«, bat ich ihn und riss mich von seinen Lippen los. Wir beide waren völlig atemlos, aber ich musste ihn selbst fragen. »Ich ... wir sind jetzt wirklich zusammen? Ein Paar? Also, du und ich?«

Er wirkte verwirrt. »Normalerweise würde ich jetzt »ja« sagen, aber bei dir weiß ich nicht, ob ich dafür eine übergezogen bekommen ...«

Die Vorsicht, mit der er sprach, ließ mich grinsen.

»*Wackelpudding*!«, ertönte es plötzlich begeistert von der anderen Straßenseite aus. Eine ganze Meute an Studenten hatte sich da versammelt.

Zach seufzte. »Ich muss rüber, damit sie mir die Bude nicht auseinandernehmen. Das letzte Mal habe ich noch Monate später Wackelpudding zwischen den Kacheln in jedem Badezimmer gefunden.«

Ich verzog angewidert das Gesicht und Zach nickte. »Jepp, so habe ich auch geschaut. Wartest du auf mich? Ich würde dann nachher zu dir kommen?«

Breit grinsend lächelte ich. »Klar.«

Er blickte mich einen Moment an. »Ein schönes Lächeln und kurze Antworten. Eine Seltenheit, aber ich nehme, was ich von dir bekomme.« Zach küsste mich noch einmal und stieg dann aus. Ich folgte ihm und bemerkte seinen Blick auf mir. Er wirkte unschlüssig.

Dann brüllten aber wieder die Leute in seinem Haus.

»Verfluchte Studenten«, fluchte er und drehte sich wieder um.

»Ich warte dann nackt auf dich!«, rief ich ihm noch zu und hörte ihn wütender vor sich hin fluchen.

»Sehr schön, aber trag bloß deine süßen Glücksbärchenpantoffel!«, rief er zurück.

Ich blickte grinsend hinunter zu den Pantoffeln. »Fühlt euch nicht gemobbt. Er kennt die *Glücksbärchen* nicht.«

Dann lief ich zu meinem Haus und bemerkte, dass kein Licht darin brannte. Die Mädels schienen sich alle dem Wackelpudding-Massaker angeschlossen zu haben. Umso besser. Zach und ich wären allein.

Zach Morris war ab sofort mein fester Freund. Kaum zu glauben, aber es fühlte sich auch nicht schlecht an. Eher wie ein Ereignis, das man nicht fassen konnte. So konnte man es beschreiben. Ja, genau so …

Seelenruhig schloss ich die Haustür auf und … wollte losbrüllen, weil es nicht normal war, ganz und gar nicht normal, dass der Ex-Freund im Dunkeln auf einen wartete. Doch bevor mir auch nur ein Laut entwich, hielt er mir den Mund zu und drängte mich an die nächste Wand.

»Pssst. Du bist leise, sonst kannst du was erleben!«

Als ob ich irgendetwas sagen könnte, wenn er seine schmierige Hand auf meinen Mund hielt.

Simon roch, wie ich es von ihm kannte. Nach einem billigen Aftershave und Schweiß, wenn er nervös war. Und wenn Einbrecher nervös waren, war das nie ein gutes Zeichen für deren Opfer.

»Ihr hättet doch noch auf der Party sein müssen!«

Ich reagierte nicht, weil es nie klug war, Smalltalk mit Irren zu führen. Jeder Film, den ich bisher gesehen hatte, bewies das. Innerlich verfluchte ich die Dutzenden Serienmarathons mit unzähligen *Criminal Minds*-Folgen und Sienna, die den Mist jedes Mal angeboten hatte.

Opfer plaudert mit dem Psychopathen und wird vergewaltigt.

Opfer plaudert mit dem Psychopathen und wird zerstückelt.

Opfer plaudert mit dem Psychopathen und muss dessen Kind großziehen, weil er die leibliche Mutter zerstückelt hat, nachdem sie plaudern wollte.

Schauriger ging es doch gar nicht!

»Na egal, dann darfst du so lange zusehen, bis ich dir dein süßes Höschen ausziehe und ...«

... dich abgestochen habe?

Es war stockdunkel hier drin, als ich entschied, mich zumindest zu wehren. Ich riss mein Knie mit voller Wucht hoch und traf den Teil seines Körpers, den ich nie hätte anrühren sollen.

Stöhnend fiel er auf die Knie und ich konnte mich befreien.

Und weil ich Dutzende Horrorfilme gesehen hatte, war ich so clever und rannte die Treppe hoch, anstatt den zweiten Ausgang durch die Küche zu nehmen. Wäre das hier der nächste Streifen von *Warner Bros.*, würden in diesem Augenblick die Zuschauer enttäuscht seufzen.

»*Ivy!*«, brüllte er hinter mir.

»Shit, Shit, Shit«, flüsterte ich panisch und kam in der ersten Etage an. Und jetzt? Wohin sollte es jetzt gehen?

Mein Instinkt riet mir, nicht in mein Zimmer zu gehen, deswegen rannte ich zu der kleinen Nische, in der wir immer einen Baseballschläger versteckten. Ich griff danach und versteckte mich in der Ecke.

Wenn er kommt, haust du ihm eins drüber! Wie Phoebs immer sagt: »*Sie tun dir nichts, wenn sie etwas Längeres als ihren ... du weißt schon was ... in deiner Hand sehen.*«

»*Du meinst, Schwanz, Phoebs. Das kannst du ruhig aussprechen. S-C-H-W-A-N-Z*«, hatte sich Sienna damals zu Wort gemeldet.

Ich nickte in der Finsternis, so als würden Sienna und Phoebs vor mir stehen. Die Dielen knarrten.

»Wo bist du? Komm schon raus! Ich schwöre, ich tue dir auch nichts.«

Ich verdrehte die Augen. Natürlich wollte Simon mir nichts tun. In der Finsternis nach seiner Ex zu suchen, war vollkommen normal.

Mein Griff um den Schläger wurde fester. Ich brauchte Halt, wenn ich blindlings zuhauen wollte, aber bevor ich überhaupt so weit kommen konnte, hörte ich ein lautes Brüllen und dann Gepolter, als würde Simon sich gerade zur Wehr setzen müssen.

Was zum ...?

Da waren Gestöhne und dumpfe Geräusche, als würden Schläge ausgeteilt. Irritiert tastete ich nach dem

Lichtschalter, schaute um die Ecke – und staunte nicht schlecht.

Zach saß auf Simons Brust und verpasste ihm gerade ein paar Faustschläge, die er so was von verdient hatte.

»Du kranker Scheißer wolltest uns wirklich abfackeln?«, fuhr Zach ihn an und packte ihn am Kragen.

»Abfackeln?«, wiederholte ich überrascht.

Erst jetzt bemerkte Zach mich und musterte mich von oben bis unten. Er registrierte mit Belustigung den Schläger in meiner Hand.

»Ich sehe, du hättest mich gar nicht gebraucht, oder?«

»Natürlich nicht«, behauptete ich großspurig, zitterte aber immer noch leicht.

»Lügnerin«, flüsterte er, dann konzentrierte er sich wieder auf Simon, aber der hatte sich plötzlich ein Stück befreien können und riss sich von Zach los. Er stolperte zurück, verlor den Halt, griff nach Zachs Shirt – und zog ihn mit sich, als er die Treppe hinunterfiel.

»Zach!«, schrie ich panisch und stürzte vor, während die beiden auf die Stufen knallten und im Erdgeschoss liegen blieben.

»Autsch!«, stöhnte Zach. Er lag auf dem reglosen Simon. Vielleicht war er ohnmächtig, vielleicht auch nicht. Ich gehörte nicht gerade zu den Christen, die ihm das Beste wünschten.

»Ist alles in Ordnung?«, fragte ich panisch, rannte die Treppen hinunter und starrte auf Zach, der immer noch herumstöhnte.

»Bin weich gelandet«, behauptete er.

Dieser ›weiche‹ Grund begann sich plötzlich zu bewegen. Von wegen tot ...

Zach zog sich selbst von ihm runter und lehnte sich an die nächstgelegene Wand. »Gib mir den Schläger, Ivy!«

Simon fluchte irgendetwas, bevor ich Zach den Schläger geben konnte und dann erstarrten wir alle, als die Entsicherung von mehreren Waffen erklang.

Sienna kam mit Phoebs herein. Beide hielten Gewehre in den Händen, die Mündungen auf Simon gerichtet.

»Fuck«, murmelte dieser panisch.

»Das kannst du laut sagen!«, rief Sienna.

»Hände hoch und wehe, du zuckst! Ich drücke nur zu gern ab«, befahl Phoebe mit der Strenge, die wir von ihr kannten, wenn es um ihre Waffen ging.

Zach wirkte nicht minder überrascht von ihr. Phoebe war halt vieles, aber ganz sicher nicht langweilig.

»Habt ihr die Cops gerufen?«, fragte Zach nach.

»Müssten gleich da sein«, antwortete Phoebe, ohne Simon aus den Augen zu lassen. Der hatte bereits die Hände gehoben und machte sich vor Angst in die Hosen.

»Ihr drückt doch nie im Leben ab«, mutmaßte Simon. Ich schüttelte nur den Kopf, weil Phoebe sich dadurch natürlich herausgefordert fühlte. Sie drückte ab und schoss fünf Zentimeter über seinem Kopf ein Loch in die Wand.

Er erzitterte. »Scheiße! Du hast geschossen. Du hast ernsthaft …«

»Jetzt krieg dich wieder ein! Ein Brandstifter hätte zumindest eine Kugel in eines seiner Beine verdient. Phoebs war nur nett zu dir«, erklärte Sienna.

»Brandstifter?«, fragte ich nach.

»Er wollte das Haus der Kappas abfackeln. Er hat Benzin im Keller verteilt«, antwortete Zach.

»Was?«, fragte ich geschockt nach. Wobei mich das jetzt nicht großartig wundern sollte, er hatte mich auch hier im Dunkeln gejagt.

»Aber Wackelpudding ist nicht nur für eine Party erstklassige Ware. Das Zeug ist super zum Löschen«, verkündete Sienna belustigt.

»Der Wackelpudding hat die Flammen gelöscht?«, fragte ich verdutzt nach.

»Waldmeistergeschmack. Ist in meinen Augen eine riesige Marktlücke«, antwortete Sienna.

Erst jetzt bemerkte ich, dass Phoebe und sie grünen Wackelpudding in den Haaren hängen hatten.

»Und was wolltest du dann hier, du Idiot? Jagen wir mal eine Runde Ivy, oder was?«, fuhr ich Simon wütend an.

»Ich wollte es mir ansehen«, antwortete er kleinlaut. »Du solltest gar nicht hier sein. Aber von eurem Haus aus könnte man am besten beobachten, wenn das Kappa-Haus in Flammen gestanden hätte!«

»Tja, dein Plan hat zig Schwächen, mein Freund. Unsere Kameras haben dich aufgezeichnet, als du den Keller betreten hast. Du wärst niemals einfach so davongekommen. Und das alles, weil du rausgeflogen bist? Gott, Simon. Du warst schon früher ein Verlierer, aber das setzt der Sache die Krone auf, ehrlich«, sagte Sienna und schüttelte den Kopf.

»Ich bin grundlos rausgeflogen! Und das ist …«

Zach schlug Simon die Faust ins Gesicht und schickte ihn zu Boden. Diesmal war er wirklich ohnmächtig.

»Das konnte man sich ja nicht mehr anhören«, murmelte Zach und rappelte sich langsam wieder auf. Dennoch lehnte er sich an die Wand, als er wieder aufrecht stand.

»Was is'n mit dir?«, fragte Sienna ihn.

»Ach, gar nichts. Ich bin nur dreißig Meter die Treppen runtergefallen. Die Knochenbrüche heilen schon wieder«, schnaubte Zach.

»Na, wenn sonst nichts ist«, gab Sienna zurück und zuckte mit der Schulter.

Die Sirenen der Cops ertönten von draußen. Sienna und Phoebs passten weiter auf den ohnmächtigen Simon auf.

»Dreißig Meter, was?«, fragte ich belustigt bei Zach nach.

Er lachte, hielt sich aber schmerzerfüllt die Rippen. »Okay, vielleicht waren es auch nur drei. Aber verrate das den Jungs nicht.«

»Werd ich nicht«, versprach ich und beobachtete ihn, wie er sich aufrappelte, einmal tief durchatmete und mich dann in seine Arme zog.

Der Geruch nach Zach war beruhigend und tröstlich. Ich entspannte mich sofort, wobei ich nicht mal bemerkt hatte, dass ich unentspannt gewesen war.

»Ich dachte wirklich, ich würde zu spät kommen, als ich zu dir wollte und es laut poltern hörte«, flüsterte er mir ins Ohr. »Auch wenn das mit einem ohnmächtigen Simon, dem Geruch von zu viel Waldmeister im Wackelpudding hier im Haus und den Sirenen im Hintergrund nicht der beste Zeitpunkt ist ... Aber ich liebe dich, Ivy. Ich liebe dich, und werde es immer tun, wenn du mich lässt.«

Ich biss mir vor Freude in die Unterlippe, um nicht wie blöde herumzuquieken, aber ich konnte es nicht zurückhalten. Ich vergrub meinen Kopf in seinem Shirt. Eigentlich wollte ich lachen, aber es klang wirklich sehr merkwürdig.

»Ivy?«, fragte Phoebe.

»Oh je, das Schweinchen hören wir nur selten«, mutmaßte Sienna wieder mal richtig.

Ich zeigte ihr den Mittelfinger, während ich mein Gesicht an seine Brust drückte. Zach strich mir über die Haare.

»Ivy?«, flüsterte er mir mit rauer Stimme zu.

»Mmh?«

»Meine Rippen ...«

»Oh!« Ich ließ sofort von ihm ab.

»Ich bring ihn in mein Zimmer, dann kann er sich hinlegen. Wenn die Cops etwas wollen, könnt ihr sie zu uns schicken«, erklärte ich. Sienna und Phoebe nickten, während ich Zach an der Hand nahm und die Treppe hochführte.

Ich sah ihn nicht an, sondern stur nach oben.

»Ich hatte eigentlich alles unter Kontrolle, weißt du. Wenn ich Simon erwischt hätte, hättest du nicht die dramatischen dreißig Meter, die eigentlich nur drei waren, runterfliegen müssen. Aber das wäre ja nicht Manns genug, oder?«

Wir waren oben angekommen und ich drehte mich rasch um. Zach stand vor mir. Groß, trainiert und so gutaussehend wie immer. Aber ich kannte sein Geheimnis. Ich kannte den Zach, den er niemandem zeigte, weil ihn kaum einer verstehen würde.

»Aber ich liebe den Kerl, der dreißig Meter fallen würde, um mich zu retten«, gab ich dann zu und bekam von ihm ein strahlendes Lächeln geschenkt.

Epilog

IVY

Zufrieden grinste ich auf das B Plus in meiner Hand, während ich über den Campus lief. Mein Aufsatz über Monte Christo hatte meine Professorin beeindruckt.

»Na, zeig schon her!«, rief plötzlich Sienna neben mir und krallte sich meinen Aufsatz. »*Warum Monte Christo vielleicht einfach seinen Frieden finden sollte und nicht die Rache*? Wow. Das klingt so mega …«

»Es ist ein B Plus«, verteidigte ich mich und entriss ihr meinen Aufsatz.

»Ich sehe schon, Ivy sinnt nicht mehr nach Rache, was?«

Die Zweideutigkeit in ihrem Satz war nicht zu ignorieren.

Wir verließen gerade das Hauptgebäude, als ich Porter sah. Er hatte mich noch nicht bemerkt.

»Ich muss mal mit Porter reden«, stellte ich fest.

Sienna verdrehte die Augen. »Dann mach das. Bis nachher.«

»Porter! Warte mal!«, rief ich ihm zu und er erstarrte, als er mich sah. »Hast du eine Minute?«, fragte ich.

»Wenn es sein muss.«

Ich hatte keine nette Antwort erwartet, deswegen ließ ich seinen Spruch unkommentiert.

»Ich wollte mich entschuldigen. Immerhin habe ich nicht kapieren wollen, dass du mehr für mich empfindest als ich für dich«, sagte ich geradeheraus.

Verwirrt schaute er mich an. »Du entschuldigst dich, weil du ... Ivy, du bist mit ihm zusammen. Der ganze Campus spricht über nichts anderes mehr!«

Ich biss mir auf die Unterlippe. Dass wir Gesprächsthema Nummer eins waren, war uns auch aufgefallen. Aber Zach hatte das nur belächelt.

»Geht es dir denn gut?«, fragte Porter unsicher. »Hab auch das von Simon gehört. Echt krank, was er da abgezogen hat.«

»Ja, er wird wohl längere Zeit im Gefängnis sitzen.«

»Ist bestimmt besser so.«

Dann standen wir beide mitten auf dem Campus und wussten nicht weiter.

Es war merkwürdig. Porter und ich würden wohl nie wieder so unbeschwert wie früher zusammen sein können.

»Ich ... muss dann mal wieder«, beendete er als Erster die Stille.

»Okay. Bye.«

Porter nickte mir zu und ging dann.

Ich sah ihm nach.

»Hilf mir mal auf die Sprünge«, flüsterte mir plötzlich Zach ins Ohr. »Du trauerst doch hoffentlich nur einem guten Freund nach, oder?«

Grinsend drehte ich mich um zu ihm. »Eifersüchtig?«

»Es sollte mich überraschen, aber das tut es nicht. Eifersucht scheint im Zusammenhang mit dir etwas völlig Normales zu sein.«

Seine ehrliche Antwort brachte mich weiter zum Grinsen.

Er ergriff meine Hand und wir liefen los.

»Heute Abend steigt bei uns wieder eine Party. Du weißt schon. So eine Party, die meine Anwesenheit für die ersten zehn Minuten erfordert und mich dann direkt ins Schlafzimmer meiner Freundin führt. Glaubst du, sie wartet dann schon auf mich?«

Ich zuckte unschuldig mit der Schulter. »Könnte schon gut sein. Vorher wollte mein Dad noch aus der Klinik anrufen, aber dann ...«

Dad befand sich seit drei Wochen in der Entzugsklinik, in der Zach ein gutes Wort für ihn eingelegt hatte. Mittlerweile redeten wir jede Woche miteinander und jetzt verstand ich ihn besser. Aber auch er musste einsehen, dass er mir zu wenig zugehört hatte. Jetzt entwickelten wir uns in eine Richtung, die uns beiden guttat.

»Der wöchentliche Anruf. Alles klar. Ich könnte dann noch eine Großpackung Chili-Schokolade mitbringen, wenn du möchtest.«

Es stellte sich heraus, dass Zach tatsächlich einen Kerl kannte, der in einer großen Schokoladenfabrik arbeitete. Und nicht nur irgendeine Fabrik. Nein, in der wurde meine Lieblingsschokolade produziert. Hallo?

Wenn das nicht bewies, wie gut wir zusammenpassten, was denn bitte dann?

»Oh Gott. Du meinst, wir haben heute ein Date? Du und ich und meine Schokolade?«

Er zog mich an sich und schaute mich lange konzentriert an. Die strahlend grünen Augen, in die mich verliebt hatte, funkelten im Sonnenlicht. »Wenn du das so sagst, klinge ich ziemlich deplatziert.«

Ich küsste ihn. Erst kurz, dann noch einmal lang und intensiv.

Dann liefen wir langsam los zu unseren Häusern.

»Ich bin ja immer noch beeindruckt von den Flinten, die ihr in eurem Haus versteckt habt«, begann Zach nachdenklich.

»Und wir wissen alle, wie wir sie benutzen. Dank Major Minton.«

»Minton? Der Name sagt mir etwas, aber ich komm nie drauf, wenn ich ihn höre.«

»Er ist Phoebs Dad.«

Abrupt blieb er stehen und begann dann lauthals zu lachen.

»Was?«, fragte ich neugierig.

»Nichts, echt nicht. Aber ich dachte ... ich dachte, Will wird das schon hinkriegen, aber Major Minton?« Zach lachte weiter und zog mich dann an sich, damit wir Arm in Arm weiterlaufen konnten. »Das wird interessant.«

Nachwort

Das war er. Der Start meiner neuen Reihe!
Ihr könnt euch bestimmt denken, dass Phoebs und
Sienna auch noch ihre ganz eigene, unverwechselbare
Geschichte bekommen!
Ich hoffe, Ivy und Zach haben euch einiges abverlangt.
^^

Schatz, dieses Mal musstest du mich oftmals unter-
stützen, damit ich meine Deadline einhalten konnte.
Wie war das? Erst in den stressigen Zeiten bewährt
sich echte Liebe? Nun, du warst der Beste in dieser
Zeit! Danke, danke und danke! Ich liebe dich.

Danke an alle, die an „Alibi-Prinzessin" beteiligt
waren. Es ist immer wichtig, ein gutes Team hinter
sich zu haben.
Auf viele weitere schöne Projekte zusammen.

Ich freu mich auf euer Feedback!
Und wir lesen uns bei meiner nächsten Geschichte!

Eure Emma

Weitere Informationen über die Autorin und ihre Werke findet ihr bei Facebook:

https://www.facebook.com/EmmaSmithAutorin

oder Instagram:
https://www.instagram.com/emmasmithautorin